KB033628

엄마상회

엄마상회

김진초 소설

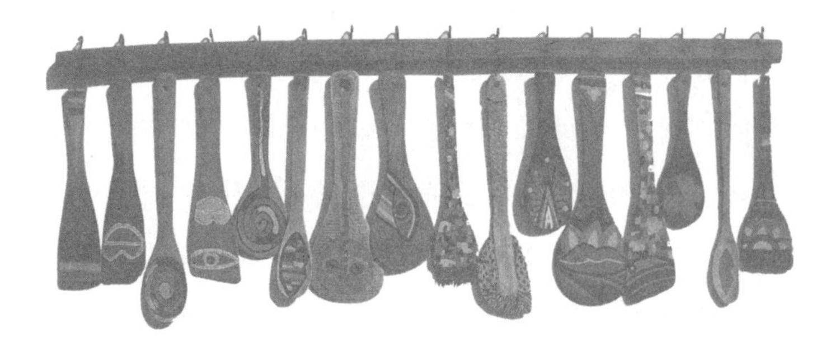

도화

작가의 말

저렴해서 슬픈 스승, 엄마

엄마가 좋다.

어머니보다 좋고 어머님보다는 더더욱 좋다. 가끔 어린애가 자기 엄마한테 어머니라 부르면서 깍듯한 경어를 쓰면 어쩐지 부자연스럽고 징그러워 나도 모르게 외면하게 된다. 깍듯하게 모셔야 할 대상은 아버지로 족하다. 엄마는 친구처럼 편해야 한다. 내 엄마가 그러길 원한다. 나도 내 아이들이 그러길 원한다. 해서 내게 엄마는 영원히 엄마다. 생시는 물론 꿈에도 엄마를 어머니라 부른 적은 없다. 나한테 어머니는 남의 엄마다.

이젠 엄마 없는 친구들도 많은데 난 엄마가 있어서 좋다. 만날 수 있고 만질 수 있고 웃을 수 있고 울 수 있어서 좋다. 엄마가 아프다. 어떻게 하면 엄마가 기쁠까 생각하다 '엄마소설선집'을 내기로 했다.

열 번째 소설책이다.

드디어 두 자리 숫자 돌입이다. 베스트셀러 한 번 못 내면서 여기까지 왔다. 밥도 명예도 안 되는 이 길을 꾸역꾸역 왔다. 사람보다 소설한테 더 신세를 지고 사는 터라 투덜대지 않고 왔다. 앞으로는 숫자에 별 의미가 없으리라. 두 자리 숫자이기는 10이나 99나 매일반이니까.

문학 입문 30년 결산으로 『엄마상회』를 내놓는다.

세상에 엄마 없는 생명은 없다. 결국 엄마상회는 생명상회다. 목숨이건 사물이건 사건이건 관계건 생로병사를 거쳐 소멸하게 마련인데 그 생명의 시작점엔 어김없이 엄마가 있다. 엄마는 알파와 오메가다.

그런데, 엄마가 아프다.

한 번만 더 엄마와 여행을 떠나야겠다. 가까운 바다로 엄마와 내통하러 가야겠다. 엄마는 아파도 자식 앞에서 까르르까르르 잘 웃는다. 엄마가 웃으면 배꼽이 통한다. 그럴 때 우리는 지상에서 가장 평화로운 시간에 든다.

딱 한 잔이면 행복한 엄마와 느릿느릿 소주잔 기울여야지. 눈부신 노을을 마중하는 일도 잊지 말아야지. 을왕어촌계식당에서 칼국수 뚝배기에 수두룩박박한 바지락 신나게 까먹어야지. 호박채, 당근채 얹은 칼국수 가닥 숟가락에 돌돌 올려 밀어 넣으면 목구멍이 미끌미끌, 말랑말랑, 유들유들, 목소리조차 상냥해지겠지. 그다음엔 생명이 시작돼도 좋고 끝나도 좋을 서해 바닷가에서 다 늦게 엄마를 배우는 거야. 미처 다 못 배운 엄마를 마저 알뜰하게 흡입하는 거야.

엄마는 첫 스승이면서 영원한 스승이다.

엄마처럼 저렴한 스승이 또 어디 있을까. 세상 저렴한 소설가는 세상 저렴한 스승과 세상 저렴한 여행을 꿈꾸며 오늘치의 행복이 세상 제일 비싸다고 바득바득 우기며 우아한 가난을 웃는다. 평생 슬픔만 거느린 엄마한테 죄송스러워 울지 않고 바보처럼 웃는다.

2023 여름.

김진초

차례

◆

◆

엄마가 간다

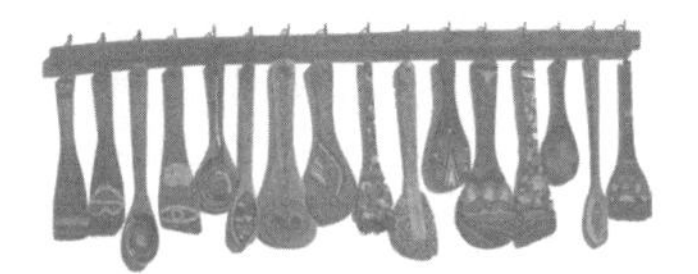

엄마가 간다

주머니에서 부르르 진동이 울리자마자 전원을 꺼버렸다. 한창 하와이에 빠져 있던 터라 밖에 눈이 내린다는 사실을 깜빡했던 것이다.

혹시 엄마?

발신인을 확인하려다 그것도 그만두었다. 엄마 전화라면 더더욱 냉큼 받을 일이 아니다. 내일은 장기 팔 곳부터 알아봐야지. 신장이나 간은 떼어 줘도 문제없다잖아. 괜히 겁주려는 액션이 아니란 걸 증명할 거야. 사정하는 쪽은 나지만 결국 엄마가 사정하게 만들고 말 테니까 두고보라고. 어리버리한 사내애를 끌어들여 은행강도를 계획하는 늙은 여자들을 보며 나 또한 맹랑한 계획을 세우고 있었다. 그나저나 저 여자들 정말 하와이에 갈 수 있을까? 영화 때문인지 나는 제법 여유가 생겼다.

사실 친구를 만났을 때만 해도 좌불안석이었다. 게다가 어렵게 만난 친구는 중년 아줌마답게 영악하기 이를 데 없어 돈 얘기는 입도 못 떼게 선수를 쳤다. 허구한 날 여자사고를 치던 아들놈이 이번에는 뺑소니사고를 쳤다나 어쨌다나.

"몸으로 때우라고 길길이 뛰며 돌아섰지만 어떻게든 수습해야겠지. 세상에 제일 힘든 게 자식 일에 냉정해지는 거더라. 천하에 잘난 사람도 자식 앞에 병신 되는 거 시간문제야."

친구의 말에 힘없이 고개를 끄덕였다. 나 역시 갈 데 없는 병신이었다.

일찌감치 미국에 보낸 아이들 치다꺼리로 우리 집은 턱없는 경제난을 겪고 있었다. 큰애는 대학 졸업할 때가 벌써 지났는데 무슨 연유인지 계속 미루고 있었다. 경비 때문에 찾아가 따져볼 수도 없고 이번만 이번만에 속절없이 속아 넘어가는 중이었다. 큰애는 하루가 멀다고 독촉 문자를 보냈다. 남편이 백방으로 알아봤지만 이미 기운 사람에게 열릴 지갑은 없었다. 안 그래도 똥끝 타는데 성화 좀 그만 대고 진득하니 기다리라고, 곧 마련해 보내마고 큰소리치던 나는 점점 자신을 잃어갔다.

대책이 없으니 대꾸할 말도 없어 결국 문자를 씹어버렸다. 그러자 막바로 전화가 걸려 왔다. 끝까지 책임지지도 못할 거면서 왜 싫다는 미국에 등 떠밀어 보냈냐고 들이대는 큰애 목소리 뒤로, 누나 그만 좀 해! 작은애 목소리가 들렸다. 딸이 제때 졸업했다면 이처럼 쪼들리지는 않았을 것이다. 딸 때문에 정작 피해를 보는 건 아들인데 빚쟁이처럼 돈 보내라 성화를 대는 건 늘 딸이었다. 교환학생으로 갔다가 눌러앉아, 아르바이트로 학비 마련해 당당하게 석박사 따는 애들 구경도 못했나? 또박또박 부쳐주는 돈으로 제때 학사도 못 딴 무녀리 주제에 적반하장도 유분수지…….

형편이 어려워지면서 어언 3년 동안 피차 오고가지 못했다. 그사이 딸이 변했다. 아들 또한 알 수 없다. 내 눈으로 볼 수 없는 아이들이 불안했다.

"조금만 더 버텨봐. 정 안 되면 엄마 장기를 팔아서라도 보내줄 테니까."

"끼야! 무섭게 왜 그래 엄마! 부자 친정은 뒀다 국 끓여 먹으려고?"

딸도 외할머니를 믿고 있었나 보다. 나 역시 최후의 방법은 엄마에게 매달리는 것뿐이라고 여겼다. 그냥 달라는 것도 아니다. 나중에 꼭 갚을 테니 빌려 달라. 다른 것도 아니고 아이들 교육비 아니냐. 눈물로 애걸복걸했지만 엄마의 돈궤는 꿈쩍도 안 했다.

"그만하면 됐다. 죽이 되든 밥이 되든 알아서 하게 이제 그만 방목해라."

자기 자식은 멋모르고 키우지만 손자는 새록새록 어여뻐서 애간장이 녹는다는데 엄마는 도무지 냉혈이었다.

"그래 엄마는 그렇게 일찌감치부터 자식을 방목해 성공했수?"

엄마가 내 눈을 똑바로 들여다보며 목소리를 잔뜩 낮췄다.

"왜? 너는 니가 실패했다고 생각하냐?"

"그럼 아니유?"

"장기를 팔아서라도 가르칠 거라며? 그럼 성공한 게야. 이 에미는 그런 네가 부럽다."

도와주지는 못할망정 가랑이 찢어지는 교육열을 조롱하는 엄마. 엄마라고 다 같은 엄마가 아닌 줄은 알지만 이건 아니었다. 엄마가 부자인 게 내겐 저주였다. 차라리 엄마가 가난했다면 우리 모녀가 이토록 벼랑으로 치닫지는 않았을 것이다.

"어련하시겠어요. 뻔히 알면서 말 꺼낸 내가 석두지."

팽 돌아서 나오는데 엄마의 혼잣말이 들렸다.

"있는데 못 주는 에미의 쓰라린 심정, 없어도 주려는 너는 죽었다 깨도 모를 것이다."

말도 안 되는 논리에 나는 사납게 돌아섰다.

"누가 엄마한테 쓰라리래요? 줘요. 달라구요. 움켜쥐고 안

주면서 그건 또 무슨 청승이래요?”

무슨 연유인지 이번엔 엄마가 나를 피해 안방으로 달아났다.

부아만 잔뜩 짊어지고 돌아와 소파에 엎어졌다. 몽둥이를 삼킨 것처럼 속이 뻣뻣했다. 가슴을 문대며 신세질 만한 얼굴들을 떠올렸다. 하지만 돌리는 전화마다 무참히 거절당했다. 방법을 바꾸어 직접 만나 운을 떼려던 친구마저 엄마 못지않은 선수였다. 마침 세일 중인데 봄옷이나 장만하자며 백화점으로 이끄는 친구를 보며 이 친구 아들이 정말 뺑소니사고를 쳤나 얼굴이 다시 보였다.

골라도 꼭 안 될 사람만 고르는 한심한 나.

절망과 함께 덮치는 부끄러움에 얼굴이 화끈거렸다. 그걸 들킬까 봐 서둘러 친구와 헤어지며 엄마에게 이를 갈았다. 광에서 쌀이 썩어나가도 보리밥 먹는 자린고비. 그렇게 쌓아놓고 당신만 천년만년 행복하셔. 나는 있는 것 없는 것 다 자식한테 빼주고 장렬히 전사할 테니까. 과연 누가 잘살았나 두고보자고요. 엄마한테 독화살을 날리면서 엘리베이터에 빨려 들어갔다.

순간, 거짓말처럼 장면이 바뀌었다.

승강기 외벽 유리창으로 보이는 세상이 온통 하얬다. 사월 초순에 웬 눈? 그나저나 엄마는 오늘도 출타 중일까. 그렇다면 무사히 귀가하셔야 할 텐데……. 언제 독화살을 날렸냐는 듯 변덕이 끓더니 불현듯 오래전 영상이 오버랩 됐다. 딱 이맘때였을 것이다.

식목일 밤이었다.

처음으로 엄마가 엄마다웠던 그날, 나도 진짜엄마가 있다는 사실에 목이 메었다.

예전엔 식목일이 공휴일이었고 그날은 예외 없이 학생들이 사방공사에 동원됐다. 민둥산에 나무를 심다가 느닷없이 내린 진눈깨비에 온몸이 젖은 나는 호된 몸살을 앓게 되었다. 헐벗은 산에 옷을 입힌 대가치고는 고약했다. 하고많은 날 다 두고 어쩌자고 하필이면 궂은날 심었냐는 묘목의 심술이었는지도 모르겠다. 아무튼 그날 나는 나무를 심고 나무는 내게 감기를 심어주었다.

새벽에 눈을 뜨니 벽에 등을 기대고 끄덕이는 엄마가 보였다. 엄마 앞에 이남박이 놓여 있었다. 엄마가 밥하려고 일어났다가 조는가 보다 생각했다. 목이 따끔거리는데도 갈증은 나서 몸을 일으키는데 이마에서 물수건이 떨어졌다. 이남박엔 물이 가득했다. 생전 가야 따뜻한 말 한마디 없이 데면데면한 엄마가 밤새 나를 간호해 주었다고? 눈앞의 현실이 도무지 믿기지 않는 순간이었다.

엄마의 종교는 돈이었다.

돈 앞에 남편도 자식도 없었다. 엄마가 얼마나 많은 돈을 가지고 있는지 우리는 모른다. 우리가 아는 것은 엄마가 아무리 부자라 해도 우리와 상관없다는 것뿐이었다.

이따금 엄마의 돈이 불길하게 느껴졌다.

나는 종종 엄마가 도망간 꿈을 꾸었다. 돈 많은 엄마가 어딘들 못 갈까 싶자 더더욱 불안했다. 돌이켜 생각하니 엄마는 꼭 개나리 필 무렵이면 대문에 기대 우두커니 골목을 내다보았다. 누군가를 기다리는 것 같기도 하고 골목을 벗어나고자 노려보는 것 같기도 했다. 그럴 때 엄마는 넋이 외출해 아무리 밥 달라고 소리쳐도 듣지 못했다. 다가가 어깨를 흔들어야 겨우 잠에서 깬 듯 눈을 비볐다. 대충 밥을 차려준 엄마는 무엇에 홀린 듯 다시 그 자리로 가서 혼을 내려놓고 멍하니가 되었다. 개나리 필 무렵이면 엄마는 유난히 야위었다. 밥 세 숟갈이 정량인 엄마가 그때는 아예 수저를 들지 않았다. 봄을 타서 그래. 엄마가 아무리 예사롭게 말해도 나는 엄마에게서 눈을 뗄 수 없었다. 개나리가 질 때까지 아무도 몰래 엄마를 감시해야만 했다.

엄마가 들여온 개다리소반을 보자 눈물이 핑 돌았다. 밤새 간호한 걸로도 모자라 내가 좋아하는 녹두죽을 쑤어온 엄마. 우리 엄마도 엄마는 엄마구나. 하지만 마음과 달리 말은 또 삐딱선을 탔다.

“까짓 다리 밑에서 주워온 아이, 아파 죽으면 가마떼기에 둘둘 말아 다시 다리 밑에 던져버리면 될 걸 엄마답지 않게 너무 애쓰시네.”

나는 엄마에게 서운할 때마다 다리 밑에서 주워온 아이냐고 대들었다. 그럴 때 엄마의 반응은 한결같았다.

“용케 알았구먼. 그래, 너 다리 밑에서 주워왔다. 그러니까 눈치껏 잘해 이것아.”

역성들어달라고 아버지를 쳐다보면 껄껄껄 사람 좋게 웃으며 내 절벽 뒤통수를 쓰다듬었다. 아버지 역시 뒤통수가 깎아지른 절벽이었다.

“임자도 참. 어린내 상처받게 왜 장난을 치고 그래요?”

아버지는 엄마에게도 꼭 말을 높일 정도로 점잖은 분이었다.

“다리 밑에서 주은 거 맞잖아요. 아니유?”

두 분이 알 수 없는 눈짓을 주고받는 걸 보며 나는 돌아서서 소맷부리로 눈물을 찍었다. 인정머리 없는 엄마는 도통 어린 자식들을 달랠 줄 몰랐다. 나는 혼자 울다 혼자 그쳤다. 울음 끝엔 꼭 바둑이가 봉변을 당했다. 깨갱, 걷어차인 바둑이가 꼬리를 말고 도망치면 아예 돌아오지 않길 바랐다. 말 못 하는 짐승이라고 나보다 더 챙겨주는 바둑이. 가축만도 못한 내 인생이 서러워 찌그러진 개 밥통까지 걷어차야 분이 풀렸다.

은은한 녹두죽 냄새가 코를 점령했다. 부드럽고 배틀한 맛에 입천장 데는 줄도 모르고 꿀꺽 삼키면 벌써 또 한 입이 들어가던 녹두죽. 녹두죽을 먹고 나면 얼얼한 입천장 허물이 몇 겹씩 벗겨졌고, 그렇게 허물이 벗겨져야 비로소 녹두죽을 먹은 것 같았다. 녹두죽이 유난히 배틀했던 이유는 데인 입천장이 보태준 고기 맛 때문이었는지도 모르겠다. 입안에 침이 고이고 혀가 환호했지만 나는 짐짓 관심 없는 척 목을 만지며 기침을 끌어냈다. 기침이 멎기를 기다린 엄마가 어서 먹으라는 듯 숟가락을 쥐어줬다.

"주둥이 놀리는 거 보니 살아났구나."

"엄마는 하나도 반갑지 않지?"

"화상! 말하는 뽄새하고는……."

엄마가 느닷없이 이마에 딱밤을 주었다. 어찌나 세던지 마빡에 불이 튀고 눈물이 핑 돌았다. 그와 동시에 엄마가 돌발적인 자세를 취했다. 앉은 자리에서 다리를 쩍 벌리고 몸빼바지 가랑이를 손가락으로 가리켰다.

"바로 여기, 엄마 두 다리 밑에서 주웠는데 버리긴 어디다 버려?"

어이가 없어 쿡쿡 웃자 엄마가 내 머리통을 또 쥐어박았다.

"먹기 싫으면 그 숟갈 인내 이것아. 엄마가 모조리 먹어치울 테니까."

괜한 소리란 걸 내가 모를까. 엄마는 먹는 기쁨을 모르는 사람이었다. 음식을 만들 때도 간 본 다음에 입안의 음식을 모조리 뱉어내는 엄마였다. 나는 엄마가 뭘 맛있게 먹는 걸 본 기억이 없다. 삼킬 줄 모르는 엄마. 아마 그래서 엄마는 돈을 모아 쟁여놓을 줄만 알았지 쓸 줄 모르는지도 몰랐다. 하지만 먹지 않고도 늘 배가 부르다는 엄마를 보며 역시 돈의 힘은 위대하구나 생각했다.

"엄마가 그거 싹싹 다 드신다면 양보한 보람 있겠네 뭐."

엄마가 눈을 흘겼다. 그러고 보니 엄마는 내가 아플 때만 엄마다웠다. 지금 나는 아프다. 자식 때문에 아프다. 아니, 좀 더 직접적으로 얘기하자면 돈 때문에 아프다. 돈이 결부되는 일일 때 엄마에게서는 칼바람이 불었다. 어떤 이유로도 종교를 허물 수는 없는 일. 엄마의 돈은 엄마가 죽어야나 살아 움직일 것이다. 하지만 내가 암만 아쉬워도 엄마가 죽기를 바랄 만큼 모진 딸은 아니다. 차라리 엄마가 아버지에게 모진 아내였다.

아버지가 죽자 엄마가 바빠졌다.

이유 없이 집을 잘 비웠다. 갑자기 혼자 돼 쓸쓸할까 봐 찾아가면 번번이 문이 잠겨 있었다. 멍하니 골목을 내다보던 엄마가 떠올랐다. 그 병이 또 도졌나? 그렇게 어려워하던 아버지도 없으니 이젠 마음 놓고 골목을 벗어날 수 있다. 문제는 계절이다. 빙판길에 노인네가 넘어지기라도 하면 낭패 아닌가.

"엄만 맨날 뭔 사무가 그렇게 바빠? 아주 날개를 달았어요."

엄마가 흘낏 쳐다보고는 주방으로 돌아섰다. 누렇게 뜬 얼굴에 군데군데 자리 잡은 검버섯이 얼핏 보였다. 언제 생겼지? 못 보던 것이었다. 분화장 한 번 안 해도 늘 부러움을 사던 엄마의 피부였다. 웰빙 바람이 불면서 소식이 화제에 오르자 엄마 친구가 그랬다.

"느이 엄마는 선견지명이 있는지 젊어서부터 소식하는 바람에 이날입때까지 군살 한 점 없고 저 피부 봐라. 빽하면 쪘다 빠졌다하는 나는 허구한 날 돈을 발라도 이 타령인데 늬 엄마 얼굴이 어디 칠십 넘은 노친네인가. 하여튼 팔자 좋은 여편네는 하나도 놓치지 않고 다 가진다니까."

"뭐이? 내가? 내가 팔자 좋다구?"

엄마가 펄쩍 뛰더니 다짜고짜 친구 등을 떠밀어 몰아냈다. 당황한 나는 이러지도 저러지도 못하고 엉거주춤 있다가 엄마에게 따져 물었다.

"왜 그래 엄마? 팔자 좋다잖아. 좋다는데 왜 그러는 거야?"

엄마가 털썩 주저앉으며 신음처럼 뱉었다.

"넌 사람 겉 봐서 알디?"

말하나 마나다. 어느 누가 남의 속을 들여다볼까. 엄마 역시 내 속을 모르기는 마찬가지면서 그건 무시하는 눈치였다. 솔직히 그만하면 남부러울 만한 복을 가진 엄마 아닌가. 평생 한눈 한 번 안 팔고 아내만 바라보던 남편, 이자놀이로 들어오는 돈과 계주로써 보는 특혜, 특별히 거두지 않아도 말썽 없이 잘 자라 여윈 자식들……, 이만하면 됐지 싶은데 뭐가 부족했을까. 돈 쓰는 재미도 먹는 재미도 모르는 엄마가 부릴 욕심이란 과연 무엇일까. 아, 있긴 있다. 돈 모으는 재미. 혹 엄마가 종교와 불화라도? 그거야말로 내가 바라던 바다. 나는 두근거리는 심정으로 엄마를 주시했다. 그런 나를 비웃듯 엄마는 이내 일상으로 돌아가 전화를 붙들고 계원들에게 일일이 곗날을 상기시키더니 벌떡 일어섰다.

"가자!"

"어디요?"

"난 장 보러 가고 너는 느이 집에 가야지."

엄마는 친구를 밀어내듯 나마저 밀어냈다.

엄마의 일터는 집이었다. 돈놀이를 해도 엄마가 움직일 필요는 없었다. 아쉬운 사람들이 쉴 새 없이 찾아와 우리 집은 늘 붐볐다. 밥때가 되면 그가 누구이든 상을 차려내는 엄마. 엄마가 매일 저녁 장에 가는 것도 다 그 때문이었다. 주로 떨이를 사기 때문에 양이 많고 값이 헐했다.

다저녁때 장에 가는 것 말고는 집을 비우는 일이 없던 엄마였는데 아버지가 죽자 기다렸다는 듯 바깥으로만 나돌았다. 그러니 말에 가시가 돋칠 수밖에.

"산 너머 산이라더니, 서방 시집살이로 모자라 이젠 출가한 딸년 시집살이까지 나 원 참. 나도 이제 감옥살이 좀 면해보자!"

엄마는 아버지보다 열여섯 살 아래였다. 그래 그런지 아버지는 엄마를 집 안에 꼭 붙들어 앉혔다. 어쩌다 하는 외출엔 예외 없이 아버지가 따라붙었다. 엄마는 아버지에게 순응하며 나름대로 낙을 찾는데 성공했다.

신혼 시절 아버지의 봉급은 초라했다.

엄마가 벌겠다고 나서자 아버지는 집에서 하는 일, 그리고 남자가 개입되지 않는 일이란 조건을 달았다. 엄마는 손쉽게 계주가 되었다. 아이러니컬하게도 아버지 덕이었다. 곗돈 떼먹고 도망간 계주들이 툭하면 뉴스에 나오던 시절이었다. 계원들은 엄마가 아니라 경찰공무원인 아버지의 신분을 믿었다. 돈복을 타고났는지 엄마의 계는 깨지는 일이 없었다. 사채놀이도 엄마가 나선 게 아니었다. 빌려달라고 찾아오는 사람들 등쌀에 떠밀려 시작한 것이 점차 단위가 커졌다. 돈놀이는 빽하면 떼어먹히기 예산데 엄마는 예외였다. 어느 날 제법 큰 사업을 하는 남자가 부인을 대동하고 찾아왔다. 남자 혼자 오면 들이지 않는 룰을 아는가 보았다. 굳이 사채를 쓰지 않아도 될 사람이었다. 엄마가 의아한 표정으로 물었다.

"점잖은 분이 어찌 이 누추한 곳까지 찾아오셨는지요?"

남자가 머쓱한 듯 뒷덜미를 문지르며 씩 웃었다.

"이번에 저희 회사가 사업 확장을 하는데, 듣자 하니 여기서 빌려 쓰면 백발백중 성공한다는 소문을 듣고……."

이게 바로 엄마가 돈을 뜯기지 않은 이유였다.

빌려간 사람이 망해야 뜯기지 흥하면 뜯길 일이 없다. 소문은 소문을 낳고 엄마의 고객은 어느새 전국구가 되었다. 집 안에 앉아, 때마다 밥상만 차려내면 차려낸 만큼 돈이 불어났다. 엄마의 일은 아버지 퇴근 전까지였다. 아무리 급하다고 죽는 소릴 해도 아버지 귀가 후에는 절대 들이지 않았다. 그게 또 엄마와 아버지의 불문율이었다.

문제는 아버지 정년퇴임이었다.

아버지가 종일 집 안에 들앉아 있으면 엄마는 손을 놓아야 했다. 탄력을 받아 저절로 굴러가는 바퀸데 어쩐다? 언젠가는 자식들 차지가 될 텐데 내 몫이 줄어드는 건 당연히 싫었다. 모처럼 엄마와 사이좋게 머리를 맞댔다. 아버지 내돌릴 궁리에 빠져 인기척도 못 느꼈다. 아버지가 다가오더니 먼저 운을 떼었다.

"임자, 걱정 마시오. 사들이기만 하고 방치한 부동산들 이제부터 내가 관리할 테니."

엄마가 마련한 부동산이 적잖이 깔려 있었다. 주로 재개발에 들어갈 달동네라 손을 봐주지 않는 대신 월세도 신통찮았다. 아버지는 직장에 다닐 때처럼 출퇴근하며 이윤을 높였다. 그러다가 새로 매입한 부동산 몇 개를 은근슬쩍 당신 명의로 했는데 그만 엄마한테 들통이 나고 말았다.

"아니, 이 양반이, 욕심은 아무나 부리는 줄 알아요?"

그 뒤로 아버지는 꼼짝없이 엄마 명의로 수속을 밟았다. 그 이유가 재미있다. 아버지 명의로 했다하면 이상하게 재미를 보지 못했다. 엄마 명의일 때만 물건들이 호가를 쳤다. 확실히 재복이 있는 사람은 따로 있는가 보았다.

세월이 변해 계라는 형태의 목돈마련이 시름시름 그 위세를 잃고 엄마도 세상에서 잊혀져 갔다. 굳이 집 비워줄 이유가 사라지자 아버지는 엄마에게 매달렸다. 장 보는 데 따라다니고 여행 가자며 조르고 하다못해 노인정도 함께 가자며 먼저 신발을 신고 기다렸다.

"아 귀찮다는데 왜 이러나 몰라. 난 집 지킬 테니까 영감님이나 다녀오세요!"

아버지가 아무리 사정해도 소용없었다. 힘이 빠졌는가? 아버지가 시름시름 앓기 시작하더니 지난겨울 목숨을 놓았다. 구십 세. 결코 적은 나이는 아니지만 소위 평생을 함께한 부부라면 그럴 수 없었다. 엄마는 문상객도 받지 않고 유가족 휴게실에서 내처 잠만 잤다. 친구들이 왔을 때만 부수수한 머리를 손가락으로 빗으며 나와 잠깐 앉았다가 그들이 일어서기도 전에 먼저 사라졌다. 코까지 골면서 자는 엄마는 마치 호된 노예살이에서 벗어난 모습이었다. 무언가를 찾는 듯 손을 허우적대며 다른 세상을 꿈꾸는 엄마를 내려다보며 나 또한 이렇게 배신당하는 건 아닌가 두려웠다.

지난겨울은 유난히 매웠다.

아버지 장례 때는 겨우내 얼어붙은 땅 때문에 몹시 애를 먹었다. 고인이 경찰 출신이라며? 그러게나 말이야. 무고하게 당한 혼령 한이라도 서렸나? 이게 원 땅인지 쇳덩어리인지……. 장지의 일꾼들 푸념을 뒤로 하며 엄마와 함께 오지 않길 잘했다고 생각했다. 심상치 않은 조짐의 엄마가 보태거나 빼거나 해서 드잡이를 할지도 모를 일이었으니까.

아버지 삼우제가 지나자 그 엄동에 추운 줄도 모르고 엄마가 나돌아 다니기 시작했다. 사흘이 멀다 하고 눈은 또 얼마나 왔던가. 젊은 사람도 눈이 오면 외출을 꺼리는데, 노친네가 밖으로만 돌다 혹 넘어져 골절상이라도 입을까 염려하는 나를 엄마는 잔소리꾼으로 매도했다.

"이러다 객사해도 원 없으니까 제발 나 좀 내버려다오. 정말 징하다 징해!"

내가 애타게 봄을 기다린 것도 다 엄마 때문이다. 날이 풀려야 근심도 풀릴 테니까. 헌데 올봄은 유난히 게으름을 부리며 희롱을 일삼았다. 한 발 내딛는가 싶으면 두 발 물러서고 세 발 내딛으면 또 한 발 물러서며 올 듯 말 듯 미적거렸다. 관심 자체를 거부하는 엄마라 전화하는 것도 눈치가 보여 일기예보에만 민감해져 갔다.

오늘 아침은 제법 포근해 봄옷을 걸쳤는데 친구와 헤어져 승강기를 타자 한겨울 못지않게 함박눈이 펑펑 내렸다. 무심코 내리니 극장가였다. 이왕 여기까지 온 거 영화나 한 편 볼까. 사람에게 위로받지 못한 걸 영화에라도 기대려는 심정이었다. 기다리기 싫어 아무거나 바로 볼 수 있는 영화를 선택한 게 하필이면 「육혈포 강도단」이었고.

늙은 여자 셋이 하와이 여행을 가려고 8년간 모은 돈 837만 원을 들고 여행사에 입금하러 은행에 간다. 창구직원에게 돈을 건넸지만 컴퓨터에 입금 처리가 되기 전 그만 은행강도에게 빼앗기고 만다. 은행이 입금을 인정하지 않자 절망한 그녀들이 은행강도를 모의한다. 전문은행강도를 협박한 끝에, 비법을 전수 받아 육혈포를 들고 복면강도로 변신해 인질극까지 벌이며 은행을 점거한다. 평균나이 65세, 최고령 은행강도단이었다.

세 여자 모두 엄마보다 어리다.

세 여자 모두 지나온 삶도 앞으로의 삶도 만만치 않다. 그들에게, 저물어갈 수평선이 코앞에 보이는 그들에게 하와이는 꿈이었다. 하와이에 다녀와서 죽어도 좋고, 가서 죽어도 좋고, 떠나다 죽어도 좋을 만큼 절실한 상징이었다. 말도 안 되는 강도질을 할 만큼 그렇게 절실한 꿈 하나쯤은 가지고 살아야 한다는 눈물겨운 메시지를 읽으며, 내 하와이, 아이들의 성공을 생각했다. 나도 저들처럼 하와이에 집착할 수 있을까. 친정엄마의 금고를 훔치든 장기를 꺼내 팔든 용감하게 저지를 수 있을까. 자신이 없다. 어쩌면 내가 아직 건강하고 덜 늙어서인지도 모르겠다. 절실하다는 말이 가장 절실한 사람은 죽음을 앞둔 사람일 터, 아니, 이것도 아니다. 내겐 하와이가 이미 환상의 땅이 아닌 때문이다.

나는 신혼여행을 하와이로 갔다. 뜻밖에도 엄마가 권유했다. 그때 엄마는 내게 크게 썼다.

"개혼이야. 맏이가 잘돼야 지차들도 잘 풀리는 거고."

엄마가 내 손을 잡고 눈시울을 붉혔다. 개혼이라고 말할 때 엄마의 목소리가 미세하게 떨렸다. 개혼이고 재혼이고 쉽사리 지갑을 열 엄마가 아니라 나로서는 얼떨떨하기만 했다.

사는 게 괜찮을 때 우리 부부는 휴가를 받아 종종 여행을 떠났다. 우리만 다니는 게 왠지 미안해 함께 가자고 권하자 엄마가 정말 부러운 눈빛으로 말했다.

"좋겠다. 아문! 좋을 때 좋아야지."

엄마는 툭하면 나를 부러워했다. 별 능력도 없이 남편만 바라보고 사는 나는 능력 있는 엄마가 부러웠다. 내가 엄마라면 마구 퍼주고 밀어주며 행복할 것 같았다. 도대체 나의 무엇이 부러운지 알 수 없었다. 어쨌든 엄마가 누군가. 돈이라면 벌벌 떠는 사람 아닌가.

"엄마, 경비는 우리가 댈 테니까 걱정 말고, 제발 같이 좋자."

"에미는 좋으면 벌 받아 이것아. 그게 내 팔자야."

넌덜머리 나는 저 고집! 좋은 마음이 사나워졌다.

"그러면 왜? 왜 그렇게 악착같이 돈을 모으는데?"

"낭중에, 아주 낭중에 한몫에 헌금하려고……."

모순이었다. 엄마의 종교가 돈인데 종교를 헌금하다니. 엄마는 교회도 성당도 절도 하다못해 만신 집도 출입하지 않는 사람이었다. 엄마는 집귀신 돈귀신이었다. 수상한 엄마를 따라 주방으로 갔다. 엄마는 뜬금없이 북어를 꺼내 두들겼다. 도대체 어디 헌금한다는 거냐고 캐물어도 연신 북어만 두들겼다. 또 넋이 실종됐는지 북어 살이 바스러져 가루가 되도록 하염없이 두들기기만 했다. 나는 식탁에 앉아 물끄러미 엄마를 바라보았다. 방망이를 내리칠 때마다 풀풀 날리는 북어 입자에서 알 수 없는 슬픔의 냄새가 났다. 북어는 종적도 없이 사라지고 도마와 방망이만 공허하게 비명을 지를 즈음 손을 멈춘 엄마가 한없이 낮은 한숨을 땅이 꺼져라 내쉬더니 흘낏 나를 발견했다.

"기다려. 에미 송장 치면 알게 될 거니까."

그 많은 돈을 짊어진 엄마지만 영화 속의 여자들만도 못한 삶을 살았다. 하와이는커녕 부곡하와이도 못 가봤다. 가까운 남이섬이나 강촌도 가지 않았다. 아마 바다 구경도 못해봤을 것이다. 엄마는 시집와서 집과 시장, 그리고 경조사에 간 것이 전부다. 엄마는 왜 돈을 짊어지고 살까. 무엇이 엄마를 그렇게 만들었을까. 문득 엄마가 안쓰러웠다. 사용하지 못하는 돈은 이미 돈이 아니고 돌이다. 벌면 벌수록 모으면 모을수록 어깨만 빠지는 돌. 돈을 모을수록 괴로웠을지도 모를 엄마. 그러면서도 포기할 수 없는 그 무엇이 과연 무엇일까?

오늘 내내 건건이 엄마와 결부되는 생각들이 수상쩍다. 혹 엄마에게 무슨 일이라도? 극장을 나오면서 휴대폰부터 켰다. 수십 건의 부재중 통화와 문자 메시지가 들어와 있다. 문자 메시지부터 열어보았다.

누나, 왜 휴대폰은 꺼 놓은 거야? 급하니까 바로 전화해!!!

뒤에 찍힌 야구방망이 세 개가 다급했다. 화장실도 들르지 않고 승강기에 오르며 통화버튼을 눌렀다.

아아 내가 한가하게 영화를 보는 동안 엄마는 사경을 헤매고 있었다. 굳이 집중할 영화도 아니었는데 무심코 전원을 꺼버렸다. 그리고는 엄마와의 심리전에 이길 궁리로 희희낙락했다. 내가 전원을 꺼버려서 엄마의 숨도 꺼진 게 아닌가 부질없는 죄책감이 밀려왔다.

교통사고였다.

엄마는 한마디 말도 없이 갔다. 아버지 가고 두 달 만이다. 이제 겨우 일흔넷, 줄잡아도 십 년은 너끈할 엄마였다. 더욱 황당한 것은 사고가 난 지점이다. 엄마와 아무 연고도 없는 강화도 시외버스터미널 앞에서 무단횡단을 하다 사고를 당한 엄마. 엄마는 왜 그곳에 갔을까.

장례를 치룬 뒤 형제들이 모였다. 명색은 내가 맏이지만 아들인 둘째가 나섰다.

"법대로 합시다. 그래야 말이 없을 테니까."

막내도 가만히 있지 않았다.

"법 되게 좋아하시네. 형이 뭐 한 게 있다고 법을 들먹여? 기여도를 봐야지. 누나 말고 엄마 챙긴 사람 있으면 나와 보라 그래!"

기생충처럼 엄마에게 붙어 빨아먹을 궁리만 한 내가 엄마를 챙기다니……. 막내의 오해가 어이없어 쓴웃음이 나왔다.

둘째는 마음이 급한가 보았다.

"좋고. 우선 엄마 재산목록 아는 사람 있어?"

우리는 서로의 얼굴을 번갈아 살펴보았다.

"좋아. 그거야 알아보면 되는 거고. 하여튼 빨리 진행합시다."

곧 이민 일정이 잡힌 둘째는 시간을 아끼려는 속셈이 역력했다. 이민 가기 전에 돌아가신 엄마가 둘째로서는 고맙기 이를 데 없을 것이다. 희망에 부푼 둘째에게 날개를 달아준 엄마. 들뜬 목소리로 흥분을 감추지 못하는 둘째가 괘씸해 눈꼬리가 위로 바짝 당겨졌다. 적어도 엄마를 산에 버리고 오자마자 상제들끼리 나눌 대화는 아니었다. 자식은 없고 상속자만 남긴 엄마. 버는 놈 따로 있고 쓰는 놈 따로 있다더니 겨우 이 꼴 보자고 그리도 꽁꽁 뭉쳐 숨겨두었을까.

아무 소득도 없이 서로 신경전만 벌이다 뿔뿔이 흩어졌다. 대놓고 상속을 서두르는 둘째 못지않게 나도 급했다. 솔직한 둘째를 나무랄 자격이 내겐 없었다. 없어서 못 주는 것과 있으면서 안 도와주는 건 천지 차이다. 아무리 급한 불도 엄마는 꺼주지 않았다. 어려울 적마다 엄마를 원망하며 이날을 고대했다. 둘째 모습이 내 모습인데 그런 나를 인정하기 싫어 애매한 제스처를 취했다. 혼자 있으니 얼굴이 벌개지도록 부끄럽다. 머리가 띵하고 영 갈피가 잡히지 않는다. 부모 자식 지간이 과연 뭘까 혼돈스럽고, 엄마가 목숨처럼 지킨 돈궤의 수수께끼도 궁금하다. 엄마 송장 치우면 알 게 될 거라 했는데 아무리 더듬어 봐도 감이 잡히지 않는다. 한몫에 헌금한다던 엄마의 재산, 그건 엄마의 죽음이 자식들에게 축제가 되도록 하기 위한 포석이었을까. 몸은 천 근인데 잠은 점점 더 멀리 달아났다.

"선친 이름으로 된 집은 별도의 유언이 없으니 법에 따라 자제분들이 나누면 되고, 모친의 전 재산은 정상만 씨에게 상속한다고 유언을 남기셨습니다."

변호사가 들려준 말에 나는 저이가 사람을 잘못 찾아왔지 싶어 재차 확인했다. 분명 나를 찾아왔고 내게 한 말이었다.

정상만? 생전 듣도 보도 못한 이름이었다. 그렇담 최근의 외출이 모두 그 때문? 사이비 종교에 빠져 전 재산을 바치고 패가

망신하는 이가 한둘인가. 엄마라고 예외일 수는 없다. 그렇담 정상만은 강화도에 있는 무슨 사이비 종교 교주?

"그 사람이 도대체 누군데요?"

"글쎄요. 저는 잘 모르겠고 모친이 따님께 남기신 편지가 있는데 열어보시면 알겠지요."

두근대는 가슴을 진정하려 냉수를 들이켜고 편지를 뜯었다. 손이 바들바들 떨렸다. 자식들의 기대를 저버린 배신의 이유가 들어 있을 터였다. 얼마나 인내력을 가지고 기다린 시간이던가. 늘 엄마에게 져주던 우리 심정이 심정이었을까. 그게 모두 엄마의 권력 때문이었다. 헌데 그 권력을 듣도 보도 못한 사람에게 양도하다니? 도대체 무슨 변명이 들어 있을까.

정상만.

그는 엄마 가슴에 심어놓은 꼬마였다. 열 살이 되었을 때 꼬마가 물어물어 엄마를 찾아왔다. 엄마는 밥 한술 안 먹이고 꼬마를 내쳤다. 다시는 찾아오지 말라고 강다짐을 받으며 빗자루를 휘둘러대자 눈물 벌창을 하며 엄마 치마꼬리에 매달리던 꼬마가 뒤도 돌아보지 않고 골목 밖으로 사라졌다. 꼬마가 사라진 골목 축대에 개나리가 만발해 있었다. 그 뒤 엄마는 다시 꼬마를 볼 수 없었다. 새신랑이 돌림병으로 죽고 유복자로 태어난 아이였다. 아이가 젖 떨어질 무렵 시댁에서는 인심 쓰듯 며느리 개가를 서둘렀다. 손이 없는 큰댁에 양자로 들이려는 속셈이었다.

신랑이 일찍 죽어 혼인신고도 안 된 상태였다. 아버지는 그 모든 걸 알았지만 인물 반반한 색시와 색시에게 딸려오는 땅때기에 허물을 덮어버렸고, 어차피 팔자 고친 몸, 깨끗하게 연을 끊어야 서로에게 유익하다고 판단한 엄마는 자신의 피를 차갑게 식히는데 골몰했다.

열 살 꼬마가 다녀간 뒤, 엄마는 팔 걷어붙이고 돈벌이에 나섰다. 그렇게 번 돈을 아버지 눈치 보느라 꼬마에게 한 푼도 건네지 못하고 껴안고 살았던 것이다. 엄마가 내게 당부했다.

'사람 목숨 알 수 없으니 혹시라도 내가 죽거들랑 네가 오빠를 찾아라. 꼭 찾아서 엄마가 평생 가슴에 품고 살았다는 걸 알려다오. 행여라도 서운하게 생각하지 말거라. 어쨌든 너희들은 내가 끼고 살면서 먹이고 입히고 가르치지 않았느냐. 사실 내가 악착같이 돈을 번 것도 다 버린 자식 때문이었느니라. 그 애 때문에 우리 집이 살 만해졌으니 원망할 일은 아니라고 본다. 맏이, 너만 믿는다.'

엄마의 편지는 아버지 생전에 쓴 것이었다.

아버지가 죽자 아들을 찾느라 혈안이 되었던 엄마. 수소문

끝에 강화도에 사는 아들을 찾았지만 그게 끝이다. 곁에 횡단 보도가 멀쩡히 있는데 정신 나간 사람처럼 휘적휘적 도로를 횡단했다고 한다. 아들을 만나긴 한 것일까. 아들을 만나 무슨 일이 있었을까. 꿈에 그리던 아들이 독을 품고 덤볐을까. 냉담하게 외면했을까. 혹시 이미 고인이 된 건 아닐까. 순식간에 많은 추측들이 지나갔다.

생각지도 않은 복병, 정상만을 찾아 나섰다. 그는 엄마의 알맹이, 우리들은 쭉정이였다. 우리는 사랑도 못 받고 돈도 못 받았다. 그저 엄마 곁에 있었을 뿐이다. 질투가 나고 허망하기도 하다. 하지만 엄마 말마따나 그 때문에 번 돈이라니 할 말이 없긴 하다. 일단 엄마의 죽음부터 알려야 한다. 그래서 급히 찾아 나선 길이다. 속마음에 그가 이미 이 세상 사람이 아니었으면, 발칙한 생각도 들었다. 고분고분 말이 통하는 막내와 함께 나섰다.

마니산 기슭, 누군가 버리고 떠난 폐가였다. 쓰러져가는 폐가 담장에서 막 피어나기 시작하는 개나리가 고개를 내밀고 먼저 반겼다. 인기척을 내자 허름한 창호지 문이 열렸다. 콜록거리는 기침 소리 뒤에 뉘슈? 쉰 목소리가 따라 나왔다. 사람은 보이지 않았다.

"여기가 혹시 정상만 씨 댁 맞나요?"

"맞긴 맞소만 내가 몸이 좀 불편해서……."

막내가 먼저 신발을 벗고 어둑신한 방으로 들어서고 내가 뒤따랐다. 어둠에 익을 때까지 앉지도 못하고 잠시 서 있었다. 실은 앉을 자리가 없었다. 지저분한 방에서 마땅히 앉을 만한 자리를 찾지 못했다. 게다가 방 안에 고여 있던 역한 냄새가 스멀스멀 일어나며 후각을 괴롭혔다. 먼지와 악취와 어두움이 불쾌해 당장이라도 뛰쳐나가고 싶은 걸 참느라 호흡조차 아꼈다. 그가 몸을 일으키려 안간힘을 쓰자 막내가 부축해 벽에 기대 앉혔다. 풀썩거리는 이불에서 온갖 세균이 일어나 덤벼드는 것 같았다. 대충 얘기를 끝내고 빨리 나가고 싶었다. 엄마의 절망이 얼핏 느껴졌지만 서둘러 덮어버렸다.

병든 몸으로 혼자 지내는 그. 생활보호대상자로 병원비도 안 들고 별로 돈 쓸 일도 없어 지낼 만하다는 그에게선 어떤 원한의 그림자도 찾을 수 없었다. 그게 나는 또 기분 상했다. 우리 것을 송두리째 빼앗아갈 사람이니 적수가 분명한데 그를 적수로 삼으면 우리가 우스워질 것 같았다. 터무니없는 이 상황에 화가 나서 사무적으로 짧게 말했다.

"며칠 전 어머니가 다녀가셨지요?"

그가 한바탕 기침을 쏟아내더니 눈물을 글썽였다. 나보다 고작 세 살 위인데 너무 상해 스무 살은 손위 같다. 그것도 기분 나쁘다. 전의를 상실하게 만드는 모든 장치가 거슬리고 불쾌하다. 대문 밖의 당신 때문에 대문 안의 우리가 얼마나 찬밥이었는지 당신이 알아? 엄마는 평생 당신에게만 달려갔어. 우리는 완전히 여벌이었다구.

"글쎄 말이외다. 눈길에 노인네가 찾아오셔서 어찌나 놀랍고 송구스럽던지 원."

그가 수세미처럼 엉키고 떡진 머리를 긁적이더니 덥수룩하게 자란 수염을 쓱쓱 훑었다. 그리곤 즐거운 일이 생각난 아기처럼 잇몸을 드러내며 합죽 웃었다. 어두워서 몰랐는데 이가 빠져 호물딱 입이었다. 그것도 거슬렸다. 그는 엄마를 쓰라리게 할 모든 카드를 갖추고 있었다. 평생 집착, 아니 애착하여 등에 지고 산 아들이 호물딱 입이 되어 홀로 앓아누운 걸 보고 돌아선 엄마가 어찌 제정신일 수 있을까.

결국 이 사람이 우리 엄마를 잡아먹은 것이다.

연민으로 물렁해지는 마음을 단단히 중무장하며 먼지 낀 문살만 뚫어져라 노려보았다. 골방에 달랑 하나 있는 출입문, 찢어진 곳마다 덧대 바른 창호지가 그의 삶처럼 누덕누덕했다. 얼른 이곳을 벗어나야 한다. 지체할수록 불리해진다. 막내에게 사인을 보내려 해도 녀석이 눈을 주지 않아 여의치 않다. 고개를 떨구고 일없이 방바닥만 긁어대던 막내가 기어이 일을 내고 만다.

“엉아!”

이따금 어리광 피울 때 막내가 즐겨 쓰는 표현이다. 지금은 어리광이라기보다 버려진 핏줄에게 보내는 안쓰러운 애정일 터였다. 막내가 어렵사리 엄마의 부음을 전하자 그가 주먹 같은 눈물을 뚝뚝 떨궜다.

“다 나 때문이야. 내가 원래 복이 없거든.”

성묘를 가겠다고 그가 벽을 짚고 일어섰을 때 나는 또 눈을 의심했다. 어쩌면 좋을까. 아아 그는 아직도 꼬마였던 것이다.

“어머니 찾아갈 때만 해도 전혀 몰랐어. 다녀온 뒤 팔다리가 자라지 않는 거야. 훗날 큰어머니가 아들을 낳자 알아서 나와 버렸지.”

곡마단 시절이 다한 뒤, 밤무대로 옮아가 그럭저럭 재주 부리며 살다 이렇게 늙었노라며 그는 남의 말처럼 쉽게 했다. 이가 나간 것도 불쇼를 오래 한 때문이라 했다.

“그래도 불쇼 할 때가 제일 행복했어. 나를 향해 모여든 수많은 눈빛들, 그들은 숨도 못 쉬고 내게 주목했지. 누군가 나를 바라보는 게 그렇게 좋더군. 입에 물었던 휘발유를 뿜어내면 거짓말처럼 피어나던 불꽃, 그 불꽃을 당겨 입에 물었다 뱉었다 하는 재미에 잇몸이 다 상하는 것도 몰랐어. 이가 나가듯 내 인생도 나갔는데 그땐 통 몰랐네. 그래도 그때가 내 인생의 전성기야. 그땐 외로운 줄 통 몰랐거든."

당신 기억 속의 모습 그대로 아직도 꼬마인 늙은 아들을 만나고 돌아가면서 어느 어미가 제정신일 수 있을까. 평생 준비한 보상이 휴지쪽으로 변한 순간, 쓰나미처럼 덮쳐왔을 죄책감. 어쩌면 엄마는 입이 붙어 아무 말도 못하고 허청걸음으로 돌아서 나왔을지도 모르겠다.

거실 바닥에 꿇어앉아 엄마 영정을 껴안고 그가 오열한다. 자기가 먼저 죽었어야 하는데 잘못했다며 땅을 친다. 엄마가 평생 가슴에 껴안고 산 자식이라 그런지 뭐가 달라도 다르다. 유산에 관한 얘긴 아직 입 밖에 내지도 않았는데 어느 자식보다 애통해 한다. 어쩌면 저이가 엄마가 건진 유일한 자식일지도 모르겠다. 도망치듯 부엌으로 향한다.

엄마가 만들어둔 밑반찬을 있는 대로 꺼낸다. 김장김치도 엄마식으로 밑둥만 잘라 먹음직스럽게 담아낸다. 짠지를 썰어 냉수에 말고 청양고추를 띄운 뒤 식초 몇 방울을 떨어뜨린다. 엄마가 차려주지 못한 밥상을 내가 차려낸다. 그가 조심스럽게 저분을 든다. 이것저것 저분만 대더니 내려놓고 숟가락으로 짠지 국물을 떠먹는다. 그가 나를 바라보며 순하게 웃는다. 숟가락 등으로 구운 김을 붙여와 싸먹는다, 꼭 엄마처럼. 다른 반찬엔 손도 대지 않고 짠지 국물과 김만 먹는 그를 안타깝게 바라보던 막내가 한마디 한다.

"에이 누나, 콩나물국이라도 좀 끓이지 않고."

아차, 그의 치아를 깜빡했다. 평소 남편이 국이나 찌개를 싫어해 상에 잘 안 올렸던 탓이다.

"죄송해요 오빠."

나도 모르게 나온 말이다. 미안한 일이 생기면 동생에게도 종종 오빠라고 하듯이.

"괜찮아 동생."

그가 환하게 웃는다. 오빠라는 호칭에 엄청 감동했나 보다. 나도 애매하게 웃는다. 눈치 빠른 막내도 웃는다. 저만치 엄마 영정도 웃는다. 당신이 만든 반찬을 버린 자식 입속에 넣으니 얼마나 흐뭇할까. 밥 한 끼 못 먹이고 내친 꼬마 때문에 평생 음식과 담을 쌓았던 엄마. 개나리 필 즈음이면 골목바라기가 되어 아예 곡기를 끊던 엄마를 저이는 상상도 못하겠지.

결혼은 해봤을까. 결혼은 고사하고 연애는? 왠지 이것저것 궁금한 것이 많아진다. 예전 내가 결혼할 때 당치도 않게 하와이로 신혼여행 보내면서 엄마가 했던 말도 떠오른다. 개혼이야. 맏이가 잘돼야 지차들도 잘 풀리는 거고. 그때 미세하게 떨리던 엄마 목소리……. 이젠 내가 아니라 저이가 맏이다. 아니 원래부터 저이가 맏이였다.

초인종이 울린다. 퇴근한 둘째가 들이닥친 모양이다. 현실적인 둘째의 반응이 어떨지 불안하다. 그가 합죽한 입가를 문지르며 현관을 바라본다. 호기심 가득한 눈빛이 갈 데 없는 늙은 아기다.

막내엄마

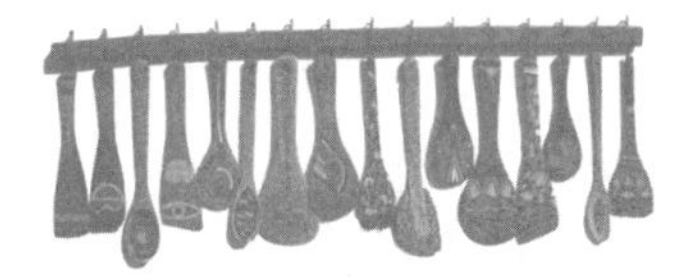

막내엄마

공원 벤치에 앉아 그늘 바람을 즐기는 당신께 지나가는 여자들의 시선이 머뭅니다. 잘 바랜 모시 적삼에 스며드는 풀빛 바람, 당신의 표정이 흡족해 보입니다. 꽃무늬 양산에 숨어 당신을 훔쳐보는 여자들의 눈빛이 혹 휴식을 방해하는 건 아닌지요. 곱게 빗어 틀어 올린 단아한 머리에 당신의 성품이 보입니다. 흘러내리지도 않은 머리칼을 문득 손바닥으로 쓸어 올리는 당신. 당신의 이마에 세월이 접힙니다.

아, 당신은 주름살마저도 어찌 그리 고우신지요.

당신을 흘낏거리느라 걸음을 늦춘 여자들이 소곤거립니다. 참 곱고 편안해 보인다, 그렇지? 나도 나중에 저렇게 늙을 수 있다면 좋겠다. 그러려면 잘 살아야지 뭐. 그늘 바람에 몸을 맡긴 당신이 배부른 아기처럼 천진하게 하품을 합니다.

욕망도 쉬어 가는 오후 2시.

줄 타이를 맨 노신사가 싱긋이 웃으며 당신께 다가갑니다. 노신사가 잠깐 걸음을 멈추고 손수건으로 땀을 닦네요. 데이트인가 보죠? 당신이 조금 옆으로 움직여 자리를 내줍니다. 초록 햇살이 쏟아지는 초하입니다.

며칠 전은 죽은 엄마 기제사였습니다. 더운 날 제수 장만하느라 여간 힘든 게 아니었을 텐데 내색 없이 꿈지럭대는 올케가 어찌나 예쁘던지요. 저는 올케 뒤를 따라다니며 재게 일을 거들었습니다. 일찍 들어온 세진이도 거실 바닥에 신문을 깔아 놓고 밤을 쳤습니다. 맏이인 한숙 언니는 얼마 전 큰 수술을 받아 참석하지 못했고요.

"정성 들인 음식도 중요하지만 맨 앞줄에 놓이는 화려한 과실이 한 인물 하는 줄 올케도 아는가 보네."

나름대로 열심히 제사상을 차린 올케를 치켜세웠습니다.

지그재그로 칼질한 뚜껑을 열어 어슷하게 얹어놓은 잘 익은 수박부터 대추, 자두, 청포도, 참외, 냉동 저장됐던 배, 생율 등을 푸짐하게 올렸습니다. 탐스러운 바나나 송이를 제상에서 슬그머니 내려놓자 아참, 하면서 올케가 자신의 머리를 두어 번 쥐어박았습니다.

"털이 있는 것과 씨가 없는 과실은 올리지 않는 거 또 잊었구나?"

그러고 보니 그것은 죽은 엄마 제사 때 당신이 하던 말이었습니다. 딴에는 예쁜 짓 한다고 덤불에서 따온 개복숭아를 제상에 올리자, 아서, 하면서 당신이 그랬잖아요.

무춤해진 올케가 보일 듯 말 듯 고개를 끄덕였습니다. 여러 번 가르쳐주었는데 또 잊었던 모양입니다. 하지만 까짓 거 잊으면 좀 어떻습니까. 당신처럼 그저 웃으며 열 번이라도 일러주면 되는 거죠. 다소 남편을 잡는 편이긴 하나 그래도 요즘 여자치고 올케만 한 사람도 없지 싶습니다.

그날, 기제사는 침묵 속에서 어느 때보다 엄숙하게 치러졌습니다. 고인이 흠향할 동안 거실에서 안방으로 자리를 옮겼습니다. 고인을 기억하고 추억하는 이 시간이 참 좋습니다. 언제 고인에 대한 생각을 한 번이라도 꼼꼼히 해보겠습니까. 시간에 덮여 잊혀지는 기억을 들추며 과거로 돌아가는 조금은 슬픈 즐거움, 그 아련함이라니…….

그런데 말이죠. 참으로 이상한 일이 일어났어요. 희미한 엄마 얼굴이 뒤로 밀리면서 당신이 선명하게 오버랩 되지 뭡니까. 처음엔 저만 그런 줄 알았지요. 나중에 한숙 언니랑 통화하며 지나는 말처럼 흘렸더니 언니가 깜짝 놀랐어요.

"어머나, 이숙아, 너도 그랬니? 나도 막내엄마가 떠올라 참 이상하다, 생각했는데…….”

아무리 철부지라 해도 그때는 우리가 너무했습니다. 더구나 저는 당신을 함정에 빠뜨리고도 끝내 뒷짐 진 채 시치미를 뗐잖아요.

봄비가 간질간질 내리던 날이었죠.

당신의 머리엔 작은 보퉁이가 얹혀 있었습니다. 임질에 익숙한 당신은 손을 아래로 떨어뜨리고 태연히 걸었습니다. 보퉁이는 움찔거리면서도 떨어지지 않았습니다. 당신이 걸음을 멈추고 잠깐 망설이는 듯하다가 다시 발을 옮겼습니다. 그때 당신은 우산을 가지고 가려다가 당신 몫의 우산이 없다는 걸 깨달았던 건 아니었는지…….

보퉁이는 당신이 처음 우리 집에 들어서던 때보다 외려 작았습니다. 보퉁이 밑의 당신 허리는 야위어 한 줌이었고요. 다시 또 주춤거린 건 해진 고무신이 헐떡거려서였던가요?

우리 삼 남매는 제비 새끼처럼 마루에 쪼르르 앉아 당신의 뒷모습을 지켜보고 있었습니다. 어린 우리들에게도 궂은 날의 침묵은 무겁기만 했습니다. 떠나는 당신을 배웅하듯 빗발에 살이 붙기 시작했습니다. 우리들은 손바닥을 처마에 내밀어 낙숫물을 튀기면서 나오지도 않는 기침을 억지로 했습니다. 그러면서도 우리들의 눈길은 점점 작아지는 당신을 똑똑히 확인했지요. 우리는 아무도 당신을 붙들거나 부르지 않았습니다. 아니, 오히려 당신이 문득 되돌아서지나 않을까 걱정이었습니다. 신작로에 접어들 무렵 비에 젖은 당신이 집 쪽으로 고개를 돌렸습니다. 당신을 향했던 우리들은 동시에 고개를 떨구었고요. 잠시 후, 고개를 드니 당신 대신 흙탕물을 뒤집어 쓴 버스 꽁무니만 보였습니다. 그제야 세진이가 걱정스럽게 물었습니다.

"이제 누가 밥해주지?"

"막내엄마가 떡 해놓고 갔잖아."

우리는 당신을 막내엄마라 불렀습니다. 당신의 이름은 순녀였죠, 박순녀. 하지만 아무도 당신을 순녀라 부르는 사람은 없었습니다. 당신의 두 번째 남편인 우리 아버지가 당신을 부르는 호칭은 '이봐' 혹은 '어이'였잖아요. 동네 사람들에겐 '서울댁'으로 통했고요.

역장인 아버지는 대부분 타지에 근무했지요.

우리들에게 아버지의 존재는 늘 손님이나 마찬가지였습니다. 그건 엄마도 마찬가지였고요. 엄마는 아버지가 집에 오는 날 잔칫상을 차렸습니다. 그리고 우리의 참례를 강요하며 잔소리를 덧붙였죠. 아버지 수저 드신 다음 수저를 들어야 한다. 다 먹었어도 먼저 일어나면 못쓴다. 자식들 누구도 거역할 수 없었습니다. 엄마의 낮은 호령이 우리를 압도한 까닭이었죠. 어쩜 엄마는 지아비를 섬긴 게 아니라 오히려 두려워했는지도 모르겠습니다.

엄마가 사고를 당한 날, 황급히 올라온 아버지의 당황한 눈빛을 지금도 잊을 수 없습니다. 아버지는 고만고만한 우리들을 내려다보며 한숨부터 쉬었습니다. 아내를 잃은 애통함보다 딸린 아이들을 어찌할 것인가가 더 고민스러운 눈치였습니다. 엄마가 가고 얼마 되지도 않아 집안 어른들이 입을 모았습니다. 애들 생각해서라도 새장가 서둘러야지. 49재가 지나기 무섭게 아버지는 새 여자를 들였습니다.

그 시절의 아버지가 대개 그러했듯 우리 아버지도 무뚝뚝하고 목청만 큰 분이었습니다.

아무튼 엄마가 죽은 이후, 여러 명의 새엄마들이 지나갔습니다. 간이역 같았던 그 많은 엄마들. 그러나 우리 삼 남매가 기억하는 엄마는 죽은 엄마와 막내엄마뿐입니다. 사흘도 못 돼 쫓겨난 여자가 있었는가 하면 이삼 년을 잘 버틴 여자도 있었죠. 아버지는 늘 여자들에게 큰소리를 쳤습니다. 지금 생각해도 이상한 것은 단 한 여자도 그런 아버지에게 맞서 소리를 낸 여자가 없었다는 사실입니다. 아, 당신만은 예외입니다. 저는 지금 새엄마를 말하는 거잖아요. 당신은 새엄마가 아니라 막내엄마고요.

"가. 이게 그렇게 원이면 당장 갖고 나가!"

아버지가 돈다발을 내던지면서 큰소리를 치는 날이면 우리들은 언제나 다락으로 숨어들었습니다. 꼭 무슨 험한 일이 일어날 것만 같아 무서웠거든요. 여자들은 겁에 질려 뒷걸음질치다가 꽁무니가 빠져라 도망쳤고요.

여자들 대부분은 우리를 낳아준 엄마보다 곱고 젊었습니다. 여자들이 있는 동안, 아버지는 전보다 더 착실히 집에 드나들었죠. 아버지가 들어서면 손에 먼저 눈길이 갔습니다. 아버지 손에는 늘 가지가지 주전부리가 들려있었거든요. 죽은 엄마 때는 어땠느냐고요? 거의 그런 일이 없었죠. 입안에서 살살 녹는 간식과 함께 죽은 엄마의 형상도 녹아내렸습니다.

새엄마들은 생모보다 모든 게 후했습니다. 고맙게도 여자들은 웬만해선 우리들의 요구를 거절하지 않았고 잘못을 저질러도 묵인하거나 방관했습니다. 그나마 복이라면 복이랄 수 있었죠. 팥쥐어멈처럼 악독한 새엄마는 한 명도 없었습니다. 더구나 아버지가 비번인 날이면 그녀들은 유난히 우리들의 환심을 사려 애썼습니다. 집 있겠다, 끼니 걱정 없겠다, 비번인 날은 집에 와서 어엿한 남편 구실하겠다, 그녀들로선 정말 놓치기 아까운 남자였나 봅니다. 게다가 집안에는 살림 간섭할 사람도 없으니 좀 좋았겠습니까.

우리들도 약속이나 한 듯 아버지에게 새엄마들에 대한 비난을 일체 삼갔습니다. 사실 그럴 만한 꼬투리도 별로 없었죠. 오히려 새엄마들은 우리에게 만만하기까지 했습니다. 간섭 않고, 웬만하면 눈감아주는 어른이 얼마나 우리들을 자유롭게 하던지요.

아버지가 안 계신 날은 우리 모두 더욱 자유로웠습니다. 밤늦게까지 밖에서 놀아도 상관없고, 숙제를 하지 않아도 문제가 되지 않았습니다. 까짓 학교 가서 손바닥 몇 대만 맞으면 될 텐데 숙제는 왜 죽어라고 합니까? 밥도 빨래도 잠자리도 변한 건 하나도 없었습니다. 아무것도 문제될 게 없었죠.

우리의 안락을 방해하는 사람은 차라리 아버지였습니다. 간신히 익힌 얼굴을 툭하면 바꾸던 아버지. 어느새 우리들은 마귀할멈이라도 익숙해지기만 하면 참을 수 있을 거란 생각을 하기에 이르렀습니다.

우리들은 이제 새엄마에 대해서 아무런 기대도 갖지 않게 되었습니다. 새엄마는 엄마라는 명찰을 단 가정부에 불과했으니까요. 그 무렵 당신이 들어왔습니다. 아버지에겐 마지막 아내였고, 우리들에겐 아직도 막내엄마로 불리는 당신이.

자주 바뀌는 새엄마 때문에 동네 사람이나 또래들에게 어찌나 창피하던지요. 다시는 엄마가 바뀌지 않았으면 싶었습니다.

우리 중 누가 먼저 막내엄마라고 부르기 시작했는지는 모르겠습니다. 그저 언제부턴가 우리들은 새엄마도 엄마도 아닌 막내엄마란 이름으로 당신을 부르기 시작했습니다.

밤이면 안방에서 당신과 아버지의 웃음소리가 종종 어둠을 까불렀습니다. 그런 날이면 이상하게도 죽은 엄마의 얼굴이 떠올랐습니다. 무섭기도 하고 무언가 모르게 슬프기도 했습니다. 문득 안방 문을 벌컥 열고 싶은 충동도 느꼈습니다.

하지만 안방에 가면 안 된다는 걸 우리는 모두 알고 있었습니다. 우리는 서로 껴안고 잠이 들었습니다. 아침에 일어나면 풀을 바른 듯 눈가가 뻣뻣했습니다. 하지만 우리는 금세 간밤의 일을 까마득히 잊었습니다. 강낭콩이 박혔었던가요. 당신이 해 준 쑥개떡을 서로 더 먹겠다고 아귀다툼을 벌였고 또 오디를 딴다고 양은주전자를 들고 나섰다가 뚜껑을 잃어버린 채 돌아오기도 했습니다. 툭하면 마을 앞 개천으로 멱을 감으러 가서 수도 없이 신발을 잃어버리기도 하고……. 진짜 엄마가 있었다면 우린 아마 종아리 성할 날이 없었을 거예요. 그렇지만 당신을 포함한 새엄마들은 야단치길 꺼렸습니다. 어떤 엄마는 신발 한 짝을 잃어버린 막내 세진이가 깽깽이발로 다녀도 모른 척했습니다.

다른 새엄마들보다, 당신의 점수가 가장 높았다는 걸 아시는지요? 당신은 아버지 앞에서 생활비를 올려달라고 당당히 요구하기도 하고, 아이들 가방이 헐었으니 개비해 줘야 하는 것 아니냐며 아침 밥상에서 나직하게 다짐을 받기도 했습니다. 죽은 엄마는 물론 스쳐간 새엄마들 누구도 그렇게 당당하진 않았습니다. 당신은 젊고 고운 데다 사리마저 밝았죠. 바로 그게 당신의 장점이면서 단점이었답니다.

그래서 그랬나 봐요. 어느 날 저는 당신의 경대 서랍을 뒤졌습니다. 당신이 장에 간 틈을 타서였죠. 서랍 속은 실망스러웠습니다. 구리무 하나와 분홍색 입술연지. 그게 전부더라고요. 당신은 그 흔한 분첩 하나 지니지 않았습니다. 죽은 엄마가 쓰던 세 짝짜리 호마이카 장롱 문도 밀어 봤습니다. 당신 것은 별로 없고 아버지 옷만 그득했습니다. 그동안 아버지한테 타낸 돈은 다 어디로 갔을까, 혹시? 어린 계산에도 여간 미심쩍은 게 아니었습니다. 어떻게든 당신의 헛점을 찾고 싶었습니다.

제 속에 악마가 자라고 있었다구요?

맞아요. 저도 가끔 저를 이해할 수 없었으니까요. 이유 없이 당신이 얄미웠습니다. 전혀 힘든 내색 안 하는 것도, 때때로 행복해 보이는 것도 무작정 싫었습니다.

그날 당신의 장바구니에선 어이없게도 우리들의 의복과 신발 그리고 우리가 좋아하는 비린 음식과 육고기 따위가 쏟아져

나왔습니다. 잘 먹고 잘 뛰어 놀아야 건강하게 큰단다. 자기 것은 양말 하나 사지 않은 당신이 환하게 웃었습니다. 한숙 언니가 옆구리를 찌르며 소곤댔습니다. 괜찮은 여자 같다 그치? 당신은 그렇게 저의 기대를 배반했습니다.

아쉽게도 당신이 오고 오래지 않아 저는 집을 떠나야 했습니다. 오래도록 자식이 없어 외로워하는 큰아버지를 위해 우리들 중 누구 하나가 가야 했거든요.

"으흠."

아버지는 상념에 빠진 듯했습니다. 그러다가 문득 아버지가 얼핏얼핏 제게 눈길을 주고 있다는 걸 깨달았죠. 순간 앞이 깜깜했습니다. 아버지를 확인하지 않고는 견딜 수가 없었습니다.

"제가 가도 돼요?"

아버지의 눈을 보며 물었습니다.

"네가?"

아버지는 허를 찔린 듯 움찔했습니다.

"네."

당연히 가고 싶지 않았죠. 하지만 아버지와 눈이 마주치는 순간, 그랬구나 하는 생각이 들었습니다. 제가 아버지를 읽은 거죠. 그래서 저도 모르게 네, 해버렸던 거고요. 왜 사람은 자신의 운명이 걸려 있는 아주 중요한 순간에 자기 의사와는 상반되는 엉뚱한 대답을 하게 되는 걸까요. 답이 나와 있는 질문이라설까요. 맞아요. 그건 제가 자청하지 않아도 분명 제 몫이라는 걸 아버지의 눈빛에서 본능적으로 읽은 탓입니다.

"그럼, 그렇게 해라."

그때였습니다. 아버지가 제 눈을 피해 담배에 불을 대려는 순간, 당신의 다급한 목소리가 창호지를 뚫고 들어왔습니다.

"가지 마. 아무도 가면 안 돼."

어이가 없었습니다. 정말 웃기는 여자라는 생각도 들었습니다. 우리는 모두 코를 찡긋거렸죠. 아버지만 이맛살을 찌푸리며 골치 아픈 표정을 지었습니다.

나중에 알았습니다. 실은 큰집에서도 저를 점찍었다는 사실을. 외아들인 세진이야 당연히 제외되는 거고, 맏딸인 한숙 언니가 아닌 제가 점 찍힌 걸 다행으로 여기는 아버지였다는 걸. 그러면서도 작심이 쉽지 않았던지 아버지는 여러 날을 두고 망설였다고 합니다. 술 취한 큰아버지가 조카도 내 핏줄인데 아무렴 애 망칠까 봐 그러냐면서 서운한 푸념을 하자 별수 없이 마음을 정했다더군요.

당신도 아버지 못지않게 아이 욕심이 많았던가 봅니다. 전실 자식 하나가 줄면 근심 하나 일거리 하나가 줄어들 텐데 아버지와 큰소리까지 내실 건 뭡니까. 몹시 흥분한 당신의 목소리가 건넌방까지 또렷하게 들려왔습니다.

"세상에 새끼 내주는 어미는 없습니다. 당신, 저를 쟤들 엄마로 인정하지 않는다는 뜻인가요?"

"어허, 거 웬 당치 않은 소리!"

"제겐 하나같이 이쁘고 소중한 애들이에요. 절대로 못 보냅니다."

우리들 입에서 피이, 또 바람이 새어나왔습니다. 당신이 새빨간 거짓말을 한다고 믿었죠. 우리들에게 아직 당신은 언제 떠날지 모르는, 그저 조금은 정직하고 부지런한 가정부일 뿐이었으니까요.

큰아버지는 제가 본가에 갈 때마다 목걸이를 걸어주었습니다. 무료승차권이었죠. 철도 가족인 저는 무임승차가 가능했습니다.

"내리는 정거장이 어디지?"

큰아버지는 확인하고 또 확인했습니다.

"집은 찾아갈 수 있지?"

염려스런 얼굴로 또 물었습니다.

"저 바보 아니니까 걱정 마세요."

등을 돌려 콩콩콩 기차에 올랐습니다. 왠지 화가 났습니다. 아버지와 달리 자상하기 이를 데 없는 큰아버지가 좋으면서도 싫었던 거죠. 큰아버지가 진짜 아버지였음 얼마나 좋을까 싶기도 했습니다. 큰아버지는 정말 저를 친딸처럼 대했습니다. 미군부대 식당에 근무했던 큰아버지는 퇴근할 때마다 핫케이크, 식빵, 초콜릿을 한 아름씩 안고 왔습니다. 어떤 날은 햄이나 치즈 따위의 느끼한 음식을 들고 오기도 했습니다. 고소한 비스킷, 달콤한 코코아가루 아무 데나 굴러다니는 츄잉껌! 그것들의 대부분은 이미 유효기간이 지났거나 잔반통에서 챙겨온 것들이지만, 그 시절엔 감지덕지였습니다.

큰엄마도 큰아버지 못지않게 절 가꾸느라 열을 올렸습니다. 구호품으로 온 미제 캉캉원피스랑 타이즈 따위를 구해 입히며 남부럽지 않게 저를 치장시켰거든요. 제 인생 어느 때보다 호강하던 시절이었습니다. 그런데도 날만 저물면 집이 생각났습니다. 쭈그리고 앉아 훌쩍거리는 저를 달래느라 큰아버지랑 큰엄마는 저녁마다 쩔쩔맸습니다.

“돌아오는 반공일엔 꼭 보내줄 테니 뚝 그쳐. 어서!”

본가에 갈 때, 가장 큰 고역은 정거장 수를 세느라 졸음을 참는 일이었죠. 차만 타면 어째 그렇게 잠이 쏟아지던지요. 덜컹덜컹 움직이는 증기기관차가 정거장마다 삑 칙칙폭폭 기척을 낼 때마다 화들짝 놀라 잠을 털어냈습니다. 역에 내리면 당신이 기다리고 있었습니다. 이따금 한숙 언니가 나올 적도 있었지만 이상하게도 언니 얼굴보다 당신의 표정에 반가움이 진했다고 기억합니다.

"배고프지?"

당신이 국화빵을 사서 건네주었습니다.

"그새 많이 컸구나. 우리 둘째가 키 크느라 많이 야위었네. 어서 먹어. 더 사줄게."

당신이 반가움과 안쓰러움으로 제 머리를 쓰다듬을 때, 어쩜 그리도 야멸차게 당신 손을 뿌리쳤는지……. 아, 생각납니다. 당신의 그 말에 눈물이 핑 돌았던 것 같습니다. 큰집에서 매일 매일 호의호식해서 전혀 야위지 않았을 터인데도 많이 야위었다며 제게 건네던 그 다정스런 말, 그건 분명 진짜 엄마의 모습이었습니다. 그런데 당신은 진짜 내 엄마가 아니었잖아요.

길도 마을도 전과 같았습니다.

스치는 사람들의 표정도 마찬가지였고요. 달라진 건 저뿐이었습니다. 한 발짝쯤 뒤에서 당신이 따라왔습니다. 당신은 무거운 장바구니를 이고 있었습니다. 그 속에 무엇이 들었는지 저는 다 알고 있었습니다. 아버지가 좋아하는 자반고등어와 우리 삼남매가 좋아하는 조개젓이랑 어묵, 그리고 도너츠가 들어 있었겠죠. 사과도 몇 알 샀을 테고, 어쩜 제 몫의 학용품도 있었을 겁니다.

큰집에서 저는 학용품도 미제만 썼답니다.

당신이 챙겨주는 국산 학용품은 대부분 친구들한테 선심 쓰는 용도로 나갔죠. 하지만 저는 당신이 사주는 국산 학용품이 필요 없다는 말을 하지 않았습니다. 왠지 아세요. 뭔가 제 몫이 있다는 사실이 중요했거든요. 그냥 몸만 왔다가는 그런 집이어선 안 된다는 야무진 생각을 했다니까요, 글쎄. 그 어린 나이에 말예요. 저 정말 맹랑한 아이였죠?

당신이 쥐어준 국화빵 하나를 입에 넣었습니다. 닝닝하고 들척지근한 게 맛이 없었습니다. 세상에 간사한 게 혓바닥이잖아요. 배틀하면서도 부드러운 맛의 핫케이크를 결대로 찢어먹던 큰집이 생각났습니다. 등에 짊어진 가방끈을 만지작거렸습니다. 그 속에는 숙제할 공책 대신 미제 간식거리가 수두룩했습니다. 한숙 언니와 세진이한테 나눠주며 으스댈 생각을 하자 금세 기분이 좋아졌습니다.

집으로 가는 동안 당신과 저는 잠자코 걷기만 했습니다. 저는 괜스레 길가에 뒹구는 돌멩이를 발길로 툭툭 걷어차고 손에 닿는 나뭇잎을 훑으며 걸었습니다. 당신은 제 눈치를 살피며 뭔가 말을 건네고 싶어 했습니다. 저는 내내 곁을 안 주었고요. 코흘리개 아이한테 뭘 그리도 조심스러워 하셨는지요? 당신이 그럴수록 저는 더욱 마땅치 않은 표정을 지었을 겁니다. 죽은 엄마 같으면 어림도 없는 일이었죠. 저는 그때 이미 군림하는 법과 맛을 알았던가 봅니다. 더구나 상대가 어른이다 싶으니 더욱 짜릿했을 거고요.

집에, 그렇게도 그리던 내 집에 돌아왔는데 제 자리가 없었습니다.

겉도는 느낌, 그 서걱거림, 맛있는 반찬을 제게 밀어주면서 식구들이 저를 떠밀었습니다. 이제 저는 이 집 식구가 아니라 손님이라는 무언의 메시지였죠. 예전엔 아버지가 손님이었는데 이젠 제가 손님이 된 겁니다.

한숙 언니랑 세진이가 다투어 물었습니다. 큰집에서 잘해줘? 큰집이 우리 집보다 좋아? 그들은 궁금한 것이 참으로 많았던 모양입니다. 그들과 다른 환경으로 옮겨 앉은 소감을 들으려 입에 문 음식도 씹다 말고 제 입만 바라보고 있었습니다.

"이쁨받는 건 다 제 할 탓이니까 말 일리지 말고 조신하게 지내라."

아버지가 등을 두드려 주었습니다. 마치 제가 택한 것처럼 보이지만 결코 제가 선택한 길이 아니었잖아요. 어른들 사정 때문에 그렇게 되었을 뿐이죠. 말도 못 하고 고개만 끄덕이다가 서운하고 억울한 생각에 그만 왈칵 눈물을 쏟고 말았습니다.

"싫으면 돌아오려무나."

아버지는 좀 무책임했습니다. 저는 아무것도 모르는 아버지가 갑갑해서 더욱 눈물이 솟구쳤습니다. 그때 당신이 그랬죠.

"그러게 제가 뭐랬어요? 당신이 경솔했던 거예요. 하지만 이제 와서 돌이킬 수도 없고……. 우리 이숙이는 똑똑하고 야무지니까 잘할 거예요."

맞아요. 큰아버지도 큰엄마도 제게 정말 잘해 주었어요. 그분들에겐 눈곱만치도 불만이 없었어요. 있다면 나쁜 아이죠. 다만 이 자리가 정말 내 자리가 맞는가싶어 좌불안석이긴 했어요. 사실 우리 집과는 비교할 수 없을 정도로 큰집은 어느 모로나 풍요로웠습니다. 그런데도 저는 호강한다는 느낌이 별로 없었습니다. 형제들과 멀리 떨어진 상실감과 불안 때문에 그랬을 겁니다.

큰집에서는 저의 어떤 투정도 떼도 어리광도 다 받아주었습니다. 처음엔, 자리가 바뀌어 그랬는지 잠결에 오줌을 싸고 말았습니다. 한숙 언니랑 고구마 밭고랑에 엉덩이 까고 앉아 자주 오줌을 누었거든요. 바로 그 꿈을 꾸다가 흠뻑 적시고 만 겁니다. 창피하고 겁도 났죠. 죽은 엄마는 해가 퍼지기 무섭게 키를 씌워 소금을 동냥해 오라고 호통치며 내쫓았거든요. 우리 이숙이가 고단했나보구나. 제가 무안해할까 봐 선수를 친 큰엄마는 말없이 호청을 뜯고 솜을 내다 말렸습니다. 화도 안 내고 야단도 치지 않는 큰엄마가 이상했습니다. 여러 번 그런 일이 있었는데 큰엄마의 반응은 마찬가지였습니다. 그래. 꿈속에선 절대로 오줌 누지 말자. 아무리 마려워도 꼭 참아야 한다. 밤에는 물도 안 마시고 자기 전에 오줌을 쥐어짰습니다.

제가 큰집에 가고 일 년 남짓 됐을까요?

큰엄마가 자꾸 구역질을 했습니다. 그게 태기란 걸 사람들이 알기까지는 좀 시간이 걸렸습니다. 누구도 큰엄마가 애를 가지리라고는 상상 못했거든요. 결혼 십오 년만의 경사였습니다. 어른들처럼 저도 덩달아 둥둥 떠다녔습니다.

좋은 일 뒤에는 그림자처럼 나쁜 일이 따라오는 법이죠.

거짓말처럼 저는 밀려나고 말았습니다. 아무도 제게 관심을 두지 않았습니다. 이제 저는 있으나마나한 존재, 아니 귀찮은 군식구로 전락하고 말았습니다. 입덧을 구실로 큰엄마는 때가 되어도 밥을 챙겨주지 않았습니다.

젖은 음식을 먹은 게 언제인지 모릅니다.

큰엄마는 물만 마셔도 토했습니다. 나날이 핼쓱해지면서도 눈빛만은 행복에 겨운 큰엄마였습니다. 큰아버지도 더 이상 제가 본가에 갈 때 배웅해 주지 않았습니다. 집에 있는 시간만큼은 잠시도 큰엄마 곁을 떠나지 않으려니 그럴 수밖에 없었겠죠. 드디어 아이가 태어나자 저는 완전히 찬밥이 되었습니다.

"이숙아. 네가 마음자리를 건드려서 동생이 생긴 거란다. 아이구 이쁜 우리 점지둥이."

큰아버지는 그렇게 말했지만 제 자리가 위태롭다는 걸 본능적으로 알았습니다. 하지만 본가에도 제 자리는 진작 비워져 있었습니다. 저는 공중에 붕 뜬 존재가 돼버렸습니다. 제 자리가 없다 싶자 대책 없이 흔들리기 시작했습니다. 혹독한 외로움에 밤마다 떨었습니다. 혹, 당신도 그랬었던가요?

당신은 몹시도 우리 집에 뿌리를 내리고 싶어 했죠. 우리는 당신을 뜨내기로 생각했는데 정작 당신은 자신을 붙박이로 못박고 지성으로 거름을 주었습니다. 우리 집이 당신께 종착역이길 염원하셨나요? 그래서 우리 집에 들어오면서 혼인신고부터 하셨던 건가요?

제가 큰집에 간 지 얼마 안 됐을 때 큰아버지가 그랬습니다.

"당신 모르지? 새로 들어온 제수씨, 여간 야무진 게 아니야. 들어오던 날 면사무소부터 들러 혼인신고를 했다지 뭐야. 처음부터 쐐기를 박고 들어온 걸 보면 아주 살 작정이라고 봐야겠지?"

"뜨내기가 아니라니 이제야 집안 꼴이 잡히겠군요."

큰엄마도 안도했습니다.

소라색 주름치마에 물방울무늬 지지미 블라우스를 입고 대문을 들어선 당신, 당신은 눈을 껌벅거리고 서 있는 우리들 머리를 차례로 쓰다듬으며 미소로 눈을 맞췄습니다. 그 흔한 파마도 않은 당신, 틀어 올린 머리를 도마핀으로 마무리한 당신, 소박하기 이를 데 없는 당신이었지만 왠지 속에 단단한 심지가 들어있다는 인상이었습니다. 학교 선생님 같은 냄새도 풍겼고요.

사람들이 쉬쉬하며 수군거리던 말이 우리들 레이더에 잡혔습니다. 서울댁 말이야, 원래는 한다하는 집안 딸이었대. 서울의 유명한 여전도 다녔다던데? 졸업은 못 했다는데 뭘. 집안이 망해 학교 그만두고 시집을 갔는데 석녀일 줄 누가 알았겠어? 결국은 소박맞고 쫓겨났다지? 인물이 제아무리 반반하면 뭐해 대가 끊기는데. 그래서 전실 자식 많은 곳을 부러 찾았다는군. 배운 게 많아 그런가 여간 똑똑한 게 아니야.

조숙했던 저는 세 살 위 한숙 언니보다 아는 게 많았습니다. 당신에 대해 모두들 칭찬을 늘어놓았지만 석녀라는 말과 소박이라는 단어가 께름칙했습니다. 그랬습니다. 국어사전 속에는 당신에 대한 궁금증, 당신이 가지고 있는 약점이 분명하게 나와 있었습니다. 그런 당신이 안쓰럽기보다 왠지 통쾌했습니다. 죽은 엄마와 대비되는 당신의 미모와 교양이 목에 가시처럼 걸

렀거든요.

"이숙아. 반짇고리 좀 가져온."

빨래를 개던 당신이 해진 양말을 골라냈습니다. 뒤꿈치랑 엄지발가락이 성한 양말은 몇 켤레 되지 않았습니다. 바늘귀에 실 끼우기를 좋아하던 저는 당신이 시키지도 않은 짓을 했죠. 바늘을 건네받는 당신 표정이 흐뭇했습니다. 저는 곁에 지키고 앉아 빈 바늘을 기다렸습니다. 양말 속에 알전구를 넣고 자투리 천을 덧대 뒤꿈치를 깁는 당신 모습이 그렇게 진지할 수 없었습니다. 손이 잰 당신은 빈 바늘을 금세 건네주었습니다. 짓이 난 저는 무심코 검지손가락에 침을 발라 실에 매듭을 지었습니다.

"아서."

당신이 말렸습니다.

문득 죽은 엄마 생각이 났습니다. 죽은 엄마도 당신처럼 매듭을 짓지 못하게 했거든요. 매듭은 바느질하는 사람이 짓는 것이란다. 대신 매듭을 지어주면 바느질한 사람이 죽어서 매듭 풀어달라고 쫓아다녀. 그렇습니다. 매듭은 지은 사람이 푸는 게 옳죠. 특히 생사가 달라질 때는 더욱 그럴 테고요. 죽은 엄마가 말한 매듭에 대한 금기가 수의에도 있다는 걸 나중에 알았습니다. 수의를 지을 땐 절대 매듭을 짓지 않는다더군요. 요즘이야 수의도 공장에서 전기재봉틀로 생산해 내니 그런 속설이 까마득히 잊혀졌지만 말입니다.

"매듭을 지으면 발이 불편하지 않을까?"

당신이 윗니를 반쯤 보이며 동의를 구했습니다. 저는, 그런가? 하는 표정으로 지어놓은 매듭을 이빨로 끊었고요. 아무튼 당신은 산 사람 발이 불편할까 봐 매듭을 꺼렸고 죽은 엄마는 사후의 번거로움을 염려했습니다. 매듭이 없어 그런지 당신이 꿰매준 양말은 발이 아주 편했습니다. 양말뿐 아니라 모든 바느질에 당신은 매듭을 짓지 않았습니다. 돌기가 전혀 없던 당신의 바느질은 언제나 매끈하고 고왔습니다.

그런 게 바로 귀하고 어여쁜 사람을 대하는 착한 사람의 성품인가 봅니다. 당신에게 우리는 귀한 존재였던가요? 어여쁜 존재였던가요? 생각할수록 부끄러운 지난날입니다.

어느 날, 저는 그만 못 볼 걸 보고 말았습니다. 그게 사단의 시작이었죠. 아이가 태어나면서 큰집에서 찬밥이 된 저는 주말마다 집에 갔습니다. 큰집에 있을 땐 큰집이 싫고 본가에 가면 본가가 싫었죠. 온통 싫은 것투성이였습니다.

기차 맨 뒷칸에서 내린 저는 터덜터덜 걸어 개찰구를 빠져나왔습니다. 그런데 당신이 보였습니다. 당신이 저와 같은 기차에서 내렸던 거지요. 저를 마중 나온 게 아니라 어디서부터

였는지 저와 같은 기차를 타고 온 당신. 눈치가 말갛던 저는 뭔가 어색하고 수상하다 싶어 촉각을 곤두세웠습니다. 아버지와 달리 자상했던 큰아버지에게 그랬듯, 죽은 엄마와는 많은 것이 다른 당신이 좋으면서도 싫었던 까닭입니다. 당신이 누리는 아버지의 너그러운 혜택도 거슬렸습니다. 아버지 앞에서 쩔쩔매던 죽은 엄마가 자꾸 생각났거든요. 어린 제 머릿속은 혼란과 갈등으로 뒤죽박죽이었죠.

저의 드나듦이 빈번해지면서 마중이나 배웅의 절차가 생략될 즈음엔 몇 시 차로 간다는 전화도 없이 불쑥 집에 들어서는 게 보통이었죠. 식구들도 제가 오거나 말거나 무심해졌고요. 한숙 언니랑 세진이의 관심은 오로지 제 가방에만 쏠려 있었습니다. 서로 껌 한 통이라도 더 차지하려 옥신각신하고, 저는 모르는 척 뒤란에서 익은 포도알을 골라 따먹었습니다.

창백한 당신은 가끔 이마를 짚느라 걸음을 멈췄습니다. 게다가 걸음걸이는 또 어땠는지 아세요? 가랑이에 장작을 낀 것처럼 어기적거렸습니다. 당신은 아주 중요한 뭔가를 상실한 듯 혼이 나가 있었죠. 그런 당신이 몹시 낯설고 수상했습니다. 미행하듯 거리를 두고 당신을 따라갈 수밖에요. 당신은 한 번도 뒤돌아보는 일 없이 힘겹게 무거운 다리를 끌었습니다. 위태롭게 휘청거리면서도 당신은 한 번도 넘어지지 않았습니다.

그때 당신은 넘어져야 했습니다.

저는 간절히 당신이 넘어지길 기원했습니다. 당신이 넘어지면 달려가 부축할 생각이었습니다. 아무 스릴도 없는 지루한 미행을 후회하던 참이었거든요. 혹시 저의 미행을 눈치채셨던가요? 그래서 더욱 꿋꿋이 버티셨던가요?

하냥 길어진 그림자가 희미하게 벗겨질 때 대문을 넘은 당신은 안방에 들어서자마자 빈 자루처럼 허물어졌습니다. 그날 처음으로 한숙 언니가 저녁을 지었습니다. 누룽지가 새까맣게 타고 밥에서는 냇내가 났습니다. 당신은 숭늉 한 모금을 어렵사리 삼키고 다시 쓰러졌습니다.

통금이 다 돼서야 아버지가 들어왔습니다.

"아니, 이 사람이 왜 이래?"

당신의 볼을 두드리는 아버지의 음성이 떨렸습니다. 몸도 정신도 놓아버린 당신을 저는 가만히 서서 내려다보고만 있었습니다.

"늦었는데 그만 건너가 자라."

아버지의 말이 떨어지기 무섭게 우리들은 안방을 나왔습니다. 싸늘한 바람에 묻어온 검불이 마루에 느릿느릿 떨어졌습니다. 뒤꿈치를 들고 마루를 걸어 우리들 방으로 돌아왔습니다. 이불을 뒤집어쓴 우리들은 서로를 간질이며 철없이 장난을 쳤습니다. 아픈 건 당신이었고 우리들은 아직 철부지였으니까요.

"근데 언니, 막내엄마 어디 갔다 온 거야?"

"나도 몰라. 학교 갔다 오니까 없더라."

"아버지는 알까?"

"건 나도 모르지."

당신의 이마에 찬 물수건을 갈아대며 뜬눈으로 맞은 아버지의 아침은 몹시 침울했습니다. 그러나 간밤의 오한을 털고 일어난 당신은 아무 일 없었던 양 부엌에 나가 불을 지폈습니다. 아버지가 우리 방에 건너왔습니다.

"엄마가 많이 아픈 모양인데 느이들이 나가 좀 거들어라."

우리가 부엌에 들어섰을 때는 벌써 밥 뜸드는 냄새가 구수했습니다. 뜬숯불 위에선 된장찌개가 바글거렸고요. 가마솥 소댕을 연 당신이 뜨거운 물 한 바가지를 퍼주며 말했습니다.

"나온 김에 세수하고 들어가렴."

그때 당신은 사람 같지가 않았습니다. 재주를 넘으면 모습이 바뀌는 전설의 고향 구미호 같았습니다. 어쩜 그렇게 간밤의 일을 씻은 듯 감출 수 있었을까요. 무슨 일 있니? 왜 나왔어, 한숨 더 자지, 하는 표정이었으니까요. 구미호! 마녀! 헨젤과 그레텔의 마녀처럼 저 가마솥에 물을 펄펄 끓여 우리를 밀어 넣을지도 몰라. 언니 손을 잡아끌고 부엌을 빠져나왔습니다. 내가 다시 집으로 와야 하나? 궁리가 많아진 저는 마루에 걸터앉아 안방의 동태만 살폈습니다. 당신과 아버지의 대화를 듣고 싶어서였죠.

때때로 말은 엄청난 재앙을 불러옵니다.

저만 입을 다물었다면, 주제넘게 애먼 소리만 안 했다면 얼마나 좋았을까요? 그랬다면 우리는 지금쯤 보기 좋은 모녀의 모습으로 백화점이랑 극장이랑 동물원 따위를 팔짱끼고 다니겠지요.

정말이지 저의 머리는 미심쩍고 답답한 의문으로 가득했습니다. 게다가 입도 몸도 꽉 다물고 시치미 떼는 당신은 또 얼마나 가증스럽던지요. 드디어 저는 어른들이나 할 수 있는 엉뚱한 상상을 하기에 이르렀습니다. 혹시 당신이 먼저 남편을 만나고 오던 길은 아니었을까?

호시탐탐 아버지와 단둘이 얘기할 기회를 엿봤습니다.

"새엄마, 어디가 아픈 거예요?"

"고뿔이었나 보다. 다행히 병원에 다녀와서 그만한 거지."

"근데 감기 걸렸다고 그렇게 걸어요?"

"무슨 소리냐?"

"완전히 얼이 빠져서 저도 못 알아보고 걷다 쉬다 하면서 집에 왔어요. 어제 제가 뒤따라 왔거든요. 저랑 같은 기차로 왔는데 병원엘 갔는지 딴 데 갔다 왔는지 누가 알아요?"

"오냐 알았다. 넌 그런 일에 정신 쓰지 않아도 된다."

그렇게 말하는 아버지의 눈에 아주 짧은 순간, 예리한 빛이 떴다 사라졌습니다.

당신이 떠나던 날, 제가 본가에 가 있을 줄은 상상도 못했습니다. 그러나 저는 우연히도 거기에 있었습니다. 차라리 제가 없을 때 당신이 떠났다면 얼마나 좋았을까요. 뒤가 염려스러워 발길이 떨어지지 않는 당신의 뒷모습이 이 철부지를 가책하게 했습니다. 그 역시 당신이 떠나간 뒤였지만.

마침내 아버지가 당신을 의심하기 시작했습니다.

장에 가는 것도 마땅치 않아 했습니다. 결국은 아버지가 직접 장을 봐다주었던가요. 당신의 눈가가 젖어 있는 날들이 많아졌습니다. 그렇지만 우리들한테는 전과 조금도 다름없었습니다. 사근사근 정답게 말을 붙이고 끼니마다 다른 찬을 준비하고, 양말을 기워줬습니다. 그렇게 의연한 당신이 저는 더 싫었습니다. 왜 당신은 무너지지 않은 걸까요. 당신이 무너졌다면 저도 곧장 무너졌을지 모르는데.

아버지가 새엄마를 잘 살피라고 했습니다. 이를테면 당신의 동태를 감시하라는 뜻이었죠. 우리들의 눈은 당신 뒤를 꼼꼼히 밟았습니다. 구미호! 마녀! 당신은 완벽했습니다. 단 하나의 꼬투리도 잡히지 않았으니까요.

그런 게 의처증인가요?

아버지가 당신께 퍼붓던 온갖 의심과 포악 말입니다. 아버지의 성격 파탄 불똥은 우리들에게까지 튀었습니다. 당신을 제대로 살피지 않았다는 둥 당신과 한통속이 되었다는 둥 어처구니없는 트집으로 우리들을 잡았죠. 당신은 그저 눈물을 쏟으며 우리들을 싸안았고요. 당신이 우리를 대신해서 괴로움을 당해도 고맙기는커녕 그런 상황이 지겨웠고 당신이 원망스럽기만 했습니다. 당신만 없다면 우리가 아버지한테 야단맞을 일은 없었거든요.

집이 싫었습니다. 차라리 큰집이 나았죠.

"이숙이네 새 동서 정말 대단한 여자데요. 쟤들 제대로 키우자고 글쎄 들어선 애를 지웠다지 뭐예요."

"아니, 애를 못 가지는 여자라더니?"

"그런 줄만 알았지요. 근데, 글쎄 그게 아니라네요."

그날 밤 저는 큰집 어른들의 대화를 발치에서 들었습니다. 그랬습니다. 당신이 아팠던 이유는 그 때문이었습니다. 그것도 모르고 철딱서니 없는 짓을…….

진실을 알고 난 후에도 아버지는 달라지지 않았습니다. 전

처소생한테 소홀해질까 저어하여 제 아이를 지운 갸륵한 마음을 전혀 헤아릴 줄 몰랐습니다. 하지만 이젠 가닥이 잡힙니다. 아버지는 빠진 데 없는 당신이 문득 버거웠는지도 모르겠습니다. 인물에 학력에 마음 씀씀이까지 흠잡을 데 없는 당신에게 한평생 폭 엎어질 생각이었는데, 불임이라던 당신이 여자로서의 구실마저 완벽하다 싶자 뒤통수를 맞은 기분이었을 겁니다. 흠뻑 마음 준 당신이 떠날까 불안해진 아버지는 억지에 매달리는 무리수를 두었던 거고요.

뜻대로 되는 일은 아니지만 당신은 아이를 갖지 말았어야 했습니다.

하긴 불임으로 알던 당신이었으니 피임은 아예 염두에도 없었겠죠. 그렇다면 당신은 아이를 지우지 말았어야 했습니다. 애초의 당신 각오를 수정해야 했습니다. 다소의 갈등이나 오해는 시간이 해결해 주잖아요. 우리들에게 완벽한 엄마이고자 했던 당신의 의도가 훼손되면서 우리는 모두 무참히 깨져 버렸습니다.

당신이 지운 아이가 샛서방의 아이였다는, 반 미쳐버린 듯한 아버지의 생떼는 정말 끔찍했죠. 아버지만 돌아오면 우리 집은 생지옥이 되었던 것을 당신이나 우리들이나 너무나도 생생하게 기억합니다.

당신의 목소리는 점점 작아졌습니다. 우리들과 눈이 마주치면 죄지은 사람처럼 고개를 숙였습니다. 윗니를 반쯤 보이던 당신의 미소도 실종됐습니다.

그리고 당신이 떠났습니다.

당신이 떠나면 남은 식구들이 생지옥을 면할 거라 믿고 떠나셨겠죠. 그런데 그렇지 않았습니다. 아버지는 역장을 때려치우고 당신을 찾아 나섰습니다. 어디 가서 희희낙락 잘 사는 꼴 못 본다. 내 손으로 잡아 죽여야 해. 병석에 계신 당신 친정 부모님께 찾아가 패악을 부리기도 했습니다. 당신의 전 남편 또한 적잖이 시달렸을 겁니다. 나중엔 술집까지 찾아다녔지요. 당신한테 본래부터 화냥기가 있었다면서.

누더기가 된 모습으로 들어서는 아버지의 눈동자가 점점 초점을 잃어갔습니다. 흰자위는 맹목적 집착으로 핏발로 가득했습니다. 한숙 언니마저 시름시름 앓기 시작했습니다. 돌아오기 싫었지만 저는 본가로 와야 했습니다.

당신이 떠나자 우리는 더욱 위험한 한데에 나앉게 되었습니다. 술 취한 아버지는 당신이 숨을 만한 곳을 대라며 폭력을 휘둘렀습니다. 살림도 남아나는 게 없었습니다. 그나마 돈이 될 만한 물건은 모조리 내다 팔았습니다. 결국 미친 밤길에 아버지가 저수지에 빠지는 것으로 우리와 아버지는 모두 지옥에서 벗어났습니다.

아, 이 얘긴 꼭 해야겠습니다.

젖은 아버지의 윗주머니에서 무엇이 나왔는지 아시나요? 어쩜 아실는지도 모르겠네요. 당신은 틀림없이 우리 근처에서 서성거렸을 테니까요. 그것은 사진 한 장이었습니다. 당신과 아버지가 혼인신고를 마치고 사진관에 들러 찍은 흑백 결혼사진!

우리 아버지를, 당신의 두 번째 남편을 부디 용서해 주세요. 그 여러 새엄마 중에서 유일하게 우리의 호적에 오른 당신. 막내엄마이면서 둘째 엄마인 당신. 좋으면서도 어딘가 낯설고 불편했던 이상한 향기의 엄마. 막내엄마.

그날 당신이 몰래 다녀가셨던 걸 압니다.

아버지 탈상을 앞둔 날이었죠. 당신이 보냈을 두 개의 상자. 흰 포플린 한복과 삼베두루마기, 속옷과 버선 그리고 흰 고무신, 또 다른 상자에는 과일과 포, 정종 따위가 들어 있었습니다. 그것은 마지막 이승을 떠나는 아버지의 영혼에게 드리는 당신의 선물이었죠.

한복을 펼쳐보며 한눈에 당신임을 알았습니다. 땀이 고르고 매끈한 바느질 솜씨, 아니 매듭 없는 바느질의 시작과 마무리가 당신임을 확실히 증명했습니다.

엄마, 막내엄마. 이제 종아리를 걷으렵니다. 당신 앞에 한 번도 걷어보지 않았던 종아리, 이젠 저 역시 근육이 늘어진 종아리를. 당신의 팔에 힘이 살아있어 제 종아리에 빨간 핏줄이 그어진다면…… 엄마야 용서해 줘, 하며 매달릴 것 같습니다.

우리 삼 남매가 결혼할 때마다 당신의 흔적이 예식장 접수대에 남았습니다. 이름도 밝히지 않은 고액 축의금. 당신은 봉투를 내밀자마자 인파 속으로 숨어버리셨더군요. 우리 삼 남매의 배우자는 다 보셨겠죠? 그 후의 삶도 훤히 꿰실 테고…….

아버지가 가신 뒤 우리는 큰 도시로 떠났습니다. 그래도 가끔 저는 당신이 어딘가에서 지켜보고 있을 것 같은 착각에 뒤를 돌아보곤 했습니다. 지금도 마찬가지죠. 벤치에 나란히 앉아 경박하지 않은 미소를 나누는 로맨스그레이. 저 여자분이 당신일 것만 같습니다. 그래서 저는 더욱 저 여자분 곁을 쉽게 떠나지 못하겠습니다.

당신은 매듭을 짓지 않잖아요. 우리와 살 동안에도 그랬고 떠난 다음도 마찬가지일 거라 생각해요. 거꾸로 두세 번 징근 뒤 시작하는 당신의 바느질은 매듭을 짓지 않아도 절대로 풀리지 않았어요. 매듭보다 더한 매듭이었죠. 그래서 제가 이렇게 아직도 당신을 놓아드리지 못하는지도 모르겠네요. 당신 역시 저희를 차마 놓지 못하실 테고.

당신이 살아 계신 줄 압니다. 당신의 안부가 궁금할 때마다 습관처럼 친정집 호적등본을 떼어 보곤 합니다. 아직도 당신 성함 석자는 저의 옛 호적에 살아있습니다.

어딘가에 잘 계시겠죠? 엄마. 막내엄마.

당신의 무릎을 베고 그늘 바람에 졸고 싶어요, 아무것도 사리지 않은 채 머리를 내맡기고 혼곤한 수면에 들고 싶어요. 머리칼을 헤치며 서캐를 뽑아주던 다정한 손길이 그립습니다. 마녀일지 모른다 생각하면서도 마구 쏟아지는 잠 때문에 꼼짝도 할 수 없던 그 시절처럼 딱 한 번만이라도 당신의 무릎을 빌리고 싶습니다.

왜 그런지, 자꾸 눈물이 쏟아질 것 같은 초하입니다.

빨간 뾰족구두

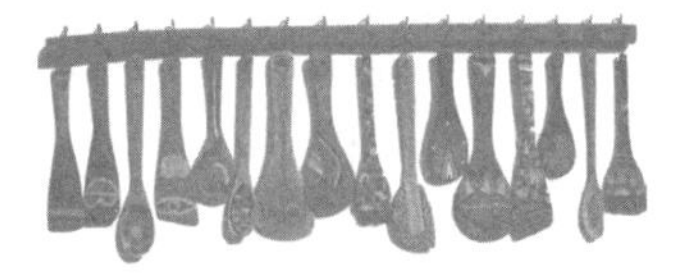

빨간 뾰족구두

늦은 밤 걸려 오는 전화는 선뜻 받기가 께름칙하다.

혼자 울다 지치겠지 싶어 내버려둔다. 예닐곱 번 울어대다가 끊기고 다시 울리길 반복하는 게 포기하지 않을 기세다. 결국 모로 누운 팔을 가까스로 뻗어 수화기를 든다. 나도 질기지만 저쪽도 여간 질긴 게 아니다.

"바쁘냐?"

밑도 끝도 없이 날아든 첫 마디는, 발 디딜 틈 없게 어질러진 방 안을 훤히 꿰는 듯한 이모의 목소리였다. 아닌 게 아니라 저걸 다 치우려면 바쁘긴 바쁘겠구나 싶다.

올이 튀었다며 여자가 벗어 놓고 간 스타킹이 아무렇게나 굴러다니고, 먹다 남은 피자 조각과 찌그러진 맥주 캔이 발에 차인다. 그뿐이랴. 오디오에선 시끄러운 음악이 흐르고 있었다.

여자가 좋아하는 재즈였다.

여자는 언제나 제멋대로였다.

주물러 줘. 많이 아파. 여자는 내게 오면 발부터 내밀었다. 냄새나니까 좀 씻고 와라. 여자는 들은 척도 않고 코앞에 발을 들이댔다. 주무르고 나서 오빠가 손 닦으면 되잖아. 여자의 발을 주무를 때면 어김없이 엄마의 발이 어른댔다. 여자의 발은 작았다. 엄마의 발은 어땠더라? 그러고 보니 엄마의 발은, 주물러주기는커녕 제대로 쳐다본 기억도 없다. 어렸을 때 흘낏 본 후, 왠지 징그럽고 끔찍하다는 생각에 외면하고 말았다. 다행히 긴 월남치마를 입은 엄마는 앉을 때도 치맛자락으로 발을 아무렸다.

키가 작은 여자는 15센티미터짜리 킬힐을 신었다.

여고 졸업 후 15센티미터 이하의 신발은 신은 적이 없다고 한다. 여자가 처음으로 신발을 벗었을 때 난 몹시 당황했다. 층계 하나를 내려선 듯 가슴께에 닿는 여자의 키가 왠지 안쓰러우면서도 낯설기 그지없어서.

또 꼬맹이라고 부르면 나 그냥 간다.

여자는 작았지만 꼬맹이는 아니었다. 그러나 나는 꼬맹이라고 부르길 좋아했다. 꼬맹아, 오늘 오빠가 확실하게 쏠 건데 재즈카페 어때? 나, 꼬맹이 아니야! 발칵 화를 내면서도 여자는 약속 장소에 어김없이 나타났다, 앞으로 고꾸라질 듯한 킬힐을 신고서.

작고 가벼운 여자, 품에 쏘옥 드는 여자를 안으면서 여자에 대한 내 기준은 수정되었다. 크고 늘씬한 여자는 여분이 많아 내가 다 품을 수 없었다. 상대 여자 역시 여분의 쓸쓸함을 어쩌지 못해 툭하면 한눈을 팔았고. 작은 여자는 우선 품에 들어서 좋고, 왠지 가엾다는 느낌에 뭐든 보호해 주고 책임져 줘야만 할 것 같다. 꼬맹이를 만나면서 내 안의 사내다움은 꿈틀대기 시작했다. 발을 주물러 달라는 떼거지만 없다면 더 바랄 게 없을 텐데 가끔 그게 걸렸다. 엄마 때문이다.

오디오 음량을 줄이기 위해 무심코 리모컨을 들다가 스르르 내려놓았다. 거침없고 사박스러우며 목청까지 큰 이모니까 굳이 음량을 줄일 이유가 없었다. 뭔 일 있어요? 물으려는 찰나였다.

“아무리 바빠도 다녀가야겠다.”

바쁘냐고 물어놓곤 무조건 다녀가란다.

고향을 멀리 한 게 꼭 내 탓이란 말인가. 울적할 때마다 나는 잔디 씨를 사 들고 고향에 숨어들었다. 이모 집엔 가끔 들렀고 대부분은 그냥 지나쳤다. 이모는 나만 보면 목청 높여 나무라다가 이내 코를 핑핑 풀며 엄마의 서러움을 들춰냈다. 그런 이모가 불편해서 나는 캡을 푹 눌러쓰고 짙은 선글라스를 걸친 채 마을 어귀를 바쁘게 벗어나곤 했다. 대꾸가 없자 이모가 목소리 톤을 조금 더 높인다.

"너 그럼 못 쓴다. 늬 엄마가 널 어떻게 길렀는데……."

예나 지금이나 이모에게 나는 늘 몹쓸 인간이다. 바로 이게 지겨워 내가 당신을 피하는 줄 이모는 아마도 영영 모를 것이다.

"아이구, 세상 온갖 새끼 중에 은공 모르기로는 사람 새끼가 으뜸이지."

핑핑 코 푸는 소리가 효과음처럼 건너오고 나는 입을 꾹 다문 채 듣기만 한다.

"여하튼 내일 아칙 일찌감치 내려오너라. 여기 와서 조반 먹을 생각허고……."

이모는 내가 왜 내려가야 하는지도 설명하지 않은 채 전화를 끊고 말았다.

불규칙한 쥐불놀이 흔적과 함께 군데군데 거름이 부려진 들판에 농부들의 모습은 보이지 않았다. 물이 오르기 시작하는 나무들만 자못 꿈틀대는 느낌이다. 겨우내 바랜 갈색 들판 뿌리께로 풀빛이 조물거리고, 야산자락 양지엔 수줍은 연분홍이

다문다문 앉아 있다. 차창에 맡겨진 한쪽 어깨가 따갑다. 뻔하지 뭐. 금잔디 좋은 거 봐뒀으니 뗏장 떠다가 묘 손질하라는 얘기겠지. 젊어서부터 허리 부실한 이모부를 부려먹을 수도 없고, 탐나는 잔디 놓치기도 아까워 끌탕을 하다가 결국 나를 불러 내리는 것이리라.

사실 일부러 늑장을 부렸다.

일찍 도착할수록 이모에게 오래 붙들려 괴로운 시간의 연장일 뿐이니까. 사발면 하나를 불어 터질 때까지 느릿느릿 먹었다. 흙이 덩어리로 뿌리에 엉겨 붙은 뗏장을 져 나르는 일은 여간 힘든 게 아니다. 하지만 기껏해야 몇 지게 나르면 될 터이니 서두를 건 없었다. 내가 뗏장을 날라 군데군데 부리는 동안 이모부는 환절기 버짐처럼 부실해진 산소를 탐스럽게 기울 것이다. 나는 이모부가 기워놓은 자리를 뒤따르며 삽으로 두들겨 밟아주면 되는 거고 넉넉잡아 한나절이면 끝날 일이다. 국물을 미리 마셔버린 사발면은 그야말로 개죽이었다. 불어 터진 면발을 한 가닥도 남기지 않고 먹어 치웠다. 시간을 끌 타당한 이유가 오직 거기에만 있다는 듯이.

이모부의 아침이 마당에서 나를 맞았다.

기하학적으로 가지런하게 빗금 쳐진 마당을 보자 일단 안도감이 들었다. 창문이 번하기 무섭게 기침해서 싸리비로 마당을 쓸며 하루를 시작하던 이모부, 변함없는 일상의 흔적 앞에서 나는 잠시 잊었던 평화를 느꼈다.

그런데 이상하게도 집 안이 고요했다.

집이 비어 있었던 것이다. 그제야 괜한 시비가 아니었구나 싶었다. 빨랫줄엔 누리끼리하게 퇴색한 우거지가 잔뜩 걸려 있었다. 식구가 없으니 겨우내 건사한 우거지가 제철을 잃고 소여물이 되는 건 이제 시간문제다. 마당 가득 불안한 공기가 너울지고, 하늘에선 구름이 빠르게 흩어지고 있었다.

이모는 가끔 심술을 부렸다.

당장 숨넘어갈 듯해서 내려가 보면 집중호우에 엄마의 봉분이 움푹 패였거나, 쑥이 지나치게 성해 잔디가 맥을 못 추는 것이었다. 그것도 이미 이모가 다 손질을 하고 난 다음에 보란 듯이 나를 불러 내렸다. 이모랑 이모부가 애쓰셨네요, 치사하며 용돈 몇 푼 쥐어주면, 이모의 코맹맹이 소리가 후렴처럼 이어졌다. 이놈아, 니 엄마 살아 있다 생각하고 자주 좀 들여다보면 안 되니? 너 그럼 못 쓴다. 그랬다. 결국은 너 그럼 못 쓴다, 였다. 만일 이모가 아이구 장한 놈, 이라고 덕담을 했다면 내가 좀 달라졌을까.

못 보던 잡종 강아지가 발뒤꿈치를 따라오며 코를 킁킁대더니 뒷걸음질치며 그악스럽게 짖어댔다. 뭔가 불안하고 석연찮은 기분이던 나는 옳지 너 잘 걸렸다 싶어, 냅다 강아지를 걷어 찼다. 깨갱거리며 마루 밑으로 기어드는 놈을 쫓아가서 또 한 번 걷어찬다는 것이 그만 댓돌 모서리에 빗맞고 말았다. 엄지 발톱이 빠질 듯 아팠다. 미닫이를 열고 마루에 걸터앉아 양말을 훌렁 벗었다. 삽시간에 발톱 밑으로 놀란 피가 모여들었다. 엄지발가락을 천천히 꼼지락거리며 연거푸 담배를 빼 물었다.

마루 밑에서 슬그머니 기어 나온 강아지가 저만치 떨어져서 고개를 갸웃거리며 눈치를 살피고 있다. 된통 얻어터져 겁을 먹었는지 마음껏 짖지는 못하고 아르릉가르릉 견제만 한다.

복날 몸보신에 쓰려고 사들였나 보다. 이모는 겨울에 똥개를 사서 잘 먹였다가 여름이면 식구들을 불러 모아 잔치를 했다. 나도 몇 번 여름휴가에 내려오라는 기별을 받았다. 잡아먹으려고 키우는 줄은 꿈에도 모르고 주인 없는 빈집을 충실히 지키는 강아지의 불안하면서도 선한 눈이 어디선가 본 듯했다. 물끄러미 강아지를 응시했다. 딴청을 부리면서 귀는 이쪽에 열어놓고 경계하는 강아지 눈에 불현듯 엄마의 눈이 오버 랩 됐다. 도망치듯 강아지로부터 눈길을 거둬들였다.

마루에 걸터앉았던 나는 미닫이 요철에 엉덩이가 배겨 아예 들어앉아 책상다리를 하고는 위에 얹어진 오른발을 계속 까불었다. 뭔가 불안하거나 무료할 때, 나도 모르게 나오는 버릇이다. 이모가 보면 복 떨어진다고 또 한소리 할 것이다. 떨어질 복이라도 있었으면 좋겠다. 반 갑 넘게 남아있던 담배가 어느새 바닥났다. 재떨이에서 장초를 고르며 툴툴거리는데 강아지가 튕기듯 대문 쪽으로 달아났다.

"별수 있어? 옮겨 앉는 수밖에."

이모부의 목소리가 울을 넘어왔다. 나는 벌떡 일어나 신발을 꿰었다.

"식전에 오라고 그렇게 당부했건만 그래 이게 뭐냐? 고얀 놈."

이모다운 인사였다.

"왜 또 그러는 거여? 어렵게 시간 내서 찾아온 사람 무색하게시리."

이모에게 호통을 친 이모부가 내게 눈을 내려놓았다. 말수가 적은 분이라 어렵지만 눈길은 늘 이렇게 따듯해서 좋다.

"이게 어디 남의 일이에요? 모두 다 야 일이지. 제 엄마가 나앉게 생겼는데 한가하기는."

영문도 모르는 내게 이모는 여전히 알아들을 수 없는 말을 했다. 후두둑 빗방울이 듣기 시작했다. 마당에 고운 먼지가 일었다. 방까지 따라 들어오는 흙냄새에 엄마가 따라올 줄 몰랐다.

예전 시골 인심은 그래도 후했다. 망자에게는 더욱 그랬고. 아무 산이나 묫자리 하나 달라고 하면 군소리 없이 내주었다. 그런데 엄마가 묻힌 야산이 타지 사람 손에 넘어갔고 그 주변에 청소년수련원을 짓는다고 한다. 산 임자가 사업설명을 한 게 어제였는데, 오늘 아침 불쑥 산소 임자들을 불러 모아 이달 말에 공사 착수를 하니까 이장을 서두르라고 일방적인 통고를 했다는 거다.

"내가 이런 말해도 될지 모르지만, 이제 그만 깨끗이 보내드리세."

"아니, 이 양반이 무슨 소릴 하는 게야, 화장이라니? 자식이 시퍼렇게 살아 있는데 그게 시방 무신 소리대요?"

비석도 상석도 없는 묘, 생전의 엄마처럼 초라한 묘 앞에서 이모가 제수 음식을 거둬, 일꾼들에게 대접했다. 나는 봉분 옆구리에 찔러 넣은 담배가 하얗게 사위어 가는 걸 무연히 바라보며 일없이 발뒤꿈치를 쿵쿵 짓찧고 있었다. 승천하는 영혼처럼 담배 연기가 가늘게 꼬리를 끌다가 푸실푸실 흩어져 사라졌다. 정말 엄마가 가는구나. 이젠 엄마의 흔적을 어디서 찾을까. 자주는 아니지만 언제나 찾아가면 맞아줄 엄마가 있어서 좋았다. 살아서나 죽어서나 엄마는 날 거부하는 법이 없었다. 차라리 죽은 엄마가 더 좋았는지도 모른다. 죽은 엄마는 대꾸가 없는 대신 절대로 집을 비우는 일이 없었으니까.

엄마가 외출을 한다. 자신의 터를 영영 떠난다. 지구를 떠난다. 엄마가 죽었을 때 나는 눈물 한 방울 흘리지 않았다. 벼엉신, 잘 뒈졌지 뭐. 나는 옷을 갈아입고 사립문을 나섰다. 예에이, 이 몹쓸 놈, 니가 사람이냐! 이모의 악다구니가 귀싸대기로 올라왔다. 이모의 손은 정말 매웠다. 엄마가 죽은 날 내 입술에 선 탁한 핏물이 흘렀다. 주먹으로 입술을 훔친 나는 찝찔하고 비릿한 액체를 핥아먹었다. 이가 딱딱 부딪치게 추운 날이었다.

"이제 일 좀 합시다."

탁배기로 목을 축인 일꾼들이 산적을 질겅질겅 씹으며 나를 비켜 세웠다. 파묘를 할 동안 나는 돌아서서 지천으로 핀 진달래를 우두커니 바라보았다. 아직은 감질나는 봄볕에 피어서 연하디연한 색이다. 진달래는 손으로 만질 수 없는 꽃이다. 손을 대기가 무섭게 상처를 입어 변색되므로 그저 바라보아야만 한다. 이 꽃을 참꽃이라고도 부른단다, 또 다른 이름은 두견화고. 그렇지만 엄마는 진달래가 좋단다. 참꽃은 너무 도도하고, 두견화는 고고하고, 진달래란 이름이 가장 참하지 싶다. 이제 생각하니 엄마가 틀렸다. 참꽃이 맞을 것 같다. 건드리면 망가지는 꽃, 그러니까 참꽃 아닌가?

문득 꼬맹이가 보고 싶다.

왜 그랬을까? 그녀의 콤플렉스를 보듬어주는 척하면서 나는 그녀를 마구 학대했다. 때로는 그녀의 발을 주물러주다가 발가락을 사납게 깨물었다. 자지러지는 소리에 정신이 들면, 이상하게도 고통에 이지러진 표정보다 살결 속에 숨은 희열이 먼저 보였다. 해서 미안하단 말 대신 괜찮아? 하고 물었다. 그녀는 부정도 긍정도 않고 다리를 끌어올려 눈물을 글썽거리면서 빨갛게 부푼 상처를 쓰다듬었다. 그리곤 말했다. 나, 갈래. 붙잡을 생각일랑 아예 하지 마. 내가 오고 싶음 오빠가 기다리지 않아도 올 거구, 오기 싫음 오빠가 아무리 기다려도 오지 않을 거야. 이모의 전화를 받던 날도 꼬맹이는 또 삐쳐서 갔다. 기대에 찬 눈망울로 남루한 내 방에 들어섰다가 함부로 구겨진 은박지가 되어 나갔다. 아무래도 한동안 발걸음을 않을 것 같다. 어쩌면 영영 등을 돌릴지도 모른다. 엄마를 이렇게 보내고 그녀마저 잃는다면, 몫은 없고 나머지만 있는 인생이 될 것이다. 때맞춰 잠수한 그녀, 사람이고 물건이고 꼭 필요할 때는 가까이에 없다. 수소문하고 싶은 마음을 달래며 기다리는 중이다. 언젠가는 그녀가 스스로 찾아올 것이라 믿으면서.

바람이 이쪽으로 부는지 진달래 향이 코끝을 간질인다. 가녀린 제 생김새처럼, 은은한 제 색깔처럼, 얌전한 향기다.

엄마는 봄이면 진달래술을 담갔다. 진달래꽃은 다른 꽃보다 꿀이 많아 술에 당도가 높다면서. 어린 내 생각엔 그랬다. 진달래꽃이 유난히 단 게 아니라 벌한테 도둑맞지 않아서일 거라고. 진달래꽃이 필 때는 철이 일러 날것들이 아직 극성을 피울 때가 아니지 않은가.

용케도 꽃잎만 쏙쏙 정갈하게 뽑아온 진달래꽃을 항아리에 눌러 재일 때 엄마의 볼은 진달래색이었다. 욱아, 땅 좀 파주련? 나는 구시렁거리면서 울 밖에 구덩이를 만들었다. 진달래는 항아리 가득 눌러 담아도 가벼웠다. 어여쁜 꽃이라선지 무게가 없었다. 항아리를 번쩍 들어다 구덩이에 앉히면 엄마가 독한 막소주를 붓고, 창호지로 밀봉한 다음 뚜껑을 덮었다. 진달래술을 두견주라고도 하는데 우리가 담는 이 술은 절대 두견주가 될 수 없어. 왜냐하면 두견주는 청주에 진달래꽃을 넣어 만드는데 엄마는 진달래꽃에 소주를 붓지 않니. 이래야 오래 두고 마셔도 변질이 안 돼. 나는 고개를 끄덕이며 퍼낸 흙으로 틈을 메우고 나머지 흙으로 봉분을 만들어 삽으로 살살 두들겼다. 해마다 봄이면 그랬다.

추석 즈음, 내가 없을 때 진달래술 무덤은 파헤쳐지곤 했다. 나는 늘 진달래술을 묻기만 했지 파지는 않았다.

"없네."

삽짝을 들어서면서 말하면 엄마는 대뜸 알아차렸다.

"팔았지."

"어디다?"

"해마다 사러 오는 사람이 있잖어. 평생 해수병으로 고생하는 사람 말이야."

"얼마 받았어?"

"많이 받았지."

엄마는 행복한 얼굴로 벽장문을 열고 철궤에서 지폐를 꺼내 보여줬다.

"나도 좀 줘."

"그럴까?"

엄마는 흔쾌히 고액 지폐 한 장을 내 손에 쥐어줬다. 진달래술을 팔고 나면 엄마 얼굴은 한동안 진달래꽃처럼 발그레하게 피어있었다. 그럴 때 엄마는 자신이 절뚝거린다는 사실도 잊고 바쁘게 동네를 쏘다녔다. 수업이 끝난 뒤, 친구들과 읍내 밤거리를 쏘다니다 느지막이 들어오면 엄마 대신, 색색으로 만들어진 주먹밥과 알맞게 익은 나박김치가 기다리고 있었다. 제기랄, 돈이 생기면 개도 소도 바빠지는구나. 발길로 방문을 걷어차고 밥상을 들어 마당으로 던져버린 게 여러 번이다. 엄마를 찾아다니진 않았다. 혼자 씩씩거리며 분을 삭이다가 제풀에 지쳐 잠이 들었다. 다음 날 아침 엄마는 아무 말 없이 양은 쟁반에다 밥을 차려줬다. 전날 밤 상이 부서진 건 일체 입에 담지 않았다.

"어디 갔었어?"

"국수 내기 뺑치기 좀 하느라고……."

엄마는 죄인마냥 눈길을 피했다.

"잃었어 땄어?"

"땄지."

엄마는 한 번도 잃었다는 소리를 하지 않았다.

"오늘도 갈 거야?"

"글쎄……."

"재밌어?"

엄마가 고개를 끄덕였다.

"그럼 가."

비로소 엄마가 고개를 한쪽으로 꼬고 배시시 웃었다. 엄마가 그렇게 웃을 땐 내가 봐도 예뻤다. 그런 엄마가 보기 좋으면서도 거북했다. 나는 운동화를 구겨 신고 가방을 옆구리에 끼었다.

"너, 그 운동화……, 그래 알았다 알았어."

엄마의 잔소리가 내 발뒤꿈치에서 얼굴로 향하다가 구겨진 미간에서 미끄러져 내렸다. 운동화는 밑창이 닳아서라기보다 뒤축이 찢어져 수명을 다하는 경우가 대부분이었다. 엄마가 나일론 실로 단단히 꿰매주어도 다시 신는 일은 없었다. 결국 왼짝은 버려지고 오른짝은 뒤축이 오려져 엄마의 슬리퍼가 되곤 했다.

밧줄에 묶인 관이 올라온다.

엄마가 날 거부한 건지 내가 엄말 외면한 건지 관 뚜껑이 열리는 순간 눈이 감긴다. 우리 모자의 급작스런 만남은 잠시 유보된다. 두근대는 가슴을 지그시 누르는데 눈꺼풀에 심한 경련이 인다. 누군가 혀 차는 소리가 들린다. 불길하다. 천천히 눈꺼풀을 들어 올린다.

어둡고 눅눅한 지하에서 새삼 지상에 올라온 엄마다. 아, 내 엄마는 십 년 넘도록 옷을 갈아입지 못한 채 젖어 있었다. 다들 입을 꾸욱 다물고 말을 잃었다. 시커멓게 변색한 베옷 위로 엄마의 두개골 형태가 어렴풋이 드러났다. 눈부신 봄볕 아래 마치 오물처럼 드러난 엄마, 사후조차도 가뿐하지 못한 엄마를 흐린 눈으로 더듬어 내려가다 발치에서 걸린다. 내가 세상에 주먹감자를 먹이며 좌충우돌하는 동안, 어둠 속에서 짝짝이 발인 채로 춥고 외로웠을 아아 불쌍한 나의 엄마. 예리한 칼날이 심장을 지나 등짝을 관통한 듯 헉, 숨이 막혔다. 끝내 옷 한 겹 살 한 점도 덜지 못한 이 여인을 어쩌면 좋단 말인가? 부서져라 어금니를 깨물어도 입이 제멋대로 실룩거린다. 먼 데 산으로 시선을 치키고 훅, 숨을 뱉은 뒤 재빨리 주먹으로 볼을 훔친다.

"아니, 이건 또 뭣이다요!"

고개를 갸웃거리는 일꾼의 손에 무언가가 들려 있었다. 나는 고꾸라질 듯 달려가 그것을 낚아챘다. 그리곤 바지에 마구 문질러 댄다. 칠피 구두였기 때문일까? 용케도 십여 년의 세월을 견디고 희미하게나마 본래의 색을 게워내는 엄마의 빨간 하이힐!

엄마는 절름발이였다.

왼쪽 다리가 오른쪽 다리보다 십 센티미터쯤 짧았다. 걸을 때마다 기우뚱거리던 엄마. 게다가 짧은 다리의 발은 심하게 오그라져 있어서 고무신이 자주 벗겨지곤 했다. 중학교에 다닐 땐가? 어버이날 엄마한테 하얀 실내화를 선물했다. 물론 엄마에겐 실외화였다. 그 실내화를 받을 때, 엄마는 세상에서 가장 행복한 모습이었다.

"욱아, 이 담에 빨간 하이히루 한 짝 사줄래? 엄마 소원인데……."

"왜 하필이면 빨간색이야?"

"니, 안 들어 봤나? 또옥똑똑 오솔길에 빨간 구두 아가씨 하믄서 남일해가 부르던 유행가 ……."

"엄마가 어떻게 뾰족구두를 신는다고 그래?"

"그러니까 한 짝만 사달라고 안 하나. 목발을 짚고라도 한 번 신어 볼란다."

그랬구나. 엄마도 그런 구두가 신고 싶었구나. 엄마도 여자라는 걸 확인하자 왠지 모를 배신감이 들었다.

"남들이 보면 병신 꼴값 떤다 그래. 제발 그것만은 참아주라 엄마."

엄마가 시무룩해졌다.

"그렇겠지…… 그럼 아무도 안 보는 야밤에 마당에서 나 혼자 신고 다니는 것도 안 될까?"

"알았어알았어. 이 담에 첫 월급 받으면 속옷 대신 빨간 하이힐 사줄게. 목발도 새 걸로 사주고 말야. 됐어?"

그제야 엄마 얼굴이 환해졌다. 그러나 나는 끝내 빨간 하이힐을 사줄 수 없었다. 자식이 성공하기는커녕 다 자라는 것도 기다리지 못하고 엄마가 갔으니까. 죽기 전날 엄마는 생애 두 번째 외출을 했다. 그리고 이튿날 아침 당산목에 늘어진 모습으로 발견됐다.

"개새끼!"

엄마의 시퍼렇게 언 볼에 빰을 비비며 뱉은 말이었다. 난 그를 안다. 얼굴 한 번 본 적 없지만 분명히 존재하는 그를.

그는 세발자전거로 왔다.

여섯 살쯤이었던가? 눈 내린 크리스마스 아침이었다. 마당에 세발자전거가 있었다. 쭈볏거리며 다가가 조심스레 쓸어보자 엄마가 미소를 깨문 채 말했다.

“우리 웅이한테 산타크로스 할아버지가 선물했나보다.”

“정말?”

“그럼 정말이고 말고. 우리 웅이가 착한 아이란 걸 산타가 모르면 누가 알겠니?”

나는 신이 나서 눈곱도 안 떼고 이모네 집으로 달려갔다. 세발자전거를 힘차게 구르며.

“웬 거냐?”

이모가 뜨악한 얼굴로 물었다.

“산타할아버지한테 선물 받았지롱. 이모도 한 번 타볼래, 얼마나 신난다구.”

나는 신발에 묻은 눈을 탈탈 털면서 세발자전거에서 멈춘 세 개의 줄을 자랑스럽게 바라보았다.

“썩을 놈의 인간.”

이모는 세발자전거와 나를 동시에 외면하고는 쾅 소리와 함께 부엌문 안으로 사라졌다.

그뿐 아니다. 초등학교 입학할 때 나는 가죽 가방과 각종 학용품을 넘치게 받았다. 그 역시 산타할아버지한테. 다만 중학교 때부터는 산타가 아닌 엄마의 선물이었다.

“엄마, 부자야? 왜 이래?”

“널 위해 엄마가 한푼 두푼 모아둔 게 있었어.”

믿을 수도 안 믿을 수도 없었다. 엄마가 돈을 모으다니 도대체 어떻게? 엄마는 앉은걸음으로 하는, 김매기 품팔이도 제대로 할 수 없었다. 가끔 장에 내다 팔 야채를 다듬어 주는 일이 있긴 했지만 그것으로는 두 식구 먹고살기도 부족했다. 사정이 그러함에도 엄마는 수업료나 잡부금을 늦게 내주는 법이 없었다. 다만 엄마가 알뜰한 것은 알았다. 무엇 하나 허투루 버리는 일이 없었고 여름날 쉰밥조차 물에 헹궈내 맛난 듯이 먹었으니까.

“엄마, 차라리 굶자. 그게 뭐야?”

내가 숟가락을 집어던지면 엄마는 금방 무춤해져서 내 눈치를 살폈다.

“엄마가 요량이 없어서 그랬어. 다음부터는 밥을 조금씩만 할게.”

엄마의 첫 번째 외출은 좀 길었다고 한다, 육 개월쯤 됐다고 하니까. 육 개월 동안 어디에 있었는지 엄마는 이모에게도 함구했다고 한다. 그러나 불러오는 배를 언제까지나 감출 수는 없었다. 엄마는 첫 번째 외출에서 나를 가졌고 두 번째 외출 후, 나를 버렸다.

고등학교 입학금을 낼 즈음이었다.

영하 십 도를 오르내리던 매운 날씨, 엄마의 시신은 성의 없이 간수한 동태 같았다. 아랫목에 병풍을 치고, 군불을 그렇게 때도 앞으로 꺾인 엄마의 목은 제자리로 돌아오지 않았다. 결국, 염쟁이 영감이 있는 힘을 다해 뒤로 제꼈다. 칠성판에 놓인 엄마 목은 제자리로 가기 위해 부러져야 했다. 생나무를 무릎에 대고 꺾을 때 나는 투두둑 소리를 분명히 들었다. 다리 병신인 엄마는 그렇게 목마저 병신이 되고 말았다.

풀이 센 베옷을 입은 엄마의 등짝에 일곱 개의 넓은 삼베 끈이 놓여졌다. 매듭을 지으면 안 되기에 좌우에서 장정 두 사람이 제 앞에 있는 끈을 세 가닥 내어 서로의 끈을 바꿔 바짝 틀어 쥔 다음 관자놀이 핏줄이 터지게 힘껏 잡아당기곤 서로의 끈을 바꿔 쥐고 다시 힘써 잡아당겼다. 그리곤 몇 번 더 끈을 꼬고 나서 한쪽 끈을 고리처럼 만들어 여며진 틈에 넣고 남은 끈을 고리에 건 다음 다시 야무지게 잡아당겼다. 등쪽엔 일곱 개의 넓은 끈이고, 앞쪽은 그것들을 다시 삼등분했기에 스물한 개의 끈이 되는 셈이다. 멀쩡한 사람도 그렇게 오라를 지으면 죽을 수밖에 없으리라. 혹시라도 살아날까 두려워 야무지게 결박하는 게 바로 염이었다. 여보게, 호흡 좀 잘 맞추게. 양쪽 힘이 다르니까 시신이 휘지 않나. 엄마 머리맡에서 염쟁이 영감이 잔소리를 했다. 엄동설한임에도 염습하는 사람들 이마엔 구슬땀이 흘렀다. 사자에 대한 예의로 기운을 뺏기 때문이리라. 마지막 끈을 여밀 때, 나는 소리를 질렀다.

"잠깐만요. 울 엄마 다리는 짝짝이라서 좌우 발목이 다르니까 짧은 쪽에 맞춰서 묶어 주세요."

염습이 끝나자 머리끝에서 발끝까지 터럭 한 올도 뵈지 않게 엄마는 포장됐다. 깡말랐던 엄마가 뻣뻣한 베옷 덕분에 두툼하게 살이 올라 있었다. 이모가 손수 닦아주고 분도 두드려주고 입술도 칠해 제법 화사했던 엄마의 마지막을 되풀이해 그리고 또 그리며 머릿속에 입력했다.

입관한 후, 관과 시신 사이 빈틈에 햇솜을 꼭꼭 채웠다. 운구 도중 시신이 흔들릴까 봐 그리하는 것 같았다. 관뚜껑을 덮기 전 나는 또 한 번 소리를 질렀다.

"잠깐만요!"

나는 벽장을 향했다. 사람들의 눈길이 일제히 나를 따라왔다. 잠시 호흡을 걸렀다. 사람들의 눈길이 주춤거렸다. 벽장문을 활짝 연 나는 엄마의 소원을 꺼냈다. 호상을 보느라 분주한 이모부에게 손을 내밀어 마련한 것이었다. 반짝반짝 윤이 나는 빨간 칠피구두. 사람들의 눈이 휘둥그레졌다.

"울 엄마 소원이었어요. 함께 보내야 해요."

엄마 발밑, 하얀 햇솜 위에 빨간 구두가 놓였다. 눈길에 떨어진 흑장미처럼 비현실적인 색깔이었다. 가슴 저 밑바닥에서 아련한 슬픔이 너울져왔다. 엄마, 다음엔 마음대로 신발을 골라 신을 수 있는 몸으로 태어나. 까짓 신발 하나도 마음대로 못 신다니 말이 돼?

관 뚜껑을 덮고 나무못을 쳤다. 상주는 상징적으로 못을 하나만 치면 되는데 굳이 모든 못을 다 박았다. 다른 사람은 다 나를 버려도 엄마만은 끝까지 지켜줄 줄 믿었다. 그런데 엄마가 먼저 나를 버리지 않았는가. 아아 야속한 나의 절름발이 엄마.

"이게 뭐니?"

유품을 정리하던 이모가 내민 건 심상치 않은 모양으로 접힌 배냇저고리였다.

"관심 없어."

방문을 벌컥 열고 나와 변소에서 담배를 빼 물었다. 버엉신. 배냇저고리를 간수하던 마음으로 좀 더 날 간수해 주면 어디가 덧난대? 그놈의 배냇저고리, 확 불 싸질러 버릴까 보다. 모순투성이 모정에 다시금 심사가 사나워졌다.

"에잇, 썩을 놈의 인간."

이모가 휘청거리며 대문을 나섰다. 나는 이모가 풀어놓은 배냇저고리 앞으로 다가갔다. 그 속에는 내가 대학을 마치고도 남을 예금통장이 있었다. 통장의 마지막 예금일은 엄마가 목을 매단 날이었고 그날의 예금액은 그 이전의 예금을 몽땅 합친 것의 몇 곱이었다. 썩을 놈의 인간? 나는 이모가 뱉은 말을 곱씹었다. 혹시 세발자전거를 사주었던 그 인간?

검게 변색한 베옷 속의 엄마는 낯설었다. 삶을 버린 후의 십여 년도 엄마에게 그리 편하지 않았나 보다.

"냉한 물이 들었어."

일꾼 중 연장자인 듯한 사람이 혀를 끌끌 찼다.

"그래, 차라리 잘된 일이다. 자리가 안 좋을 바엔 화장이 낫지."

이모가 씁쓸한 표정으로 먼 하늘을 올려다봤다. 일꾼들이 철사걸망 위에 번개탄을 여러 겹 깔고 장작을 쌓은 뒤 그 위에 아직도 무게를 덜지 못한 엄마를 수습했다. 한 초롱의 석유와 약간의 신나가 부어졌다. 누군가 불을 당기려는 순간 나는 엎어질 듯 튕겨 나갔다.

"제가 하겠습니다."

왠지 그래야 할 것 같았다. 내가 보내지 않으면 누가 엄마를 보내랴. 라이터에 불을 붙여 들이대자 이모부가 가로막았다.

"이걸로 하지."

성냥이었다. 맥이 잠깐 끊기자, 성냥을 긋는 손에 경련이 일어 손쉽게 불이 붙지 않았다. 몇 개비의 성냥을 버린 다음에야 불꽃이 잘 붙은 성냥을 엄마에게 던졌다. 불길은 삽시간에 치솟았다. 엄마는 세 시간가량 화마지옥에 있었다. 불길에 휩싸여 젖은 몸을 말리고 몸피를 줄였다. 나는 텅 빈 머리로 뜨겁게 가벼워지는 엄마를 배웅했다, 엄마가 평생 신지 못한 빨간 구두를 낡은 사파리 안에 품고서. 그래 엄마, 흙으로 못 가면 불로라도 가는 거야. 하여튼 사라져야 하는 거야. 이쪽의 흔적일랑 몽땅 지우고 저쪽에서 멀쩡한 모습으로 다시 태어나라. 그럼 절뚝이는 사랑도 하지 않을 거야.

"욱아, 잠깐 내려가자."

이모가 앞장서며 말했다. 이모가 차려준 밥상에서 꾸역꾸역 맨밥을 밀어 넣었다. 이모가 냉수를 건네주며 입을 떼었다.

"그 육실헐 인간 안즉도 진달래술 땜시 연명하고 있다드라."

"……?"

"니 애비 말이다."

엄마는 내가 고등학교에 합격하자 아버지를 찾아갔다고 한다. 호적에 올려 달라고 통사정하기 위해 어렵게 생애 두 번째 외출을 했던 것이다. 그런데, 그 집에서 아버지가 타계했다고 거짓말을 했다는 거다. 엄마는 그 없이 남은 날들이 두려워 자신의 목에 올가미를 걸었다. 봄마다 가슴 설레며 진달래술을 담은들 가져갈 사람 없는 세상이 견딜 수 없었는지도 모르겠다.

"네 엄마가 그 인간 말종한테 왜 빠졌는지 아니?"

이모는 내가 짐작했던 것보다 훨씬 많은 것을 알고 있었다.

엄마는 제대로 시집도 못 간 채, 손가락질이나 받고 살 인생이 두려워 어느 날 밤차를 타고 고향을 떠났다고 한다, 아무도 모르는 곳에서 자신을 수장하려는 심정으로. 엄마에게 들어오는 혼처는 처음부터 재취나 씨받이였다. 엄마가 찾아간 곳은 한적한 바닷가였다. 절뚝거리며 백사장을 걸어 바다에 몸을 적셨다. 물이 차가웠지만 엄마는 더웠다. 그래, 차라리 말자. 아무려면 사는 것보다 더 치욕적일까. 엄마는 깊이 좀 더 깊이 들어갔다. 어느 순간 발이 뜨면서 중심을 잃었다. 엄마는 꼴깍꼴깍 물을 먹었다. 입으로도 먹고 코로도 먹었다. 코가 매워 눈물이 났다. 사는 것만 매운 줄 알았더니 죽는 것도 맵구나. 그런데 도대체 얼마나 물을 마셔야 죽는 걸까? 배가 불러 더는 못

마시겠다 싶은 찰나 어디선가 튜브 하나가 날아왔다. 엄마는 무의식적으로 튜브를 잡았다. 잠시 후, 한 남자가 빠르게 헤엄치며 다가왔다.

"발을 움직여 봐요."

남자가 다급한 목소리로 튜브를 밀어주었다. 엄마는 남자를 밀어내고 혼자서 물장구를 치며 뭍으로 돌아왔다. 희한하게도 물속에서는 짝짝이 발이 없었다. 상상도 못한 체험이었다. 신기한 사실을 깨닫게 해준 남자가 무조건 고마웠다. 남자는 그 지역 해양경비대에 복무하는 직업 군인이었다.

엄마는 가끔 이모에게 말했다고 한다. 내게 자유를 가르쳐 준 사람은 그 사람뿐이야. 언니, 그 사람 나무라지 마. 아무도 못 한 걸 그 사람은 했어. 난 그 사람 앞에서 처음으로 용기 있게 마음껏 발을 움직였어. 발을 구르자 신기하게도 갑자기 몸뚱이가 가벼워지면서 나는 듯한 기분이 들지 뭐야. 비로소 하늘도 바로 보이고 뭍도 제대로 보였어. 그 사람에게 바라는 거 아무것도 없어. 하지만 엄마는 거짓말을 했다. 그가 죽었다는 소식을 듣자 확인할 생각도 않고 곧바로 목을 매지 않았던가. 그 사람만이 엄마의 존재 이유였던 것이다.

"사지육신 멀쩡한 인간 말종들이 불쌍한 병신 하나 잡아먹었지 뭐."

이모는 나와 그 인간을 싸잡아 말하는 것 같았다.

하긴, 나 역시 절뚝거리는 엄마가 창피했다. 다행히 엄마가 마을 밖을 나서지 않았기에 견딜 수 있었다. 애비 없는 자식에 엄마마저 절름발이. 어린 내 가슴도 엄마 못지않게 절뚝거렸다.

그에 대한 궁금증보다 그를 인정하기 싫다는 마음이 앞섰다. 그를 만나면 너무 쉽사리 그를 인정할까 두려워 그 존재를 지워버렸는지도 모르겠다. 방향감각을 잃은 나날들, 자유에 치인 꿈, 혼자가 된 나는 금세 흔들리기 시작했다. 흔들리면 아무데나 등을 기대게 된다. 하지만 죽어도 그에게 등을 대기는 싫었다.

장지에 오르는데 쿵쿵 야산이 울었다. 절구질 소리였다. 아, 엄마가 쇠절구에서 바스러지고 있었다. 엄마의 얼굴, 손, 발, 가슴, 엉치가 뒤섞여지고 있었다. 욕망이 떠난 자리를 끝까지 버티던 증언이 사라지고 있었다.

"이왕이면 밀가루처럼 곱게 빻아 주시우."

이모부가 일꾼들에게 지폐 몇 장을 찔러줬다.

엄마의 흔적이 분열에 분열을 거듭하는 동안 만개한 진달래 꽃들이 주기적으로 진저리를 쳤다. 저 꽃나무들 중 오래된 것은 분명 엄마를 기억하리라. 해마다 이맘때면 자신의 이마를 행복한 표정으로 훑어내 거듭나게 해주던 절름발이 여인을. 여인은 목숨을 끊고, 여인이 야산을 절뚝거리며 채취해 담은 술을 먹은 인간은 아직 숨을 쉬고 있다. 여인의 흔적이 깡그리 사라지는 이 마당에도 진달래술의 효험을 보고 있는 것이다. 진달래나무도 진달래술 담는 걸 도와준 나도 진달래술을 먹은 인간도 살아 있고 오직 진달래술을 담던 여인만 없다. 게다가 지금은 이미 영혼이 떠난 여인을 새삼 증거 인멸하는 중이다. 사람은 지구에서 몇 번을 죽어야 아주 죽는 것일까.

이모가 들고 온 보자기를 풀었다. 방금 지어온 찰밥에선 모락모락 김이 올랐다. 나는 그 밥의 용도를 몰라 의아한 표정으로 서 있었다. 일꾼들 새참이라기엔 준비된 반찬이 아무것도 없었다.

"때맞춰 잘 해왔군."

이모부가 성큼 이모 앞으로 다가선다. 그리곤 반질반질 윤이 나는 찰밥에 곱게 빻아진 엄마를 붓는다. 뜨거운 찰밥에 버무려지는 엄마. 나는 아직도 상황 파악을 못한다.

"욱아. 불쌍한 네 엄마, 들짐승 날짐승한테 보시하자꾸나."

이모부가 잠시 손을 쉬면서 담담히 말한다. 뜨거운 찰밥에 엄마를 반죽한 이모부의 손이 벌겋게 익어 가고 나는 진저리를 친다.

"아참. 욱아 그 구두 아까 태워버릴 걸 잘못했구나. 아직 불씨가 남았으니까 거기다 던져 넣으면 어떻겠냐?"

이모부의 벌건 손이 아무렇지도 않게 엄마의 소원을 태우라는 동작을 취한다. 나는 완강히 고개를 젓는다. 이모부가 머쓱한 표정으로 나를 올려다보고, 나는 쫓기듯 진달래 군락으로 시선을 돌린다.

진달래술을 팔아 주머니가 두둑해지면 주먹밥을 지어놓고 마실을 자주 가던 엄마였다. 흑임자주먹밥, 시금치주먹밥, 계란주먹밥, 엄마는 세 가지 이상 색색의 주먹밥을 지었다. 그나마 하나밖에 없는 자식이 먹지도 않고 마당에 집어 던져 도둑고양이 차지가 되기 일쑤였지만……. 엄마는 당신의 마지막이 주먹밥이 될 줄 알고 생전에 그리도 공들여 주먹밥을 만들었을까. 밥이면서 밥이 아니고 밥이 아니면서 밥인 주먹밥이 어쩌면 엄마의 삶과 닮은 것도 같다.

엄마의 마지막이 이렇게 조장이면서 풍장인 줄 사전에 알았다면 굶주린 짐승들이 입맛 다실 미끼를 준비해 주먹밥에 엄마와 함께 버무렸으련만……. 미리 아무런 언질도 주지 않은 이모와 이모부에게 서운한 감마저 든다. 내 속을 모르는 이모부는 크게 만든 주먹밥을 반으로 갈라 손아귀에 힘을 주며 꾹꾹 아무리는 데 열중하고 있다.

수십 개의 주먹밥으로 나뉘어진 엄마가 진달래 군락 여기저기에 놓였다. 엄마가 찰밥과 함께 시커멓게 곰팡이 스는 건 정말 싫다. 다행히 열매라곤 없는 계절이다. 제발 부패하기 전에 착한 짐승이든 사나운 짐승이든 먹어만 다오. 춘궁에 굶주린 들짐승 날짐승의 피와 살이 되면 엄마도 사슴처럼 뛸 수 있을까, 새처럼 날 수 있을까. 그러고 보면 엄마는 네 번의 장례 절차를 밟는 셈이다, 매장, 화장, 조장, 풍장. 그렇게 죽고 또 죽고 또또 죽으면 가벼워질까, 자유로워질까? 엄마의 짝짝이 발에 단 한 번의 키스도 못한 나는 일없이 빨간 구두만 쓰다듬었다.

까만 오디오 박스 위에 빨간 구두가 놓여 있다. 내 소원 위에 엄마의 소원이 놓여 있다. 참으로 이질적인 두 물건이 절묘한 조화를 이루고 있다. 어릴 적 내 소원은 전축을 가지는 것이었다. 엄마가 죽은 뒤, 엄마가 남긴 통장에서 돈을 꺼내 오디오부터 샀다. 엄마가 죽어서야 빨간 하이힐을 사주듯, 엄마 역시 당신이 죽은 다음에야 내 소원을 이루게 해준 셈이다. 엄마에게 오디오 얘기를 꺼낸 적은 없다. 만일 엄마가 알았다면 열일 전폐하고 사주었을까.

올이 튄 스타킹을 벗어 놓고 간 이후로 꼬맹이는 연락 두절이다.

나는 꼬맹이의 스타킹 신은 다리의 감촉을 유독 즐겼다. 탱탱하면서 반질반질한 그 촉감을 누리다 보면 내 마음도 어느새 반질반질해지는 것 같았다. 꼬맹이가 오지 않는 동안 변태처럼 그녀가 벗어 놓고 간 올 튄 스타킹을 벗 삼아 잠을 청했다. 가끔은 빨간 구두를 안고 잠이 들기도 했다.

그녀와 나 사이도 올이 튄 걸까.

스타킹은 완강한 직선으로 올이 튀고, 일단 올이 튄 스타킹은 그대로 폐기 처분된다. 밤이라 어두워 보이지도 않을 텐데 그냥 신고 가지 그래. 오빤 뭘 몰라도 너무 몰라. 칠칠맞아 뵈는 것보다는 차라리 맨발이 쌈박하다구.

그녀는 굽 높은 구두를 신고 하루 종일 매장에서 일을 한다. 그녀가 벗어놓고 간 스타킹을 들어 코에 대본다. 그녀의 냄새가 난다. 그녀는 어느 세상에 숨어 있는 것일까.

고객이 전화를 받을 수 없어 음성사서함으로 연결해드리겠습니다. 연결된 후에는 통화료가……. 그녀의 핸드폰이 나를 거부한다. 부재중 통화가 수도 없이 찍혔을 텐데 메아리는 없다. 지지배야 뒈졌냐? 딱 한 번 음성을 남겼다. 여전히 그녀는 묵묵부답. 지금 그녀는 세상에 없다. 다른 세상으로 잠시 외출한 모양이다. 나도 외출을 한다. 알코올로 그녀를 지워 버린다.

냉장고에 소주 한 박스를 채웠고 냉동실에는 아이스크림이

가득하다. 사발면도 한 박스 쟁여 놨다. 한동안 밖에 나가지 않아도 될 것이다. 오늘은 종일 사발면 한 개와 소주 다섯 병을 비웠다. 아이스크림은 소주 안주다. 쓴 것의 안주는 단 것이고 단 것의 안주는 쓴 것, 뜨거운 술과 차가운 아이스크림은 더없이 훌륭한 궁합이다. 냉동실을 열어 손에 잡히는 대로 꺼낸다. 죠스바도 좋고 월드콘도 좋다. 아이스크림 하나면 소주 한 병은 거뜬히 마실 수 있다.

저놈의 빨간 구두에 귀신이 붙었는지 저걸 가져온 이후로 되는 일이 없다. 엉뚱한 일로 드잡이를 하다가 일자리에서 밀려났고, 생전 처음 마음 붙였던 여자는 종적을 감췄다. 이모부 말대로 차라리 태워버렸으면 탈이 없었을라나?

라디오에 맞춰놓은 오디오에서 흘러간 가요가 나온다. 어디선가 들은 노래다. 소올솔솔 오솔길에 빨간 구두 아가씨 또옥똑똑 구둣소리 어딜 가시나 한 번쯤 뒤돌아 볼 만도 한데 발걸음만 하나둘 세며 가는지 빨간 구두 아가씨……. 엄마가 빨간 구두를 신고 무대에서 춤을 추고 있다. 무대 아래의 나는 손뼉으로 박자를 맞추며 엄마를 응원하는 중이다. 엄마의 다리가 멀쩡하다. 행복에 겨운 엄마의 눈길이 내게 닿는다. 느슨하게 풀어진 아름다운 얼굴이다. 내가 웃자 엄마도 웃는다. 엄마가 웃다가 발을 헛디뎌 넘어진다. 어두운 객석이 술렁거린다. 사람들이 하나둘 일어나고 뭐야 뭐야, 제각기 다른 여러 갈래의 목소리가 웅성거리기 시작한다. 나는 사람들을 헤치고 엄마를 향해 달려간다. 엄마가 넘어진 채 고통스런 얼굴로 내 손을 잡는다. 에이 씨바.

"오빤 잠꼬대도 욕 아니면 안 되냐?"

꼬맹이였다. 그녀의 발에 빨간 구두가 신겨져 있다. 아직 잠이 설깬 채 오디오 위부터 훑어본다. 엄마의 소원이 제자리에 없다. 언제 CD를 틀었는지 재즈가 흐른다. 꼬맹이가 발바닥을 구르며 신명이 나서 춤을 춘다, 굴러다니는 소줏병과 아이스크림 껍데기를 용케도 피하면서.

"내 발에 꼭 맞는데 누구 거야?"

"누구 거긴. 니 거지 인마!"

그러고 보니 빨간 구두는 정말 꼬맹이 몫인 것 같다.

"정말?"

"그러엄."

벌떡 일어나 꼬맹이를 번쩍 들어 올린다. 엄마의 소원과 내 소원이 함께 높아진다. 까르륵, 꼬맹이가 넘어갈 듯 웃는다. 아무 설명도 요구하지 않고 태연하게 웃기만 하는 여자 앞에서, 내 팔이 기억하는 무게보다 훨씬 가벼워진 여자 앞에서, 나는 아무것도 따질 필요를 못 느낀다.

"내려 줘, 빨랑 내려 줘."

버둥거리는 여자의 엄지발가락을 찾아 입에 무는데 얼핏 못생긴 내 발이 보인다. 우습게도 새카맣게 멍든 엄지발톱이 제일 먼저 눈에 들어온다. 그렇구나 때로는 멍이 돋보이기도 하는구나. 스르르 팔 힘이 빠진다. 나는 꼬맹이가 눈치채지 못하게끔 재빨리 침대에 던진다. 꼬맹이는 여전히 웃음을 멈추지 못한다. 나도 덩달아 선웃음을 웃다가 말한다.

"울 엄마 또 당했어. 이젠 아주 갔다."

꼬맹이가 웃음을 뚝 그치고는 내게 다가와 괜찮아괜찮아 하면서 어깨를 감싸고 토닥여준다.

"오빠가 지우지 않으면 가도 간 게 아냐."

침대 밑의 빨간 구두가 하나는 바로 하나는 뒤집어진 채 윙크를 한다. 나도 한쪽 눈을 찡긋한다. 분명 한쪽 눈만 감았는데 두 눈이 다 감긴다. 나는 한 번도 윙크해 본 적이 없었던가? 낼부터는 윙크 연습을 해야겠다. 할 일이 있는 내일이 있어서 기분이 좋다.

꼬맹이가 부시럭대며 일어나 가방을 뒤지더니 뭔가를 마신다. 그리곤 다가와서 입술을 찾는다. 그녀가 내 입술을 열고 뭔가를 흘려 넣어준다. 뭔지도 모른 채 나는 그것을 꿀꺽꿀꺽 받아 마신다. 술 같기도 하고 약 같기도 하다.

"뭐야?"

"좋은 거."

그녀는 거푸 세 번을 그렇게 입에 물고 와서 내게 흘려주었다.

"너도 먹지 그러냐?"

그녀가 한 모금도 삼키지 않았다는 느낌에 그렇게 말했다.

"나한텐 무용지물이야."

"도대체 뭔데 그게?"

"두견주. 내 고향이 당진군 면천면이라는 거 기억하기는 해?"

"그 딴 거 기억해서 뭐하냐? 네 몸뚱이만 기억하면 되지."

나는 그녀의 안쓰러운 발을 정성스럽게 쓰다듬기 시작한다. 그러다가 그녀의 발가락을 입에 문다. 실수로라도 깨물면 안 돼, 정신을 수습하면서.

"우리 고향 특산품이야. 아무래도 오빤 담배 끊기 어려울 것 같아서……. 내가 이러는 거 싫어?"

골초에게 효험이 있는 줄 여자도 아는 것 같다. 소주가 들어간 엄마의 진달래술보다는 청주로 만든 두견주가 한결 순하다. 그래, 꼬맹이, 너는 엄마처럼 독하지 마라. 절뚝거리지도 마라.

"그래 싫어. 하지만 좋아."

엄마의 정성으로 아직도 살아 있는 세발자전거의 그 남자가 떠올랐다. 그래서 싫다는 말이 먼저 튀어나왔다. 여자가 배시시 웃더니 빨간 구두를 제자리, 까만 오디오박스 위에 가지런히 올려놓는다. 엄마와 나의 꿈이 제자리에서 당당하다. 딱 한 번이라도 하이힐이 신고 싶었던 엄마, 하이힐이 아니고는 어떤 신발도 신지 않는 여자, 이 두 여인은 내 몫의 업인지도 모르겠다. 정말 다행이다, 내가 아직 미혼인 게. 세발자전거의 그는 엄마를 만났을 때 기혼이었다. 그렇지만 나는 아니다, 아니다.

너머엄마

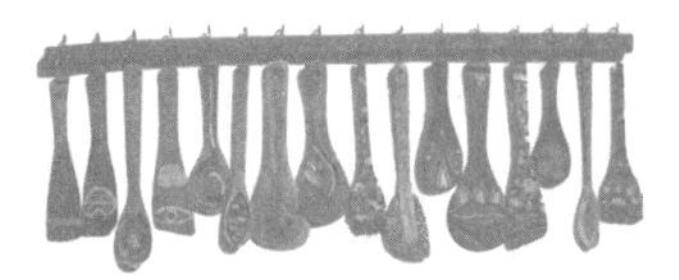

너머엄마

함박눈이 내리고 있었다.

발목이 빠질 만큼 쌓인 눈 위로 계속 내리고 있었다. 흰 우유에 파란 잉크 한 방울을 떨어뜨린 듯 차창마다 내걸린 희푸른 아우라가 그로테스크했다. 버스에서 내리자 모공을 긴장시키는 섬뜩함이 발바닥에서 등줄기를 타고 올라 휘슬소리를 내며 귀로 빠져나갔다. 삐이~ 재그러운 이명이 한동안 귀에 머물렀다. 나이는 있지만 아직 귀울음에 시달린 적은 없다. 왜 이러지? 귀를 씻으려 눈을 멀리 둔다.

저만치 웅크린 산과 방심한 듯 가로누운 들판의 하얀 휴식, 그것도 오래 보자 귀가 먹먹했다. 시선을 조금 가까이 당기는 순간, 외로운 긴장감이 엄습했다. 수직의 오브제 때문이다. 누군가 의도적으로 가져다 놓은 듯 생뚱맞아 보이는 평지목이 내 눈엔 분명 오브제로 보였다. 바람 한 점 없는 들판에서 파르르 떨고 있는 오브제를 카메라에 담았다. 흰색이 주는 가벼움과 달리 눈은 무겁다. 하얀 무게를 못 이겨 떨고 있는 평지목을 찍어대다 나도 모르게 부르르 진저리를 쳤다. 사방 어디에도 맨땅은 보이지 않았다. 포장된 땅은 위험하다. 조심해야겠다.

세상은 고요했다.

버스 두 대에서 내린 왁자한 목소리를 순식간에 삼켜버린 하얀 고요, 저만치서 한 여자가 그 고요를 깨고 있었다. 여자는 넉넉한 숫눈 위에 발바닥을 돌려 찍으며 꽃을 피우고 있었다. 하얀 배경 위에 일곱 개의 하얀 꽃잎이 음각으로 새겨졌다. 여자에게서는 왠지 슬픔의 내공이 느껴졌다. 여자가 한 발짝 자리를 옮겨 새로운 꽃을 피웠다. 점심 먹으라고 누군가 소리쳤지만 꽃 피우는 일에 몰두해 들리지 않는 듯했다. 나는 멀찌감치서 줌을 당겨 여자의 발에서 피어나는 백화를 동영상에 담았다. 수수하면서도 자유로운 차림으로 보아 시인은 아니리라 짐작하면서.

점심은 간단한 백반이었지만 맛은 간단하지 않았다. 혓바닥으로 당겨진 추억이 모처럼 식탐을 유도했다. 두 번이나 국그릇을 들고 가 올갱이토장국 더 받아다 먹으며 알맞게 숙성된 알타리김치를 소리도 시원하게 씹었다. 아사삭 아사삭 참 맛있게도 먹는다. 어머니는 내가 알타리무를 씹을 때마다 부러운 듯 바라보았다. 고질병인 풍치 때문에 어머니는 단단하거나 질긴 음식을 멀리 했다. 그러면서도 부엌에 들어갔다 하면 뚝딱 한상 차려내는 마술을 부렸다. 솜씨와 속도를 겸비한 어머니는 자주 동네 큰일에 불려갔고, 나는 어깨가 으쓱해서 잔치 음식을 얻어먹곤 했다.

그런 어머니가 유방암으로 세상을 떠났다.

돌계집이라 나무라는 할머니 앞에 어머니는 툭하면 무릎을 꿇었다. 그저 말없이 꿇어앉아 있을 뿐이었다. 대가 약한 아버지는 어머니 역성을 드는 대신 마루 끝에 서서 이따금 헛기침만 했다. 천하에 염치없는 년! 그악스러운 할머니는 석녀인 어머니를 내쫓고 새며느리를 들이려 안달했지만 끝내 뜻을 이루지 못했다.

어머니의 말년은 비참했다. 어머니 가슴에 언제부터 딱딱한 돌덩이들이 들어앉았는지 아무도 모른다. 감자알 같은 자갈이 가슴에서 겨드랑이를 지나 등짝까지 주렁주렁 매달렸을 때 깨문 어금니 사이에서 새어 나온 신음소리가 비로소 알려주었다. 어머니는 밤이나 낮이나 자갈밭에 누워 끙끙댔다. 바로 누워도 모로 누워도 자갈에 배겨 고통스럽자 끝내는 앉아서 졸았다. 그러면서도 때가 되면 광목을 바랜 하얀 머릿수건과 행주

치마를 두르고 부엌으로 향했다. 어머니는 죽는 날까지 관성인지 사명인지 모를 밥상을 차려냈다. 허기진 군대에서 못 견디게 그리운 사람도 어머니였다. 멸치 꽁댕이 몇 개만 들어가도 어머니의 토장국은 기가 막혔다.

추억에 젖은 음식을 깨끗이 비우고서야 앞자리에 눈이 갔다. 아까 그 여자였다. 식당에서도 여자는 무엇에 홀린 듯 넋이 나가 있었다. 몰카를 찍은 죄가 있어 지나가는 말처럼 한마디 던졌다.

"소녀처럼 발꽃을 피우던 모습이 인상적이라 무심코 한 컷 담았습니다."

여자가 젓가락질을 멈추고 혼잣말처럼 중얼거렸다.

"그거 조화였어요."

조화? 눈의 조화造化가 동심으로 이끌었다는 말인지, 노근리 희생자들에게 바치는 조화弔花라는 뜻인지 알 수 없었다. 낫살이나 먹어가지고 수작 부린다고 오해할까 봐 서둘러 카메라를 둘러메고 일어섰다. 그러면서 또 상기했다, 조심해야지.

틈틈이 귀를 훔치자면 서둘러야 했다.

행사 사진을 찍어준다는 명분으로 문인단체 행사에 끼어들었다. 벌써 식사를 마치고 잡담하는 사람들이 보였다. 사진을 찍는 척하며 알맞은 각도에서 줌을 당겨 귀에 앵글을 맞추고 휘뚜루마뚜루 눌러댔다. 남자들 귀는 그나마 잡아내기 쉽지만 여자들은 영 아니었다. 모자를 쓰거나 머리카락에 덮여 귀를 드러낸 여자가 드물었다. 도둑질하듯 남의 귀나 훔치는 꼴이 스스로도 한심해 죽겠는데, 엄동설한에 공주처럼 레이스 치마를 입은 여자가 사진 찍는 기척을 느끼자 모자를 고쳐 쓰며 아닌 척 포즈를 취한다. 저 여자는 분명 시인일 터이다. 형, 예쁜척하는 여자는 모조리 시인이야. 행사를 진행하는 후배가 귀띔해주었다. 헛다리짚은 것도 열불 나는데 꼴불견까지 등장하자 영 사진 찍을 맛이 안 난다.

귀 무덤이 아니었다면 여기까지 왔을까?

인터넷 검색을 하면서 꼬리에 꼬리를 물고 딸려가다 보면 내가 무엇을 찾아왔는지 잊어먹기가 다반사라 얼토당토 않은 곳에서 망연자실할 때가 많다. 그날도 그랬다. 시작은 태실胎室인데 어느 순간 귀 무덤에 닿아 있었다.

일본 교토에 있다는 미미즈카는 임진왜란과 정유재란 때 왜군이 전리품으로 베어간 귀를 묻은 무덤이다. 부피가 큰 머리 대신 코와 귀를 소금에 절여 갔는데 그 수가 12만 명이 훌쩍 넘었다고 한다. 도요토미 히데요시의 명에 따라 전리품을 매장한 뒤, 원혼을 누르기 위해 무덤 위에 오륜 석탑을 세우고 코 무덤이라 부르다가 이름이 지나치게 야만적이라 귀 무덤으로 바꿔 부르게 되었다고 한다.

요란스런 도요쿠니 신사에서 길 하나 건너면 있는 주택가 어린이놀이터 옆에 초라하게 자리한 귀 무덤 사진을 보며 잠깐 광개토대왕릉을 떠올렸다. 고구려 국내성이 있던 집안集安에서 광개토대왕릉을 찾았을 때, 잃어버린 대지에서 허물어져가는 왕릉보다 능을 에워싼 하얀 풀꽃에 꽂혀 셔터를 눌러댔다. 하얀 꽃을 창처럼 치켜들고, 너른 들판 전체를 빼곡히 에워싼 채 광개토대왕을 호위하는 풀꽃들이 대견하고 신통해서였다. 본질보다 주변에 먼저 눈이 가는 체질이라 귀 무덤보다 그 곁에 있는 어린이놀이터에 마음을 빼앗겼다. 죄 없는 아이들의 천진한 웃음소리를 벗 삼다가 날이 저물면 밤새 귀를 닦으며 아침을 기다리는 원혼들, 바로 그런 무심한 풍경과 소리를 카메라에 담고 싶었다. 하지만 즉흥적으로 교토에 날아갈 만큼 주머니가 넉넉하지 않았다.

가지 못한 길에 대한 아쉬움이 무지근하게 매달려 일이 손에 잡히지 않았다. 그렇다고 무리수를 둘 수도 없었다. 귀 무덤 곁의 어린이놀이터를 찍으러 간다면 개도 웃을 일, 우선 스스로를 납득 시킬 수 없었다. 결국 찾아낸 대안이 살아 있는 귀를 수집하는 거였다. 관상책을 꺼내 귀에 대한 정보부터 살펴보았다.

모든 동물에게 귀는 레이더고, 인류의 귀는 진화와 함께 점점 아래쪽에 내려붙게 되었다. 게다가 귀를 보면 속사정을 알 수 있다고 한다. 달걀에 똥이 묻듯 하등동물일수록 항문과 성기가 가깝다. 사람 항문 위치는 대동소이하나 성기의 위치는 제각각이다. 진화한 사람일수록 성기와 항문 사이가 먼데, 귀를 통해 그것을 알 수 있다. 귀가 내려간 이는 성기가 위에 붙어 있고 귀가 올라온 이는 그것이 밑에 있다는 것이다. 여성의 경우 그것이 위에 붙을수록 명기라는 속설도 있지만 그것이 아래쪽에 있을수록 순산 확률이 높다고 하니 장단점이 있다고 하겠다.

그뿐인가?

귀가 크고 단단한 사람은 신장이 튼튼하고 의욕적이라 지혜와 용기를 겸비한 반면, 귀가 작은 사람은 신계가 약해서 만사에 자신이 없고 끈기도 없으며 사소한 일에도 깜짝깜짝 잘 놀라는 통에 추진력이 약하다고 한다. 귓바퀴의 윤곽이 평행으로 일정하면 장남이며, 귓밥이 없는 사람은 목마른 사람처럼 조급하고 신경질적이라 매사에 여유가 없고 원만하지 못하다. 얼굴색에 비해 귀가 붉으면 남녀를 불문하고 색을 즐기는 형이며, 귀에 점이 있는 사람은 색난色難의 상이라 하는데 이런 사람 중에 효자가 많다는 건 정말이지 뜻밖이었다.

손거울을 들고 내 귀를 살펴보았다. 위치는 중간으로 작은 편인데 귓불에 점이 있어 당황했다. 소심한 건 맞지만 여자를 밝히는 편도 아니고, 효자는 더더욱 아니다. 그야말로 재미로 보는 관상이니 허허실실 웃는 수밖에. 꼭 어디에 쓰겠다는 의도는 없었다. 일단 귀를 수집해 모자이크하면 엉뚱하고도 기발한 작품이 탄생할 수도 있지 않을까 내심 기대하는 정도였다.

오늘은 문인들의 귀가 얼굴색보다 흰가 검은가 살펴볼 참이다.

천하를 주유하던 공자가 뽕 따는 여인에게 농을 걸었다가 "입술이 바짝 마르고 이빨이 툭 튀어나온 게 이레 굶은 상이지만, 귀가 얼굴보다 흰 걸 보니 문장만은 천하에 알려지겠구나." 라는 반격으로 망신을 당했다는데 정말 문인들의 귀가 그런지 심심풀이 삼아 확인할 셈이었다.

어쨌든 나답게 본질에서 벗어난 출발이었다.

문인들 학술 심포지엄에 나는 아무것도 모른 채 묻어왔다. 언젠가 노근리 학살에 관한 뉴스를 본 기억이 어렴풋이 있지만 굳이 찾아보진 않았다. 노근리가 충북 영동에 있다는 소리에, 그래? 영동에 한 번도 가본 적 없는데 잘됐네, 하며 편승했다. 노근리고 뭐고 나는 문인들의 귀만 훔치면 될 일이었다.

식당에서 제공하는 커피믹스를 한 잔 타다 놓고, 오늘 찍은 몇 개 안 되는 귀들을 들여다보며 뒤로 돌리다보니 발꽃 피우는 여자가 나왔다. 육안으로 볼 때와 사진으로 볼 때의 차이에 나는 아연했다. 순백의 대지에서 고개를 숙인 채 발꽃을 피우는 여자의 동영상이 역광 실루엣처럼 까맸다. 촬영하는 내내 나는 그녀가 검은 옷을 입었다는 사실조차 인지하지 못 했다. 동영상을 정지시키자 그녀는 불 꺼진 가로등으로 멈췄다. 설원에 고개 숙이고 서 있는 불 꺼진 가로등, 아아 그녀야말로 초현실적인 오브제였다.

이상한 일이다. 평소 잘 사용하지도 않는 오브제란 말이 오늘따라 자꾸 알짱거린다. 귀 수집에 허방을 짚은 대신 쥐어준 방울인지도 모르겠다.

너머엄마가 죽은 뒤 진진오귀굿을 했다. 무당은 내게 대를 잡으라 했다. 창피하고 무서운 나머지 꽁무니가 빠져라 도망쳤다. 뒷간에 숨은 나를 무당은 금세 찾아냈다. 무당에게 잡힌 손목이 끊어질 듯 아파 엉엉 울었다. 눈물콧물 범벅인 채 마지못해 잡은 대나무가 힘없이 이리 쓰러지고 저리 쓰러졌다. 구경꾼들의 눈이 저승사자처럼 내게 달려들었다. 참으로 무서운 시선이었다. 무당의 장구 소리가 점점 빨라지면서 축원인지 주문인지 모를 무당의 이바구도 빨라졌다. 내 심장의 고동이 덩달아 가빠지면서 손목에 힘이 가기 시작했다. 아니, 손목에 힘이 간 게 아니라 내 손이 대나무에 끌려다녔다. 무서운 속도의 대내림과 함께 나도 모르게 입이 열리고 너머엄마의 목소리가 튀어나왔다. 내가 뭐라고 지껄였는지는 기억에 없다. 뒤에 친구가 들려준 말로는, "에고 에고 생지옥 무서워 도망쳤는데 여기도 지옥일 줄 차마 몰랐네. 이년의 팔자는 도망쳐도 캄캄하니 사나 죽으나 한가진데, 불쌍한 내 새끼, 새끼가 눈에 밟혀 발이 천근만근이네……." 라며 귀신 씨나락 까먹는 소리를 주절대는데 신기하고 무서워서 혼났다는 것이다.

대내림에서 빠져나오자 소매로 눈물을 찍어내거나 치맛자락을 끌어당겨 코를 푸는 구경꾼들이 보였다. 언제부터였는지 어머니가 나를 껴안은 채 흐느끼고 있었다. 내 손에서 대나무를 채간 무당이 뭐라뭐라 어머니를 나무라며 등을 철썩철썩 때렸다. 어머니가 두 손을 모으고 싹싹 빌었다.

"제발 축원하니 좋은 데로 가시게나. 정태는 내가 잘 거둘 테니 마음 놓고 훌훌 가시게나. 좋은 날도 나쁜 날도 모조리 내려놓고 어여 가시게나. 이 사람아, 제발 부탁이니 새 출발하시게나."

무당의 대나무가 이번엔 내 등으로 자리를 옮겼다. 무당이 꺼이꺼이 서럽게 울며 대나무로 하염없이 나를 쓸어내렸다. 말은 없었다. 흐느끼며 쓰다듬어 주는 대나무가 시원하면서도 편안했다. 나는 그 자리에 엎어져 까무룩 잠에 빠졌다.

며칠 후, 꿈에 너머엄마를 보았다. 너머엄마는 소복을 하고 있었다. 소복을 한 너머엄마의 얼굴은 깨끗하고 예뻤다. 내가 다가가려 하자 너머엄마가 손을 흔들며 멀어졌다. 그런데 치마 밑에 고무신이 보이지 않았다. 너머엄마는 신발도 없이 언덕 너머로 사라졌다. 그러고 보니 너머엄마는 바깥엘 나오지 않아 변변한 신발조차 없었다. 밝은 낮엔 뒷간도 못 가고 요강에 해결하는 너머엄마에게 신발다운 신발이 있을 리 없었다. 다음 날 나는 어머니가 깨끗이 씻어 마루 끝에 엎어놓은 고무신을 훔쳤다. 훔친 고무신을 들고 나와 벌벌 떨다 방죽에 힘껏 던져 버렸다.

그 후 너머엄마의 신발은 깨끗이 잊어먹었다. 학교에서 돌아오면 겅중겅중 뛰며 반기는 바둑이 목덜미는 쓸어주어도 너머엄마가 내민 손은 닿을까 무서웠으니 따지고 보면 바둑이만도 못한 너머엄마였다.

너머엄마는 더럽고 캄캄했다.

씻을 줄도 집 안을 치울 줄도 음식을 해먹을 줄도 몰랐다. 언제나 굴속처럼 캄캄한 방구석에 병든 짐승처럼 웅크리고 있었다. 흔들리는 눈빛으로 구석만 밝히는 너머엄마였다. 나는 아침저녁으로 너머엄마 밥을 배달했다. 갈 때마다 음식만 들여놓고 도망치기 바빴다. 어쩌다 너머엄마가 내 뒤를 살펴보며 들어오라고 손짓하면 등이 오싹해서 쏜살같이 달아났다. 너머엄마는 살아 있는 귀신이었다.

야트막한 언덕 너머 외딴집에 너머엄마가 살았다. 캄캄한 방에서 혼자 살았다. 아이들은 심심하면 너머엄마 집에 돌을 던졌다.

"미친 거지귀신 나와라! 미친 까막귀신 나와라!"

수세미처럼 산발한 머리 거죽으로 낟알처럼 통통한 이가 기어다니다 고개를 흔들면 방바닥에 툭 떨어지던 너머엄마. 머리를 긁다 손톱에 낀 이를 끄집어내 톡톡 터뜨리던 너머엄마. 새카만 손톱 위에 잘못 바른 매니큐어처럼 굳어버린 피딱지도 아랑곳없이 맨손으로 음식을 집어 먹던 너머엄마. 겨울이면 콧물을 문댄 볼이 순간접착제를 바른 듯 반질대다 터져 기어이 피가 비치던 너머엄마. 아이들의 놀림감이 되기에 충분한 너머엄마였다. 게다가 너머엄마는 검정 물을 들인 광목옷만 고집했다. 어머니에 의하면 너머엄마는 처음부터 까만 옷을 입었고 까만 옷이 아니면 절대 입지 않는다고 했다. 흰옷을 해다 주면 일부러 검댕을 묻혀 더럽힌 다음에야 입었다니 말해 무엇 하겠는가. 때로 나는 아이들에 섞여 함께 돌을 던지기도 했다. 비록

밥은 배달해주지만 나와 하등 상관없다는 표시였다.

너머엄마는 정신이 온전치 않았다.

사람들은 난리 통에 몹쓸 일을 겪어 정신을 놓은 거라 했다. 너머엄마가 누구인지 아는 사람도 없었다. 어찌어찌 우리 동네에 흘러들어온 너머엄마를 할머니가 눈여겨보았다. 후사가 없는 아버지에게 씨받이로 들이기에 안성맞춤이었다. 내가 고추를 달고 나오자 할머니는 너머엄마를 데리고 가차없이 밤기차를 탔다.

너머엄마가 돌아올 줄은 아무도 몰랐다. 하지만 두어 달 후 맨발의 거지가 되어 나타났다. 할머니는 다시 기차를 타고 너머엄마는 또 돌아오길 몇 번 반복하다 결국은 언덕 너머 외딴 오막살이에 거처를 마련했다.

외딴집에 혼자 살면서 너머엄마의 이상한 증세가 본격적으로 나타나기 시작했다. 이따금 오가던 본가를 못 오더니 기어이 집 앞마당도 나서지 못하고 짧은 말마저 잃었다. 하다못해 물 긷는 일도 밤이 되어야 가능했다. 한밤중, 공동 우물에 두레박 떨어지는 소리만도 기괴한데 산발한 까만 실루엣과 마주치면 혼비백산하지 않을 이가 어디 있겠는가. 여러 사람이 가슴을 쓸어내렸다고 한다. 하지만 무슨 까닭인지 너머엄마는 손전등도 절대 사용하지 않았다. 어둠만이 자신을 안전하게 지켜준다고 믿는 눈치였다. 너머엄마는 고치 속에 든 듯 어둔 방구석에 몸을 돌돌 말고 낮이나 밤이나 잠만 잤다. 신기하게도 내가 음식을 들고 가는 시간은 귀신같이 알아 문틈으로 내다보는 기척이었다. 더럽고 냄새나는 너머엄마가 누런 이를 드러내며 웃으면 절로 인상이 구겨졌다. 어버버대며 뭔가 말을 하려 안간힘을 썼지만 한마디도 알아들을 수 없었다. 꼭 내게만 심부름을 시키는 식구들도 미웠다. 저 여자, 없어졌으면 좋겠어. 제발 흔적도 없어 증발했으면 좋겠어. 집으로 돌아오며 자주 중얼거렸다.

너머엄마의 존재는 자주 잊혀졌다.

하지만 천둥번개가 치면 사정이 달랐다. 너머엄마의 찢어지는 비명소리가 밤새 언덕을 넘어왔다. 그때마다 아버지는 부리나케 언덕을 넘어갔다. 너머엄마를 진정시킬 사람은 아버지밖에 없었다.

너머엄마가 게거품을 흘리며 뻐드러져 있는 것도 내가 발견했다. 아버지가 출타 중이던 한낮, 우레가 요란하더니 장대비가 쏟아졌다. 어머니가 비료포대를 꺼내주며 눈짓했다. 너머엄마를 들여다보라는 뜻이었다. 이상하게 그날은 비명소리가 들리지 않았다. 내가 눈치를 보며 뺀질거리자 어머니가 등짝을 후려쳤다. 어서 가봐!

그날은 더럽고 냄새나는 너머엄마를 만지지 않을 수 없었다. 무서워 엉엉 울면서 너머엄마를 일으켜 물을 흘려 넣었다. 정신이 든 너머엄마가 뭔가 말을 하려 입을 씰룩거렸다. 하지만 끝내 소리는 나오지 않았다. 어버버 소리조차 새어나오지 않았다. 뭔가 말을 하려 핏줄을 세우던 목이 어느 순간 툭 꺾였다. 자식이 줄줄이 있어도 종신자식 하나 없이 가는 사람도 있는데 임종 복은 있다며 사람들이 내 머리를 쓰다듬었다.

너머엄마가 살던 오막살이를 태워 밭으로 뭉갤 때 묵은 체증이 내려간 양 후련했다. 너머엄마는 어린 내게 부끄러운 치부이며 힘겨운 멍에였다. 이제 완전히 저세상으로 넘어간 거야. 너머엄마로부터의 해방은 넝마를 벗은 듯 개운하고 홀가분했다. 바둑이만도 못한 너머엄마는 그렇게 갔다.

화장으로 산소조차 남기지 않았고, 영가는 사찰에 모셔 집에서 제사를 지내는 일도 없었다. 집에서 너머엄마를 입에 올리는 사람은 아무도 없었다. 지금도 마찬가지다. 아내도 아이들도 너머엄마의 존재를 모른다.

자갈밭에 누운 어머니가 손을 잡고 당부할 때까지 나는 어머니가 너머엄마를 챙기는 줄 몰랐다. 이제부턴 정태, 네가 해라. 혈혈단신 오로지 너밖에 없는 사람 아니더냐? 그 후로 너머엄마 기일을 챙겼다. 아무도 몰래 혼자 영가를 모셔둔 사찰에 다녀왔다.

나는 너머엄마 얼굴을 기억 못한다.

남겨진 사진이 없기 때문이다. 어쩌면 너머엄마는 한 번도 사진을 찍은 일이 없었는지도 모르겠다. 때로 너머엄마가 존재했었는지조차 헛갈린다. 도민증도 없고, 호적에 올리지도 않았기에 너머엄마가 이 세상 사람이었다는 증거는 하나도 없다. 내가 유일한 증거인데 나조차 놓아버렸다. 그저 일 년에 한 번 연례행사처럼 사찰에 가서 두 배 반 절을 올릴 뿐이다. 그런데 귀를 수집하러 와서 뜻하지 않게 너머엄마를 만났다. 귀 너머에 혹 너머엄마가 있는 건 아닐까?

저만치 쌍굴다리가 보인다.

다리 위는 철로인 듯하다. 쌍굴다리 입구에 하얀 페인트로 그린 동그라미, 세모, 네모의 기하학적인 무늬가 흩어져 있다. 철부지 아이들이 장난을 친 듯 규칙도 구성도 없는 그림이다. 뭔가를 보여주기 위한 표시라면 더욱이나 조잡하고 성의 없어 보인다.

"저거 혹시 총구멍 아냐?"

누군가 일행에게 동의를 구하자, 그런 것 같다며 발걸음이 빨라진다. 나는 앞서가는 그들의 뒷모습을 카메라에 담는다, 쌍굴다리 중간에 사슬처럼 이어진 하얀 총구멍도 함께 집어넣는다.

본 행사 전 쌍굴다리를 먼저 보라고 했다. 특별히 안내해주는 사람도 없었다. 일단 가서 보면 안다고 했다. 끼리끼리 짝을 지어 쌍굴다리로 향했다. 눈 덮인 대지에 시커멓게 입 벌린 아가리 두 개, 굶주린 괴물처럼 턱이 빠져라 한껏 벌린 모양이 어쩐지 야만스럽다.

안내판 앞에 잠시 선다. 쌍굴다리는 한국전쟁 때 노근리사건이 있었던 현장으로 경부선 서울 기점 225km 지점이란다. 사건 개요를 대충 훑어보다 주춤한다. 뭐? 미군? 미군이 우리 피난민들에게 총구를 들이대고 무지막지하게 갈겨댔다고? 제대로 뒤통수를 맞은 기분이다. 게으르고 무식한 대가다. 그런데 우리를 도와주러 온 미군이 도대체 왜?

누구한테도 물을 수 없었다.

그것도 모르고 왔다면 웃음거리를 자청하는 일, 궁금증과 울화를 누르며 쌍굴다리에 들어선다. 소개 명령을 내리고, 피난을 유도하던 미군이 갑자기 행로를 변경시킨 뒤, 굴다리에 몰아넣고 기관총을 갈겨댄 끔찍한 피의 현장, 치욕스런 약자의 현장, 그 아가리로 주춤주춤 들어선다. 생각보다 굴의 규모가 작다. 일삼아 발걸음으로 재본다. 너비 아홉 발자국, 길이 서른 발자국 이 좁은 굴에서 도대체 무슨 일이 있었던가?

기다렸다는 듯 다다다다 묵직한 기관총 소리와 찢어지는 비명소리가 귀를 어지럽힌다. 아수라장 속, 사람들은 피하고 싶어도 피할 공간이 없어 날아오는 총알을 몸으로 받아낸다. 자지러지는 아이를 껴안고 몸을 방패 삼은 아낙들, 노인들 역시 굴 입구에 방패막이로 서 있다. 쌍굴다리 한쪽은 길이고 나머지 한쪽은 개천이다. 개천 굴에 은신한 사람들의 피가 시뻘겋게 흘러간다. 일부 부상자는 떠내려가다 버드나무 뿌리에 ㅅ자로 걸린다. 소나기처럼 퍼붓는 총알에 누구도 부상자를 구하러 가지 못한다. 실은 떠내려가는 사람이 보이지도 않는다. 모두 고개를 물속에 처박은 탓이다. 하루에도 몇 차례씩 갈겨대는 기관총 난사에 물고기들은 진작 도망쳤다. 앞뒤가 다 아가리인 굴다리에 안전지대는 없다. 앞에서도 뒤에서도 날아오는 총알에 갈피를 잃은 사람들의 목이 고정된다. 목이 붙어 있어서 목숨이라면 차라리 빨리 꺾이는 게 낫다고 희망한다. 굶주린 사람들이 기어이 총알을 받아먹는다. 주는 대로 넙죽넙죽 몸으로 받아먹는다.

이들 희생자는 군인이 아니므로 전사도 아니었다. 난리 통이라 억울한 기록 하나 남기지 못한 채 불행한 역사 속으로 가뭇없이 매장되고 말았다고 한다.

무자비한 총알의 난사 자국은 굴 안에도 굴 밖에도 선명하게 남아 있었다. 사람들이 만든 구조물에 박힌 총알 자국은 60년이 지난 지금도 그날의 생지옥을 거뜬히 증명하는데, 정작 몸으로 받아낸 사람들의 흔적은 어디에도 없다. 손가락 두 마디 정도의 총알 하나로 절명하는 허약한 생명체, 도대체 인간의 무엇이 우월하단 말인가. 게다가 먹이 싸움도 아니고 세력다툼도 아닌데 어쩌다……. 지휘체계의 전달 미스였을까, 파괴의 기쁨 때문이었을까. 이번 행사에 착실한 청중이 되기로 한 건 순전히 나의 무식과 명색이 우방이라는 미국에 대한 배신감 때문이었다.

첫 번째 주제 발표자는 사건의 진상과 사건이 표면화된 과정을 꼼꼼하게 들려줬다.

노근리 사건은 한국전쟁 발발 약 한 달 후인 1950년 7월 25~29일까지 충북 영동군 황간면 노근리 일대, 영동~황간 도로선상에 방어선을 구축한 미군이 비무장, 무저항 피난민들에게 공중폭격과 지상 사격을 실시함으로써 일어난 양민 학살 사건이다. 미군기의 공중폭격으로 피난민 백여 명이 희생당한 뒤, 살아남은 피난민들은 미군에 의해 3박4일 70여 시간 동안 노근리 쌍굴다리에 감금된 채 기관총 및 소총 사격을 받아 총 400명에 가까운 민간인이 희생되었고, 시체더미에 숨어서 미군이 철수할 때까지 쌍굴다리에 갇혀 있다 7월 29일 오후에야 북한군에 의해 밖으로 나온 피난민은 중상자를 포함해 고작 25명이었다. 미군은, 피난민을 가장한 적 오열과 좌익세력으로 인해 작전상 막대한 피해를 입자, 피난민을 적으로 간주하여 생긴 사건으로, 급박한 전투 상황에서 야기된 불가피한 혼란이라 해명했지만, 실상 피해자 대부분은 어린이, 부녀자, 노인이었다. 당시, 미8군사령관 워커 중장은 극동 최고사령관 맥아더에게 "전선을 통과하려는 피난민들의 어떤 움직임도 허용해서는 안 된다."는 메시지를 보냈다. 전투의 편의를 위해 전선에 들어오는 민간인은 모두 적으로 간주, 발포해도 좋다는 뜻이었다. 게다가, 피난민은 걸리적거리는 사냥감에 불과하니 "필요하다면 박격포, 대포를 사용하여 발포하라"는 명령 기록도 있다니 누가 봐도 앞뒤가 맞지 않는 구차한 변명이었다. 아무리 수세에 몰려 후퇴 중이었다지만 민간인을 무차별 학살할 만큼 위급한 상황이었을까? 그렇다면 노근리 일대에서 북한군과 교전한 기록이 없는 건 또 무슨 까닭일까?

각설하고, 노근리 사건은 미군이 저지른 민간인 학살 중 빙산의 일각일 터, 양민들을 적 또는 작전 수행 방해 요소로 간주, 공격을 서슴지 않은 데는 인종주의적 편견도 상당히 작용했을 것이다. 한국전쟁 당시 미군들이 한국인을 국gook이라 부르며 우쭐댄 것만 봐도 뻔하다.

노근리 비극은 정은용의 장편실화소설 『그대, 우리의 비극을 아는가』(1994)로 파헤쳐졌다. 피해자와 유족들은 한국전쟁 직후부터 끊임없이 진상규명과 명예 회복을 도모했으나, 두 나라가 합의하에 묻어둔 비밀을 들춰내기에는 역부족이었다. 군사정권이 들어서면서는 반미세력 억압이 한층 고조돼 공식적인 논의가 아예 불가능해졌다.

입을 막자 손이 움직였다.

피해자 중 한 사람이 펜을 들었던 것이다. 정은용은 십여 년 동안 수집한 자료와 생존자들의 증언을 바탕으로 2년 반 동안 집필에 몰두했다. 이 소설이 아리랑TV에 소개되고, CNN과 AP 통신에 보도되면서 미국의 전쟁범죄가 국제적 이슈가 되었다. 여론에 떠밀려 한미공동조사위원회가 구성되고, 사건 반세기 만에 클린턴 대통령의 공식적인 사과를 받아내기에 이른다. 이는 경이로운 기억의 복원으로, 살아남은 자의 부채감이 이룬 쾌거라며 첫 번째 주제 발표가 마무리 되었다.

잠시 휴식 시간을 갖고 두 번째 발제자가 연단에 올라갔다. 뜻밖에도 아까 발꽃을 피우던 바로 그 여자였다. 그녀는 정은용 소설을 위주로 소수집단 문학을 얘기했다. 노근리 사건을 객관적으로 세상에 알리는 데 성공한 작품으로, 고립된 피난민들의 절박함과 공포를 미학적으로 보여준 전쟁문학이라며 말년을 문학에 바친 작가에게 예를 다한 뒤, 작가가 신인이라 문단의 눈치를 보지 않고 소신껏 역량껏 작품에 매달린 게 성공의 요인이 아니었나 평가했다. 하지만 그녀의 얘기 중 정작 인상적인 건 한국전쟁 당시 미군들을 공포의 도가니로 몰아넣은 '흰옷'이었다.

우리는 흰옷을 입는 민족이다.

그건 삼팔선이 갈리고 나서도 마찬가지였다. 때로 인민군은 흰옷을 입고 농부로 가장해 전선에 잠입한 뒤 미군에게 총격을 가했다. 한국전쟁 초기 투입된 미군은 대부분 전투 경험이 없는 어린 병사였다. 인민군에게 대전을 함락당하자 미군은 집단 패닉 상태에 빠졌다. 사방에 깔린 흰옷 입은 사람들이 모조리 공포로 다가왔던 것이다. 미군을 궁지에 몰아넣고 생명을 앗아간 흰옷은 모두 적군이었다. 게다가 의심나는 피난민은 모두 죽이라는 상부의 명령도 있었으니 거리낄 이유가 없었다. 전쟁에서 한 번 피 맛을 보면 너나없이 제정신이 아니다. 인민군에게 당한 뒤 피해망상에 빠진 미군에게 제물로 바쳐진 노근리 사람들, 파괴의 기쁨에 광분해 씨를 말릴 듯 갈겨대는 기관총, 국가의 손은 뻗치지 않고, 말도 안 통하는 미군들 속에 철저히 버려지고 유린당한 죄 없는 백성들, 그러고도 50년 동안 노근리는 입이 없었다. 피해 당사자가 마을 사람들 앞에서 진상규

명이 필요하다는 얘기를 꺼냈다가 경찰서에 끌려가 혼쭐이 날 정도로 버림받은 땅이었다.

본격적인 토론에 들어가기 전 또 휴식시간이었다. 분노를 참지 못한 나는 잠시 바깥에 나와 담배를 빼 물었다. 어느새 눈은 멈추고 어둠이 내려앉았다. 담배 필터를 질겅이며 아무도 밟지 않은 벙어리 대지를 훼손했다. 부드러운 눈에 담긴 발이 허공을 디딘 듯 가벼웠다. 주위를 둘러보며 아무도 없는 걸 확인한 뒤 발꽃 조화弔花를 찍기 시작했다. 공포 속에 떼 무덤을 이룬 노근리 희생자에게 바칠 게 이거밖에 없었다. 뒤꿈치를 중심축으로 한 바퀴 돌면서 발자국을 찍었으나 눈이 두터워 꽃잎이 뭉개졌다. 발을 완전히 들었다 놓으면서 다시 찍으니 이번엔 꽃의 형태가 일그러졌다. 낮에 그녀가 반복해서 발꽃을 피운 이유를 알 것 같았다. 일곱 개의 꽃잎을 온전히 피우기가 쉽지 않았다. 세미나실로 향하자 사람들이 웅성거리고 있었다. 토론을 생략하는 쪽으로 의견을 모은 모양이었다. 서둘러 단체 사진을 몇 컷 찍었다. 눈길이 위험하니 저녁 식사도 휴게소에서 간단히 때우기로 하고 우르르 버스에 올랐다.

나뭇가지 사이로 말갛게 얼굴을 내민 달이 점점 환해진다. 나뭇가지도 초저녁보다 한결 선명하다. 검은 가지에 소복하게 앉은 눈, 흑백의 조화가 밤의 나뭇가지를 살려낸 것이다. 카메라를 만지작대다 참기로 한다. 그냥 눈에 담아가자.

뒤늦게 버스에 오른 까만 여자가 비어 있는 옆자리로 온다. 나는 엉덩이를 움직여 자리를 넓혀준다. 여자가 목례를 하고 조심스럽게 앉는다. 여자는 앉자마자 팔짱을 끼고 눈을 감는다. 단상에서 또박또박 발음했지만 왠지 미세한 떨림이 느껴지던 여자의 목소리가 생각나 곁눈질을 해보니 입을 꼭 다물고 있다. 인사치레도 질문도 거절하는 자세다.

수묵화 같은 나뭇가지를 버리고 버스가 나아간다. 나무를 버리고 달이 따라온다. 내게 너머엄마를 꺼내준 까만 여자가 제 발로 내 곁에 와 끄덕끄덕 존다. 나도 끄덕끄덕 너머엄마에게 넘어간다. 검정 옷만 고집했던 너머엄마에게 혹시 흰옷 트라우마가 있었던 건 아닐까. 나 역시 이젠 기억을 복원할 때가 됐지 싶다. 닫아버린 귀를 열어야 한다. 대잡이를 시켰던 무당은 아직 살아 있을까.

60년 동안 닫혔던 세상의 귀를 노근리가 열었다.

귀가 열리자 세상 사람들이 입을 열어 노근리를 말한다. 세상사에 빗장 걸고 카메라 앵글로만 보던 나만 한참 지각했다. 이젠 내 귀를 열 차례다. 타인의 귀를 수집할 게 아니라 내 귀를 들여다보아야 한다. 무덤은 밖에 있는 게 아니라 내게 있었다. 너머엄마의 목구멍으로 넘어가버린 소리를 듣자면 내 귀부터 청소해야 한다. 너머엄마의 캄캄한 인생도 어쩌면 살아남은 자의 고의적 형벌이었는지 모른다.

나는 이곳을 충북 영동 노근리라는 것만 알고 왔다. 한데 정확한 옛 지명은 영동군 황간면 노근리였다. 아까부터 황간이란 지명이 자꾸 걸린다. 식구들한테 들었는지 이웃에게서 들었는지 모르지만 너머엄마와 무관하지 않은 것 같다. 황간 황간 황간…… 입으로 되뇌어본다. 혹시 무당에게서 들었던 지명은 아닐까?

휴게소 식당에서 우동을 먹는데 옆자리의 여자가 저쪽에 서 있는 까만 여자를 가리키며 일행에게 소곤댄다.

"저 여자 말이야……."

나는 여자들의 대화에 바짝 귀를 기울인다.

"문학평론가라메?"

"것보담도 노근리 희생자 가족이래."

"어쩐지……."

삐이~ 귀를 찢는 휘슬소리가 들린다. 여자에게서 감지되던 슬픔의 내공은 다 까닭이 있었고, 여자가 피운 조화는 역시 조화弔花였던 것이다. 시작은 묻어왔지만 일없이 묻어온 게 아니었나보다. 귀 무덤부터 시작해 노근리까지 무엇에 홀린 듯 달려와 느닷없이 너머엄마를 만났다. 이게 연기緣起 아니고 무엇이겠는가. 이대로 귀머거리 관객인 채 떠날 순 없다. 휴게소까지 몇 개의 설산을 넘어왔는지 모르나 밤새 걸으면 그곳, 노근리에 도착할 것이다. 워커를 신고 온 것도 우연은 아니지 싶다. 사람들이 버스에 오를 때 나는 행사 진행자인 후배에게 문자를 넣는다.

따라왔지만 따로 갈라네, 나중에 보세.

워커 끈을 바짝 조이고, 속에 입은 후드티 모자에 야상후드 모자를 겹쳐 쓴 뒤, 지퍼를 목까지 치켜올려 야간 행군 준비를 마친다. 천상의 가로등만 따라오는 교교한 밤이다. 온 세상이 하얀 카펫에 뒤덮여 맨땅이라곤 없는 길을, 모조리 포장돼 위험한 길을, 나는 아무런 두려움 없이 되짚어 출발한다. 너머엄마를 찾아서.

두셋다람

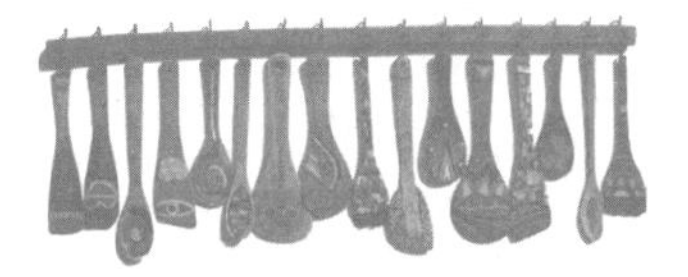

두셋다람

엄마가 절을 한다.

엄마의 소원은 과연 무엇일까. 엄마가 그랬다. 절을 하며 기도할 때는 원하는 게 구체적이어야 하며, 단 하나의 소원만 빌어야 한다고. 막연하고 애매한 바람은 아무리 부처님이라도 들어줄 수 없다고. 지금 엄마는 무엇을 빌며 엎드려 있을까.

아무튼 기적이다.

엄마가 엎드려 절을 할 날이 다시 올 줄 몰랐다. 절이 아니라 목숨도 알 수 없는 나날이었다. 왈칵 눈물이 솟는다. 지난겨울 나는 엄마를 잃을지도 모른다는 불안에 시시때때 사별 근육을 키웠다. 안 그래도 기운 엄마의 건강이 나 때문에 곤두박질쳐서다. 죄는 내가 지어놓고 애먼 동생들한테 가스라이팅을 했다. 젊은 사람도 밤새 안녕인 시절인데 엄마 만날 때마다 마지막이라는 심정으로 잘해드려. 나중에 후회하지 말고. 지난겨울은 정말이지 하루 앞을 내다볼 수 없는 나날이었다.

완만한 내리막은 없음을 엄마를 통해 알았다.

딸인 나보다 걸음도 더 빠르고 힘도 더 센 엄마였다. 체격은 작아도 못 하는 게 없는 엄마는 뭐든 망설이는 법 없이 팔 걷어붙이고 시원하게 해치우는 슈퍼우먼이었다. 젊은 나는 늙은 엄마 앞에서 엄살이나 부리고 게으름 피면서 호사를 즐기는 얌체족이었다. 그건 엄마 있는 사람의 특혜였다. 나는 엄마를 껴안고 엄마가 있어서 참 좋다며 알랑방귀를 뀌었고, 엄마는 그래, 있을 때 실컷, 알뜰하게 사용해라, 느들 사용하라고 있는 몸이니깐두루, 하면서 애매한 표정으로 웃곤 했다.

고비는 팔십이었다.

팔십이 넘으면서 엄마의 나사가 마모되기 시작했다. 짱짱하던 나사가 하나씩 헛돌면서 엄마의 중심이 기울었다. 나보다 빠르던 엄마의 걸음에 제동이 걸린 것이다. 몇 걸음 걷다가 주저앉아 한숨을 쉬는 엄마. 엄마는 벤치보다 쪼그리고 앉아 쉬는 게 더 편하다며 길을 가다가도 쪼그려 앉기를 반복했다. 패션 지팡이를 사드리자 엄마는, 아직 지팡이 짚을 정도는 아니라면서 펄쩍 뛰었다. 엄마의 일상에서 최고의 난관은 바로 집 앞에 있는 팔 차선 도로였다. 안전하게 건너가라고 있는 횡단

보도가 엄마한텐 저승처럼 멀기만 했다.

그럴 땐 예열이 필요했다.

횡단보도 앞에 쪼그리고 앉아 쉬면서 다음 신호를 받기까지 기운을 모았다가 준비 땅, 하면 죽어라 걸어야 했다. 횡단보도에 도착하자마자 녹색신호를 받는 행운도 소용없는 나이였다. 녹색신호가 떨어지고 단번에 건너려면 일단 숨을 고르고 에너지를 축적해 달릴 준비를 하는 게 순서였다. 팔 차선 횡단보도 중앙선에서 한 번 쉬었다 가면 딱 좋은데 그건 목숨을 담보로 하는 위험한 일이었다. 터널을 빠져나와 내리막길을 쏘는 차들의 속도는 무시무시했다.

때문에 엄마는 두 번째 신호가 떨어지고야 종종걸음치며 부지런히 걷는다. 걸어도 걸어도 닿지 않는 팔 차선을 땀을 뻘뻘 흘리며 걷는다. 그럴 때마다 엄마는 육교가 있던 시절을 그리워했다. 육교는 천천히 건너도 뭐랄 사람 없고 민폐를 끼친다는 자괴감도 없다. 설령 육교를 밤새 걷는다 한들 누가 뭐랄 것인가?

있던 것이 사라지면 누군가는 그 때문에 불편하다.

아무리 편의를 위해 더 좋은 시설이 생긴다 해도 앞서의 것에 순기능은 있게 마련이고 그것에 길든 사람 또한 있을 테니까. 뭐든 만드는 건 맘대로 해도 좋지만 없앨 때는 맘대로 하면 안 되는 이유가 여기에 있다. 우리가 탄생보다 죽음을 더 두려워하는 것처럼.

횡단보도를 건널 때마다 좌절하던 엄마. 정해진 시간에 건너야 하는 길바닥에서 신체적으로 자격 미달임을 처절하게 깨달아야 했던 엄마. 아무것도 아닌 횡단보도가 당신 인생에 최악의 바로미터일 줄 상상도 못했던 엄마. 차들이 쌩쌩 달리는 거리에서 외로움에 떨던 엄마. 길거리 비명횡사가 두려워 넓은 차도를 피해 다니던 엄마. 노쇠의 팩트는 그런 거였다.

"이상하게 발이 땅에서 잘 떨어지질 않네."

엄마는 발바닥에 송진을 바른 듯 걸음 떼기가 어렵다고 했다.

가을이면 아람을 주워다 평면에 송진을 묻혀 알밤 두 개를 붙였다 떼었다 하며 놀았다. 캐스터네츠처럼 리듬에 맞춰 송진 알밤 연주를 하기도 했다. 찌걱찌걱 찌찌걱, 송진으로 달라붙은 두 개의 알밤은 떼어낼 때마다 비명을 질렀다. 일단 붙으면 잘 떨어지지 않는 송진은 미운 아이 골려 먹는 데도 유용했다. 가방이나 머리카락에 쓱 문지르고 달아나면 뭐든 닿는 것마다 붙들고 놓아주지 않아 골치를 썩였다. 무거워진 엄마의 발, 나도 송진처럼 엄마 발을 붙들고 놓아주지 않는 건 아닌지. 엄마의 골치를 썩이는 건 아닌지 생각이 많아졌다.

"엄마 다리에 근력이 없어서 그래요. 운동을 하세요, 하다못해 산책이라도."

막상 말해 놓고 보니 이야말로 말도 안 되는 소리였다. 아니나 다를까 엄마가 한소리 했다.

"누가 아니래니? 나도 걷고 싶구나. 발만 떨어진다면."

환갑이 지나면서 자유를 얻은 엄마는 그동안 미뤄놨던 숙제를 하나하나 해치웠다. 세상으로 걸어 나와 당신의 존재 증명을 하며 생기발랄하게 움직였다. 아버지의 죽음은 엄마한테 자유를 선사했다. 아버지는 잠시 잠깐도 엄마의 부재를 못 견뎠다. 엄마는 아버지의 수족이었다. 아버지의 수족인 동안 엄마의 인생은 없었다.

아버지가 타계하고 제일 먼저 엄마가 한 일은 노래교실에 나가는 거였다. 남편이라는 횡단보도를 건넌 엄마는 이어서 춤을 배웠다. 처음엔 한국무용을 배우더니 이내 댄스스포츠로 갈아탔다. 댄스스포츠는 엄마의 절친과 함께 했다. 엄마는 아예 그 친구네 집에 가서 살면서 배웠다. 엄마는 여자, 엄마 친구는 남자 역할로 짝을 맞춰 배웠다. 엄마 친구도 혼자라 두 사람은 거리낄 게 없었다. 그게 끝이 아니었다. 영어회화를 배우고, 컴퓨터를 배우고, 수화를 배우고……. 욕망의 덩굴손은 끝을 모르고 뻗어갔다. 자식들은 엄마가 공연을 하거나 대회에 나갈 때마다 교대로 응원단을 꾸려 엄마를 따라다녔다. 도대체 얼마나 꾹꾹 눌러 쟁였으면 잠시도 쉴 새 없이 배우러 다니실까. 엄마의 열정에 혀를 내두르면서도 어쩐지 마음이 짠했다.

엄마를 챙기지 못했다.

엄마는 으레 그러려니했다. 한 번도 엄마의 욕구불만을 헤아려보지 않았다. 엄마의 꿈은 생각조차 안 했다. 엄마가 아무런 내색 없으니 무심하게 넘어갔던 거다. 엄마는 친구들과 어울려 여행도 잘 다녔다. 자식들이 모시고 다니지 않아도 알아서 잘 다니니 그 또한 고마운 일이었다. 자식들은 추렴해서 여행비를 모아드리는 걸로 도리를 다한다고 생각했다.

"이렇게 나만 놀러 다녀도 되는지 모르겠네. 아무튼 고맙다, 얘들아."

엄마는 남편한테서만 벗어난 게 아니라 자식들로부터도 놓여났다. 한번 발을 들여놓은 손주 돌봐주기는 공평이라는 명분하에 엄마의 진을 닥닥 긁어 쓰고서야 끝이 났다. 인생이 그런 건가 보다. 오르막길일 때는 짐까지 바리바리 짊어진 채 자빠지고 미끄러지면서도 기어이 올라야 하고, 내리막일 때는 가벼운 짐조차 없이 가뿐한 스텝으로 춤추듯 내려가는 것. 그러니까 '모 아니면 도'는 극단적인 사람의 전유물이 아니라 인생 곳곳에 숨겨진 삶의 과정인지도 모르겠다.

엄마는 자격이 충분했다.

놀러 다닐 자격도, 뭔가를 끊임없이 배울 자격도. 인생이 줄다리기라면 평생 줄을 풀어주면서 양보하고 끌려왔으니 이제 그만 당신도 팔뚝과 장딴지에 힘을 꽛꽛이 주고 끌어당겨도 될 시점이었다. 자식들 누구도 엄마를 타박하지 않았다. 좀 더 잘 해드리지 못해서 한이지 말릴 일은 아니었다. 때문에 우리는 엄마의 말년이 행복할 줄 알았다. 한평생을 보상받듯 누가 봐도 부러운 말년을 보낼 줄 믿어 의심치 않았던 엄마한테 횡단보도의 역습이 있을 줄은 상상도 못 했다.

병원에서 검진을 받고야 알았다. 엄마한테 퇴행성 뇌 질환인 파킨슨병이 왔음을. 엄마 발바닥을 붙들고 놓아주지 않는 송진 현상도 그 때문이었다.

걸음 걷기의 불편은 시작에 불과했다.

허리가 아파 밤잠을 설치던 엄마는 어느 순간 통증클리닉 순례자가 됐다. 허리가 굽는 것도 파킨슨병 증상의 하나였다. 가까운 대학병원부터 시작해, 유명 한방병원, 지방의 침술원, 한 번 갈 때마다 공포스럽게 큰 주사를 20대는 기본으로 놓는 강남의 유명 척추병원, 동서울터미널에 있는 통증클리닉, 파파할아버지가 운영하는 마포의 통증클리닉 등등 용하다는 말만 들리면 바로 찾아나섰다. 유명세 탓인지 가는 곳마다 전국 각지에서 몰려든 환자로 북새통이었다. 새벽 비행기를 타고 제주에서 온 환자, 부산이나 목포에서 온 환자들을 보면서 우린 그나마 가까이 살아 다행이라고 위안했다. 하지만 약발은 거리와 상관없었다.

참 이상한 일이었다.

다른 사람은 두세 번, 많아야 댓 번 주사를 맞으면 감쪽같이 낫는데 엄마는 열 번, 스무 번을 다녀도 도무지 기별이 없었다. 사람을 엎어놓고 얼마나 무지막지하게 주사기를 찔러대고 살을 뜨는지 주사 맞은 자리가 벌겋게 붓고 아파 쩔쩔매면서도 엄마는 포기할 줄 몰랐다. 혹시라도 연때가 맞는 명의를 만날까 싶은 기대에 순례를 멈추지 않았다. 꼬박 삼 년간 일주일에 한두 번씩 병원 순례를 했다. 그만큼 엄마의 통증이 심했다는 얘기다. 어떻게든 이 과정을 이겨내고 통증으로부터 벗어나, 잃어버린 삶의 질을 되찾으려는 각고의 노력이자 의지였던 게다.

"아무래도 죽어야 나을 통증인가 보다."

어차피 낫지도 않는데 오가며 길바닥에 버리는 시간이라도 아끼자며 가까운 한방병원에서 치료받기로 엄마 스스로가 마음을 바꿀 때까지 자식인 우리는 교대로 엄마를 케어하며 병원에 모시고 다녔다.

안타까웠다.

남들은 다 낫는데 왜 우리 엄마만 통증에서 해방되지 못하는지 알 수 없었다. 의사들도 고개만 갸웃거릴 뿐 딱히 시원한 답을 내놓지 못했다. 백세시대 장수가 통증과 함께라면 굳이 반길 이유도 없지 싶었다.

아픈 와중에도 엄마는 노인대학에 다니며 배움을 멈추지 않았고, 짬짬이 집에서 가까운 경로당에 고스톱도 치러 다녔다. 원거리 외출도 계속해, 동두천에 사는 친구, 창미아줌마한테 수시로 다녀왔다. 엄마는 절대로 택시를 타지 않는 알뜰족이었다. 걸음도 잘 못 걸으면서 버스 타는 건 민폐라고, 웬만하면 먼길은 나서지 말라고 아무리 사정해도 듣지 않았다. 창미아줌마는 오지 않고 왜 맨날 엄마만 가는지 따지려다 그만두었다. 엄마보다 몸이 더 불편한 거겠지 싶어서.

"너희들이 태워다 주고 태워 오는 것도 아니면서 어째 콩팔칠팔 참견이다냐? 남보다 느려서 그렇지 다 다닐 수 있으니 염렬랑 붙들어 매라. 설마 너희들 걱정시키지 말라고 이러는 건 아니겠지?"

찍소리 못하고 입을 다물었다. 엄마 땜에 마음 졸이며 신경 쓰기 싫어서 괜히 엄마 걱정하는 척, 장거리 외출에 제동을 건 게 맞으니까. 깔끔하고 명랑한 성격 덕분에 어디서든 환영받는 엄마는 찾는 사람도 많았다.

"느이들 보기엔 답답해도 말이다. 이러고 다니는 것도 다 살아서 누리는 특혜이니라. 그러니 암말 말고 내깔겨 둬라. 내가 꿈적이며 움직일 수 있을 때까진 내 발로 다닐 테니 말이다. 그마저 안 되면 내 알아서 포기하마."

워낙 정신이 총명한 분이다. 움직임이 예전 같지 않은 걸 자꾸 강조하다간 무슨 사달이 날지 몰라 한발 물러섰다. 대신 불안한 마음에 혼자 사는 엄마의 외출을 체크했다. 그런데 생각지도 못한 코로나 팬데믹이 오면서 엄마는 오도가도 못하는 신세가 되고 말았다.

텔레비전 감옥에 갇혀버린 엄마.

엄마는 집에서 텔레비전만 봤다. 자식들 집에도 특별히 이름 붙지 않은 날은 오지 않는 엄마였다. 그건 온 세상이 감옥이 돼도 변함없었다. 각자 알아서 잘 살자, 정떨어질 정도로 그 부분엔 엄격한 엄마였다. 덕분에 자식들은 제각각 자기 생활에 전념할 수 있었다. 엄마 생각은 가끔 생각날 때만 했다. 그마저도 전화 한 통화로 때우기 일쑤였지만.

서둘러 노치원을 알아봤다.

혼자 사는 노인이 집에만 있는 것처럼 위험한 일은 없다. 수시로 엄마를 들여다볼 여력이 없으니 다른 방도를 찾아야 했다. 마침 엄마의 집 근방에 새로 생긴 주간보호센터가 있어 바로 등록했다. 아침 9시 반에 차로 모셔가고, 프로그램에 따라 하루를 보내고, 점심, 저녁까지 먹고 오후 5시에 귀가시켜주니 독거노인에게는 안성맞춤이었다. 아침 한 끼만 우유를 마시든 누룽지를 끓여 먹든 간단히 해결하면 나머지 식사가 해결되니 얼마나 좋은가. 엄마도 만족했고 자식인 우리들은 더할 나위 없이 흡족했다. 살금살금 좋아진 복지가 여기까지 왔구나, 우리나라가 확실히 선진국에 진입했음을 알았다.

엄마가 지팡이를 짚기 시작했다.

노치원에 다니면서다. 혹시라도 당신이 실수로 넘어져 노치원이 덤터기를 쓰고 피해를 입을까 염려해서라는 걸 나는 안다. 엄마다운 결정이다. 기울어진 건강에 그만큼 자신을 잃었다는 반증이기도 하다. 생전 가야 남한테 싫은 소리 안 하는 엄마는 노치원에서도 환영받았다. 노치원 원장은, 우리 엄마가 분위기 메이커에 해결사라며 자기네 노치원 보물이라고 치하를 했다. 언제 어디서나 한결같은 사람, 엄마는 어디 내놔도 걱정할 일이 없는 완성형 인간이었다.

엄마가 노치원에 다니면서 나는 매일 아침저녁 전화를 걸었다. 처음엔 왜 자꾸 안 하던 짓을 하냐며 엄마가 귀찮아했다. 아닌 게 아니라 평소에 나는 엄마한테 문안 전화는커녕 집안에 일이 있어도 먼저 전화를 걸지 않았다. 엄마가 전화를 걸어야 겨우 받는 처지였다. 하지만 엄마도 이내 길이 들었다. 안 하던 짓을 하는 딸자식을 불편해하던 엄마가 먼저 전화를 걸기 시작했다. 노치원에서 귀가하면 잘 다녀왔노라고 보고하는 거였다. 가만 생각하니 엄마는 늘 전화 통화라도 하고 싶었던 거다. 자식이 어떤 상황인지 몰라 참았던 거다. 내가 조석으로 전화를 하자 그 시간이면 통화가 괜찮다는 걸 알고 먼저 전화를 걸었던 거다. 자식과의 통화조차 눈치를 보던 엄마였던 게다. 도대체가 아무짝에도 쓸데없는 자식을 세상의 어미들은 왜들 그렇게 낳는가 모르겠다.

나부터도 애를 셋이나 낳았다.

나 역시 애들과 통화가 어렵다. 전화를 하면 뭔 일 생겼냐고 묻는다. 부모자식 사이에 꼭 무슨 일이 있어야 전화를 하나. 선뜻 대답을 못하면 바쁘니까 나중에 통화하자고 한다. 그렇게 말하는 자식치고 나중에 전화를 거는 놈은 없다. 참 징그러운 짝사랑이다.

효도, 그거 별 거 아니다.

조석으로 전화만 해도 효도다. 덕분에 엄마가 내게 전화를 걸 정도로 가까워졌다. 엄마와 친해지니 엄마의 주문도 많아졌다.

"엄마랑 노래방에 한 번 가줄래? 마이크 잡고 노래 부르고 싶다."

코로나 때문에 노래방에 못 다녀서 몸살이 날 것 같다는 엄마가 귀여워 동생들까지 불러 함께 갔다. 엄마가 부르는 노래는 내가 모르는 노래였다. 엄마는 노래방에서 그 노래만 주구장창 불렀다. 새로 18번으로 등극할 노래인가 보다고 생각했다. 어떤 노래를 내 노래로 만들려면 수도 없이 반복해서 불러 가사, 멜로디, 리듬을 정확하게 익혀야 한다. 나도 그런다. 엄마가 부른 노래는 진시몬의 「보약 같은 친구」였다. 우리는 손뼉을 치며 엄마 기분을 맞춰드렸다.

"미안하다."

노래방을 나오면서 하는 엄마의 말에 우리는 깜짝 놀랐다.

"뭐가 미안해요. 우리도 간만에 재밌게 놀았는데."

"너희들을 보약이라고 해야 하는데 친구를 보약이라고 해서."

우리들은 손뼉을 치며 웃었다. 노래 가사를 두고 미안해 하는, 끝내 귀여운 우리 엄마. 게다가 친구와 자식은 애초에 비교 대상으로 적절치 않다. 나는 엄마가 보약 같은 친구로 여기는 분이 누군지 안다.

"엄마, 창미아줌마 보고 싶구나?"

엄마가 주저앉았다. 길바닥에 퍼더버리고 앉아 엉엉 아이처럼 우는 엄마. 우리는 당황해서 어쩔 줄 몰랐다. 일단 엄마를 에워싸고 사람들 시선을 차단한 채 엄마의 감정이 누그러지길 기다렸다.

"왜 그래 엄마. 창미아줌마한테 무슨 일 있어?"

"몰라. 연락이 안 돼."

그날 이후로 엄마는 창미아줌마 얘길 꺼내지 않았다. 엎친 데 덮친 사건 때문이다. 나 때문이다. 안 하던 짓을 하면 동티가 난다 했던가? 그날따라 엄마를 챙긴다고 전복죽을 쒀가지고 갔다. 노치원이 쉬는 일요일에 갔다. 전복을 넉넉히 넣고, 당근이랑 피망 등 야채도 다져 넣어 보기에도 맛있게 솜씨를 부린 죽이었다.

"덕분에 맛있게 몸보신 잘했다."

요리엔 똥손인 내가 재주를 부렸는데 칭찬을 듣자 으쓱해졌다. 화장실에 가려는지 엄마가 일어섰다. 나는 재빨리 엄마 뒤로 다가가 의자를 끌어냈다. 엄마가 엉덩방아를 찧은 건 순간이었다. 엄마가 다시 앉을 줄 몰랐다. 엄마 역시 내가 의자를 끌어낸 걸 몰랐다. 평소대로 해야 하는데 내가 칭찬에 흥분했던 거다. 평소에 의자 서비스를 하던 나였다면 엄마도 그렇게 털썩 다시 앉지는 않았을 것이다. 엄마는 괜찮다고 했다. 뒤에 있던 내가 잡아주어서 크게 충격이 있지는 않았다. 나도 제발 별일 아니길 바랐다.

하지만 별일이었다.

며칠 후 노치원에서 전화가 왔다. 병원에 좀 모시고 가야겠다고. 그러고 보니 자식보다 더 엄마의 건강을 잘 알고 체크하는 노치원이었다. 매일 아침저녁 통화할 때마다 괜찮다던 엄마는 사실 괜찮은 게 아니었다.

CT촬영 결과 엉치뼈에 실금이 간 것으로 판명되자마자 엄마는 바로 드러누웠다. 모를 때는 괜찮더니 알고 나자마자 통증이 물밀듯이 밀려오는가 보았다. 꼼짝도 못 하고 누워 있는 엄마는 진짜 환자가 됐다. 밥도 잘 못 드시고, 화장실 출입도 어려웠다. 병원에 갈 때는 남동생이 업고 가야할 정도였다.

처음에는 우리 집으로 모셨다. 환자인 엄마를 혼자 둘 수는 없었다. 싫다는 엄마를 억지로 모시고 왔다. 엄마를 모셔다 놓았다고 집에 붙어 있을 수만은 없어 잠깐씩 일을 보러 나갔다. 점심 식사도 드시기 편하게 차려놓고 나갔다.

마음이 급해 일도 제대로 못 보고 집에 들어오니 텔레비전만 혼자 지껄이고 있었다. 엄마는 주방 바닥에 쪼그리고 앉아 무언가를 드시고 계셨다. 화장실도 못 다녀서 방에 요강을 들여놨는데 어떻게 주방까지 진출했나 모르겠다. 내가 차려놓고 간 밥상은 그대로 있었다. 엄마는 내가 들어온 소리도 못 들은 것 같았다. 나는 가만히 엄마를 관찰했다. 엄마는 밥 한 덩이를 담은 대접을 들고 파김치 통을 꺼내놓은 채 게걸스럽게 식사를 하고 있었다. 전혀 엄마답지 않은 모습이었다. 드디어 망령 초기에 접어들었나? 가슴이 덜컥했다. 게다가 그 파김치는 너무 셔서 안 먹는 거였다. 버린다 하고는 잊어버린.

"엄마. 거기서 뭐하셔?"

"응?"

당황한 기색이 완연했다. 유행가 가사에 나오는 '니가 왜 거기서 나와?' 같은 표정이었다.

"식사하시려면 상에서 하시지 바닥에서 그게 뭐예요? 우리 엄마 엄청 배고프셨나 보네."

엄마가 히잉, 민망함과 창피함이 담긴 멋쩍은 웃음을 지었다.

"근데 내가 왜 여기 있지?"

"엄마, 여기가 어딘지는 아셔?"

엄마는 당신이 우리 집에 와 계시다는 사실조차 잊고 있었다.

"몰라. 여기가 어디야? 넌 또 어디서 나타난 거고?"

자다 깨셨나? 분간을 못 하는 엄마 표정이 무서웠다. 가만 생각해보니 내가 잘못한 거였다. 내가 간병하기 편하려고 우리 집으로 모신 거다. 낯선 곳이 불편할 엄마를 배려하지 않은 거다. 엄마는 익숙한 엄마 집이 편하다. 그러니까 엄마 말대로 엄마는 엄마 집에 살고 내가 왔다갔다하는 게 맞는 거였다. 다시 엄마를 엄마 집으로 모시고 갈 수밖에. 노년의 부모는 자식 집으로 모시는 게 아니라 부모 집에 자식이 들어가 모시는 게 정답임을 뼈저리게 확인했다.

엄마 집에 들어가 살 수 없는 나는 아침이면 엄마한테 가서 식사 챙겨드리고 약 챙겨드리고 골다공증 치료제 포스테오 주사를 놓았다. 통증이 살을 말리는지 나날이 마른 엄마는 피골이 상접해 뼈만 앙상했다. 배꼽 주변을 돌아가며 맞는 포스테오 주사는 매일 놓을 때마다 사용법을 하나하나 읽으며 천천히 정확하게 주사했다. 아프지 않냐고 물어보면 엄마는 아무렇지도 않다며 웃었다.

신기한 일도 생겼다.

몸 구석구석이 아프다던 엄마가 나 때문에 다친 후로는 아프다는 소리가 쏙 들어갔다. 이유는 간단했다. 뼈에 금이 간 통증이 워낙 커서 마약성 진통제를 투여해서다. 어떻든 엄마가 다쳐 불편할지언정 통증은 덜해 다행이었다.

문제는 지린내였다.

엄마가 자리보전하면서 나는 냄새였다. 이불도 자주 빨고 옷도 자주 갈아입히고, 화장실 청소도 깨끗이 하는데 냄새가 가시지 않았다. 편하게 기저귀를 차라고 해도 노, 요강을 사용하라고 해도 노, 엄마 집으로 간 뒤 엄마는 예스보다 노가 많아졌다. 당신 집이라 그런지 몹시 당당했다.

"엄마 혹시 변기에 소변보지 않고 욕실 바닥에서 보는 거 아니에요."

엄마가 버럭 화를 냈다.

"내가 왜? 넌 네 집에서 그러냐?"

무엇 때문인지 알 수 없는 지린내는 아직도 여전하다. 이제 난 엄마한테 아무것도 묻지 않는다. 그냥 엄마 집에 들어서면 욕실부터 들어가 샤워기를 들고 물청소를 할 뿐이다. 엄마는 왜 너희 집에서 샤워를 안 하고 꼭 우리 집에 와서 하냐고 묻는다.

"수도세 아끼려고요."

엄마가 기가 막히다는 듯 웃으며 말한다.

"내 진작부터 너 지독한 줄은 알았다만 이젠 다 늙은 엄마까지 알겨먹냐?"

세상에 나쁘기만 한 일은 없다.

나 때문에 엄마 엉치뼈에 금이 갔지만 단기 기억일수록 금세 잊어버리는 엄마는 어쩌다 다쳤는지를 바로 잊어버렸다. 엄마의 치매가 나를 구했다.

"갑자기 꼼짝 못 하겠다. 내가 왜 이러나 모르겠네."

완전범죄는 의외로 쉽다. 엄마한테 힌트를 얻은 나는, 나만 아는 비밀을 형제들에게 비밀에 부쳤다. 아직까지 아무도 모른다. 죄책감보다 원망이 더 무섭다. 나는 나만 아는 죄책감을 선택했다.

낮에는 요양보호사가 와서 엄마를 돌봐주고, 저녁에는 동생들이 교대로 와서 엄마를 살폈다. 살구꽃이 필 즈음 엄마가 기적처럼 걷기 시작했다. 영영 못 걸으면 어쩌나 걱정했는데 매일 맞은 골다공증 주사 덕분인지 힘이 붙었다. 엉치뼈에 금이 가기 전보다 더 잘 걸었다. 신기했다. 나도 모르게 공수표를 남발했다.

"엄마, 우리 여행 가자. 보약 같은 친구, 창미아줌마랑 같이."

엄마 얼굴이 시무룩해졌다.

"그 친구 연락 안 돼."

엄마는 그 아줌마 집을 안다. 예전에 엄마가 댄스스포츠에 빠졌을 때 그 아줌마 집에서 몇 년을 같이 살았기에 눈 감고도 찾아갈 수 있다. 엄마의 설명을 듣고 바로 창미아줌마를 찾아 나섰다. 집은 비어 있었다. 기다리다 쪽지만 붙이고 왔다. 뒤늦게 그 아들이 전화를 해와서 알았다. 창미아줌마가 요양병원에 들어가 있다는 사실을. 그 아들은 두 분의 여행 얘기를 꺼내자 그럴 형편이 아니라며 신경질적인 반응을 보였다. 창미아줌마가 심각하구나. 엄마한테 또 비밀이 생겼다. 사실대로 말했다간 엄마의 실망이 이만저만 아닐 것이다. 엄마의 고향 친구. 깨벗고 멱감던 배꼽친구. 앞서거니 뒤서거니 결혼하고 애 낳고 남편 앞세우면서 서로를 받쳐주던 사람人친구. 창미아줌마 남편이 몹쓸 병에 들었을 때 엄마는 높은 산비탈에 올라 목숨 걸고 약초를 캐다 주었고, 아버지가 바람나 엄마가 잠깐 가출했을 때 창미아줌마는 엄마를 아무도 모르는 곳에 안전하게 숨겨주었다. 만나면 서로의 옷을 바꿔입고, 헤어지면 편지를 주고받던 애인 같은 친구. 젊은 시절 엄마가 고샅길을 내다보며 우체부를 기다리던 모습이 눈에 선하다. 엄마 때문에 김동환의 시가 눈에 들어왔다. 알고 보니 가곡도 있어 엄마한테 가르쳐주었다. 엄마는 편지를 기다리며 노래를 불렀다. 엄마 목소리는 예나 지금이나 꾀꼬리처럼 청아하다. 늙지 않는 목소리를 가진 엄마가 종종 부럽다.

"엄마, 이젠 편지 안 기다려?"

"그러게. 편지 주고받지 않은 지가 너무 오래네."

"엄마가 먼저 편지 쓰면 어떨까. 주소 아시잖아?"

"내가 왜 그 생각을 못했지? 으이그 돌대가리!"

엄마가 당신 머리를 귀엽게 두드린다. 말투도 행동도 퇴행하는 엄마. 엄마는 피부도 퇴행했는지 색깔이 뽀얗고 세포의 밀도도 촘촘하다. 늘어진 부분만 빼면 마치 아기 피부 같다. 아기가 돼가면서 점점 귀여워지는 엄마. 엄마의 핑퐁대화는 완벽하다. 너무나 완벽해서 마주 앉아 대화를 나누면 누구라도 속아 넘어간다. 사리 분별 확실하고 예의 바른 엄마한테 현장에서의 실수란 존재하지 않는다. 사람들은 엄마가 방금 만났던 자기를 30분도 안 돼 잊어버릴 줄 상상도 못 한다. 때문에 전화 통화를 하면서 조금 전 만난 사실을 언급하지 않고 다른 얘기만 하는 엄마가 이상하다고 여길 뿐이다. 그렇다고 그걸 지적할 수도 없어 그냥 넘어간다. 때로는 같은 얘기를 반복하는 엄마를 강박증이 생겼나 의심한다. 그럴 뿐이다. 굳이 확인할 생각은 않는다. 나는 기회가 있을 때마다 엄마의 지인들에게 양해를 구한다.

"엄마가 돌아서면 잊어버려요. 오래된 과거는 선명한데 방금 전 일은 까맣게 지워져요. 그러니까 기억 못 해도 섭섭해하지 마세요."

"무슨 소리니? 네 엄마 멀쩡하던데."

"맞아요. 핑퐁대화는 완벽하다니까요."

엄마는 초등학교 때 교가도 완벽하게 부른다. 장단 살던 엄마가 서울 창경원으로 수학여행 왔던 기억도 선명하다. 길 잃어버릴까 봐 선생님이 앞 사람 뒤통수만 보고 따라가라 해서 서울로 수학여행 와서 아무것도 못 보고 앞에 가던 친구 뒤통수만 보고갔다는 엄마의 말에 배꼽을 잡았다. 결혼해서도 엄마는 아버지 뒤통수만 보고 살았다. 그렇게 시키면 시키는 대로 닥치면 닥치는 대로 꼬박 살아내고야 해방된 엄마. 엄마가 죽기 전에 해방된 것도 다행이라면 다행이다.

예쁜 편지지를 사온 나는 엄마가 편지를 쓰는 동안 노래를 불렀다.

강이 풀리면 배가 오겠지. 배가 오면은 임도 탔겠지. 임은 안 타도 편지야 탔겠지. 오늘도 강가에서 기다리다 가노라…….

엄마는 소녀처럼 편지지에 왼팔을 둘러 내용을 못 보게 하고 아슴한 눈빛으로 편지를 썼다. 망설이는 기색은 없었다. 얼마나 할 말이 많으면 일필휘지로 거침없이 이어 나갈까. 편지지 한 장이 금세 메워졌다. 엄마는 더 이상 쓸 말이 없는지 두 장으로 넘어가지 않고 그만 편지지를 뜯어 접었다.

"또 부르자 그 노래."

엄마와 나는 함께 노래를 불렀다. 엄마는 울면서 나는 웃으면서 불렀다. 편지를 부치고 우리는 여행을 떠났다. 언제 또 엄마의 건강이 무너질지 모른다. 이렇게 걸을 수 있을 때 어디라도 다녀야 한다. 엄마한테 마지막이 될지도 모를 여행을 창미 아줌마가 없다고 미룰 수는 없는 일이었다.

여행지 선택도 심사숙고했다.

엄마가 걷기는 걷되 많이 걸을 수는 없다. 엄마 자존심에 휠체어는 어림없으니 엄마의 걸음능력에 맞춘 여행지여야 한다. 경사 길도 안 된다. 길이 험해도 안 된다. 이리저리 계산을 한 끝에 일단은 가까운 곳에 가기로 했다. 엄마의 여행 컨디션을 체크하는 여행 워밍업인 셈이다.

우리는 을왕리 해변 호텔 테라스에서 수평선으로 꼴깍 넘어가는 낙조 바라보며 차를 마셨다. 황혼에 물든 엄마 얼굴이 소녀처럼 환했다. 어둠이 깃을 칠 즈음 해변으로 천천히 걸어나가 조개찜에 소주를 한 잔 했다. 엄마가 나를 그윽한 눈빛으로 바라보면서 무슨 고백이라도 하듯이 속삭였다.

"두셋다람."

두세 사람을 잘못 발음한 줄 알았다. 저승사자라도 와 있는가 싶어 나도 모르게 주위를 두리번댔다. 마주 앉아 하는 핑퐁대화는 완벽한 분인데 왜 이러나 모르겠다.

"엄마. 방금 뭐라 그러셨어? 두세 사람이라고 한 거 맞지? 우리 둘밖에 없는데 왜 두셋이에요?"

엄마가 또박또박 다시 말했다.

"두세 사람이 아니라 두셋다람 맞아."

"두셋다람이 뭔데요?"

"낯 간지럽고 입에 붙지 않아서 못 하지만 사실은 너희들한테 늘 하고 싶은 말이야."

"글쎄 그 뜻이 뭐냐구요?"

엄마는 대답 대신 노래를 불렀다. 사랑해 당신을 정말로 사랑해 당신이 내 곁을 떠나간 뒤에……. 엄마가 차마 말을 못 하는 걸로 봐서 우리들을 원망하거나 야단치는 의미려니 생각했다. 몰라도 너무 모르는 우리들의 엄마 아니던가?

안주가 좋으면 소주 한 잔은 필수인 엄마임을 너무 뒤늦게 알았다. 그것도 엄마가 많이 아픈 다음에야. 그러니까 세상의 자식들은 모두 엄마를 몰라도 너무 모른다.

엄마가 자리보전한 어느 날, 나는 사정이 있어 아침에 엄마한테 못 가고 점심때가 가까워서야 갈 수 있었다. 가기 전에 시장에 들러 먹을 걸 샀다. 엄마가 좋아하는 녹두죽과 김치만두를 산 다음, 족발집을 지나는데 방금 나온 따끈한 족발이 보여 냉큼 충동적으로 샀다. 어쩌면 엄마가 족발을 안 드실지도 몰라 자신 없었지만 내가 좋아서 샀다. 엄마한테 한 상 차려내니 엄마가 그랬다.

"냉장고 문짝에 먹다 남은 소주병 있으니 그거 내와라."

엄마가 집에서 혼자 소주를 마실 줄 몰랐다. 엄마는 가끔 안주가 좋으면 소주 한잔을 한다고 했다. 그날은 나와 함께 족발을 안주로 소주를 마셨다. 엄마는 딱 한 잔, 나는 세 잔.

다음부턴 소주도 사다 냉장고에 쟁여놔야겠다고 하자 엄마는 그래 주면 좋지, 하며 웃었다. 엄마가 좋아하는 소주를 사다 놓는 자식은 아무도 없었다. 엄마는 그 흔한 소주도 당신 손으로 직접 사와야 할 만큼 외로웠던 거다. 구십이 가까운 연세에 새삼 가릴 게 무어랴. 술이든 독약이든 엄마가 원한다면 해드리는 게 옳다는 생각이다.

을왕리에서의 아침은 느지막이 시작했다. 준비해 온 누룽지에 끓는 물을 부어 훌훌 마시다시피 하고 이런저런 얘기를 나누며 시간을 보내다 생선구이 집으로 가서 이른 점심을 했다.

"여기는 절이 없냐?"

식사 중에 엄마가 물었다. 언젠가 용궁사라는 절에 들렀던 기억이 나서 재빨리 주소를 검색했다. 절에 오르는 길은 차 한 대가 간신히 지나갈 만큼 좁아 기도가 절로 나왔다. 제발 우리가 주차장에 도착할 때까지 마주치는 차가 없기를!

내가 용궁사를 택한 이유는 주차장에서 법당이 가까운 때문이다. 그 사이가 멀면 엄마가 오르지 못하기에 용궁사를 택했는데 기억에 착오가 없어 정말 다행이었다. 약간 비탈이지만 거리가 짧아 한 50미터만 걸으면 됐다. 엄마가 지팡이에 의지해 법당에 들어섰다. 그래도 설마 엄마가 절을 할 줄은 몰랐다. 많이는 못 하고 딱 삼 배씩 했다. 본존불을 향해 삼 배, 측면의 또 다른 부처를 향해 삼 배, 그리고 영가를 모신 만년 위패를 향해 삼 배, 도합 구 배를 했다. 나는 엄마가 절을 하는 게 신기해 휴대폰을 열고 사진을 찍었다. 처음엔 사진을 찍다가 엄마의 절이 이어지자 동영상에 담았다. 마음이 울렁울렁 너울졌다. 이번 사찰 방문이 어쩌면 엄마한테 마지막 부처님과의 만남이고, 엄마의 마지막 기원이 담긴 절인지도 모른다 싶어서다. 나는 엄마가 나서기 전에 재빨리 밖으로 나가 젖은 얼굴을 수습했다.

눈앞에 속이 텅 빈 느티나무 두 그루가 서 있다. 하나는 할아버지 하나는 할머니 나무로 수령이 1300년이나 된 노거수다. 백운산 기슭에 있는 이 절은 신라 문무왕 10년 원효대사가 세우고 백운사라 하다가 후에 구담사로 바뀌었는데, 조선 철종 5년 홍선대원군이 중수하면서 용궁사로 바뀌었다고 한다. 요사채에 걸려 있는 용궁사 편액이 대원군 친필이라지만 나는 그것보다 속이 텅 비어 껍데기만 남은 노거수에 눈이 더 갔다.

우듬지마다 촛불처럼 켜진 연두.

연두색으로 환한 우듬지가 신비스럽다. 살아 있음을 증거하기 위한 색깔, 연두가 눈물겹게 위대하고 아름답다. 더 이상의 부패를 막기 위해 속을 파낸 나무 둥치는 마치 조각 작품 같다. 고목이 작품이면 노인도 작품이다. 주름이 많을수록, 상처가 많을수록, 속이 있는 대로 썩어 텅 빌수록 걸작이다.

저기 엄마라는 이름의 껍데기가 온다. 지팡이를 짚은 작품이다. 겸손하게 허리가 꼬부라진 작품이다. 속이 텅 빈 노거수 둥치의 안과 밖의 색깔은 의외로 다르다. 엄마도 삶도 안팎이 다르겠지.

"나무가 참 희한하게 생겼네. 저러고도 살아 잎을 틔운 게 기적 같구나."

난 엄마가 이 절에 와서 절을 한 게 기적 같다.

"이 두 나무가 부부나무구먼."

엄마가 안내판을 읽는다. 1300년 넘은 부부는 어떤 사이일까? 부부가 1300년이나 함께 있다 보니 속이 물러 터져서 저 모양이 된 걸까. 하여튼지 사람들은 말 못 하는 나무들조차 짝을 맞춰주느라 야단이다. 나무들의 생각이 어떤지는 알지도 못하면서.

"엄마, 몸도 불편하시면서 무슨 절을 그렇게나 많이 하셨어요?"

"그럼 기껏 절에 와서 절도 안 하고 가리?"

절을 안 한 나는 할 말이 없다. 절을 안 하니 기도도 없고 소원도 없다. 나는 그냥 바람 부는 대로 물결치는 대로 살기로 했다.

"엄마."

나는 은근한 목소리로 엄마를 불렀다.

"왜?"

"정말 궁금해서 그러는데 엄마 무슨 소원을 빌었어요?"

구십을 바라보는 나이엔 어떤 소원이 있을까 진실로 궁금했다. 자식들 잘되게 해달라는 소원은 평생토록 하도 빌어 이젠 시효가 지났을 테고, 혹시 아프지 않고 편안히 죽게 해달라는 소원일까?

"비밀이야. 이루어지기 전까진 절대 발설하면 안 되지."

비밀이라니. 엄마 입에서 나온 비밀이라는 단어가 낯선 외계어처럼 들렸다. 어쩐지 엄마의 방향이 자식이 아닌 다른 쪽을 향했을 것만 같기도 했다.

"그럼 이건 여쭤봐도 돼요?"

"또 뭔데 그러냐?"

엄마가 쓴 편지 내용이 궁금했다. 생각을 끄집어내는 기색도 없이, 한 치의 망설임도 없이, 단숨에 한 바닥을 메운 그 편지 내용 말이다. 내 질문에 엄마가 웃으며 선선히 대답했다.

"그것도 두셋다람이었어."

친구한테 편지를 쓰면서 다른 내용 없이 두셋다람만 반복해서 썼다는 엄마. 도대체 두셋다람은 뭘까?

"우리 엄마 두셋다람 되게 좋아하시네."

엄마에 의하면 두셋다람은 먼 나라 말이라고 했다. 창미아줌마랑 댄스스포츠 배울 때 강사가 가르쳐준 페르샤 말. 짝꿍이 된 두 사람은 남녀든 남남이든 여여든 두셋다람을 속삭이며 춤을 추라고 날마다 귀에 못이 박히게 잔소리를 들었다며 엄마는 변죽만 울렸다.

"그래서 뜻이 뭔데요? 그걸 가르쳐달라고요 엄마."

"부끄러워서 말 못 해."

대체 무슨 뜻이길래 딸한테도 부끄럽다고 하나. 도무지 감이 오지 않았다. 하지만 적어도 원망하거나 야단치는 의미는 아님을 알았다. 그렇게 죽고 못 사는 창미아줌마한테 한 바닥이나 반복해서 쓴 글이니 말이다.

엄마가 끝내 알려주지 않은 의미를 알게 됐을 때, 우리 엄마가 사랑스러워 죽을 뻔했다. 바로 전화를 걸었다.

"엄마, 두셋다람!"

일방적으로 말하고 후다닥 전화를 끊었다. 엄마의 유전인자가 흐르는 나 역시 닭살 돋는 멘트는 질색이다. 하지만 두셋다람은 몇 번 반복하면 익숙해질 것 같다.

우연히 「42개의 사랑해」라는 노래를 듣게 됐다. '42개의 사랑'이라면 모를까 '42개의 사랑해'가 말이 돼? 투덜대며 듣는데 가사 중간쯤에 익숙한 단어가 흘러나왔다. 바로 두셋다람이었다. 그 노래는 42개 국어로 노래하는 사랑해였다, 가사가 온통 '사랑해'로 일관된.

노트를 펴고 앉아 호흡을 가다듬으며 가사를 적는다.

아이러브유 밀루유테 찬라쿤 띠아모 벤세니세비요롬……
완쿠체얄라헤 두셋다람…… 사가뽀 세레뜰렉 사랑해.

엄마한테 42개의 사랑해를 갖다 바치면 과연 어떤 표정을 지으실까? 두근두근 가슴이 뛴다. 다른 누구도 아니고 엄마 때문에 설렐 날이 올 줄 차마 몰랐다. 엄마한테서 자꾸 전화가 들어온다. 소리를 무음으로 바꾸고 엄마를 향해 가며 내가 선택한 그리스어 '사랑해'를 되뇌인다. 사가뽀, 사가뽀, 사가뽀…….

멍

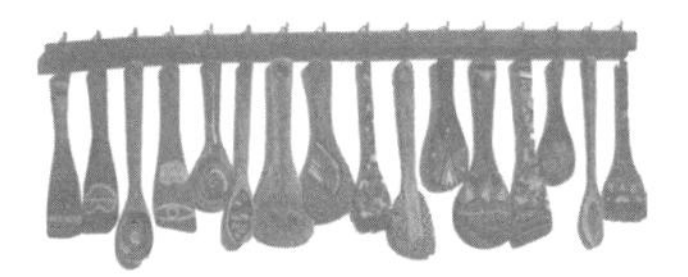

멍

고속버스 차창 밖으로 연둣빛 아우라가 일렁인다. 대지가 품은 계절이 속 깊은 곳에서부터 부푸는 까닭이리라. 남녘에는 벌써 동백이랑 산수유가 겨우내 영근 무채색에 눈부신 원색 악센트를 찍는 중이다. 그녀도 선홍색 악센트를 찍고 싶었던 걸까. 그녀가 흥얼거리던 노래를 속으로 되뇌는데 노래의 말미 '멍이 들었소'가 자꾸 걸린다. 새빨간 동백꽃에 들어 있는 시퍼런 멍, 그녀의 멍은 언제쯤 치유될까? 그보다 그녀의 뒤를 밟는 버스가 너무 느리다. 내가 왜 이러지? 애가 닳아 조바심치는 내가 낯설다. 나는 누구고 그녀는 또 누구인가?

두 시동생의 어머니인 그녀는 시아버지가 암 투병할 때도 남의 일처럼 수수방관했다. 그 또한 미리 계획된 일이었는지 그녀는 굳이 우리 집 근처 병원에 시아버지를 입원시켰다. 그녀가 나 몰라라 하니 맏이인 우리 부부가 교대로 병수발을 들었다. 시동생들도 무관심하기는 매일반이었다.

"여보야가 이해해라."

남편이 미안한 듯 내 손을 꼭 잡았다. 죽을 날을 기다리는 아버지에게 혼자라도 자식 도리를 하려 애쓰는 남편이 안타까운 나머지 절로 목소리가 높아졌다.

"정말 해도 너무한 거 아냐?"

약속이나 한 듯 병실 한 번 들여다보지 않는 시댁 식구들을 이해할 수 없었다.

"여수댁이 얼마나 독한 사람인지 당신도 겪어봐서 알잖아."

남편은 언제나 그녀를 여수댁이라 지칭했다. 그녀 앞에서는 호칭을 생략한 채 저기요, 혹은 있잖아요, 따위로 얼렁뚱땅 넘어갔다. 명색이 며느리인 나는 남편과 상관없이 깍듯하게 어머니로 모셨다. 그런 나를 그녀는 이중인격자로 몰아붙이며 아니꼬워했고.

나는 애초부터 결혼할 의사가 없었다.

어려서 앓은 소아마비 때문에 한쪽 다리가 짧고 부실했다. 신체적인 핸디캡은 타인과의 소통을 방해했다. 연민의 눈으로 바라보는 눈길들이 거북해 나는 오로지 회사와 집만 오갔다. 낯선 누군가와 말을 섞는 것 자체가 부담스러웠다. 거래처 직원의 끈질긴 구애에 애를 먹을 때 오래된 친구가 시원하게 말했다.

“너 어차피 혼자 살 작정이라며? 평생 혼자 살자면 얼마나 지루하겠니? 이참에 잘됐다. 갔다 와. 남자가 9년 연하라면 완전 땡잡은 건데 뭘 망설여?”

한번 봐야겠다며 친구가 하도 졸라대 함께 만나기도 했다. 그런 상황이 어색한 남자는 땀을 뻘뻘 흘리며 좌불안석이었고 큰 누나뻘인 친구는 느긋하게 혹은 장난삼아 갖은 질문을 서슴지 않았다. 괜한 짓을 한 것 같아 나도 손에 땀을 쥐었다. 남자가 잠시 자리를 뜨자 친구는 흥분을 감추지 못했다.

“솔직히 배냇병신이거나 어디가 모자란 사람인 줄 알았는데 완전 반전이다 얘.”

인물이고 직업이고 어디 하나 빠진 데가 없는데 어쩌다 나한테 꽂혔는지 모르겠다며 방방 뛰었다.

“영 싫지만 않으면 미친 척하고 끌려가라 응?”

호박이 덩굴째 굴러왔는데 주제넘게 재긴 뭘 재느냐는 친구의 조언이었다. 싫진 않았다. 그렇다고 딱히 끌리는 것도 아니었다. 다만 남자의 동작 하나하나 말 한마디 한마디에서 묻어 나오는 외로움이 애처로웠을 뿐이다. 그것은 내게 익숙한 것이었다.

엄마나 언니에게조차 발설할 수 없는 외로움은 밤마다 나를 꿈으로 불러들였다. 아무도 없는 텅 빈 들판을 절룩이며 걸었다. 저 언덕만 넘으면 인가가 있을 법도 한데 지친 다리를 질질 끌며 아무리 걸어도 거리는 좀처럼 좁혀지지 않았다. 세찬 바람이 뺨을 때리고 덤불은 잉잉대는데 의지할 나무 한 그루 없는 벌판에서 점점 떨어지는 해를 보며 발길을 재촉했다. 언덕과의 거리가 좁혀지지 않아도 멈출 수는 없었다.

두려움보다 외로움에 나는 울었다.

아무도 보는 이 없으니 마음껏 울 수 있어 좋았다. 절룩이며 걷다 멈추어 서서 엉엉 울고, 울다 지치면 또 절룩절룩 걸었다. 그러다 보니 가까워지지 않는 언덕이 차라리 위로가 됐다. 아이처럼 엉엉 울다 깨어나면 베개가 축축하고, 눈가에는 아직도 눈물이 흐르고 있었다. 외로움이란, 함께 걸을 사람이 없는 것도 한밤중에 홀로 깨어나는 것도 아니었다. 함께 울어줄 사람이 없는 거였다.

"진아 씨를 만나기 전만 해도 결혼을 부정적으로 생각했어요. 결혼이란 제도가 마음에 들지 않는다면 그냥 함께 사는 건 어떨까요?"

남자는 어떻게든 나를 붙들고 싶어 했다. 차갑고 사무적인 말투로 방어에 열중하는 나를 꾸준히 관찰하면서 마음이 몹시

아팠다며, 자기도 피해망상증이 있어 사람 사귀기가 어려운데 내게는 눈에 보이는 방어벽이 있어 오히려 마음 편히 다가올 수 있었다고 고백했다. 내가 쌓은 방어벽 때문에 남자는 따로 방어벽을 쌓을 필요가 없었다나 어쨌다나.

남자와 동갑인 막내 남동생이 제일 먼저 힘을 실어주었다. 작은누나 능력 짱이네. 비혼으로 지낸다고 고집부린 게 다 그 남자 자라길 기다리느라 그랬구나? 바로 밑의 남동생도 맞장구를 쳤다. 나이가 무슨 상관이야? 누나만 좋다면 우린 얼마든지 매형으로 모실 수 있어. 결혼에 실패하고 돌아온 언니만 마땅치 않은 듯 입을 실룩였다. 사내라는 종자들 다 거기서 거긴데 콩깍지 벗어지면 찬밥 되는 거 시간문제니까 잘 생각해 봐 이것아. 언니의 우려를 들으면서 나는 친구의 말을 떠올렸다. 갔다 와. 서른여덟 노처녀는 그렇게 스물아홉 총각과 결혼이란 걸 했다. 남편은 시댁에 둘이 동갑내기라고 속였다. 다행히 내가 동안童顔인 까닭에 얼렁뚱땅 넘어갈 수 있었다.

생각해 보면 남편 역시 가정환경 때문에 배우자를 선택하는 데 장애가 있었지 싶다. 해서 신체적인 장애에 나이까지 많은 나를 선택했는지도……. 그러고 보면 단점이나 약점이 호재가 되기도 하는 게 인생이다.

남편은 내게 과분할 정도로 헌신적이었다.

생각해본 적도 없는 결혼이란 걸 얼떨결에 한 나는 구름 위를 걷듯 황홀한 나날을 보냈다. 이런 게 결혼이라면 누구에게든 권하고 싶었다. 언제 끝날지 모르지만 한 번쯤은 이런 행복을 누려야 살았다 할 수 있지 않을까? 모든 것은 지나간다더니 내게도 맵디매운 시절이 끝나고 드디어 우호적인 세상이 열렸구나 했는데, 역시나 인생은 호사다마였다.

결혼 일 년 만에 자궁 근종이 발견됐다.

그녀가 수시로 전화를 넣어 수태를 확인할 즈음이었다. 한 살이라도 젊을 때 얼른 낳아 키워야지, 여자 나이 서른이면 노산이다. 그녀의 압력은 앵무새처럼 반복됐다. 오래전에 내가 장만한 아파트에서 신접살림을 차려 그런지 그녀는 우리 집에 한 번도 오지 않았다. 자존심이 상하거나 눈꼴시어서였으리라. 대신 하루에도 몇 번씩 전화를 넣어 속을 뒤집거나 여차하면 시댁으로 불러들였다. 그녀와 통화를 할 때마다 가책과 함께 불안감에 시달렸다.

내 나이 서른아홉이었다.

마흔 안팎에 폐경이 오는 여자도 있다는데 혹시라도 내가 그럴까 마음 졸이며 임신을 기다리던 차였기에 스트레스가 이만저만 아니었다. 설마 자네 피임하는 건 아니겠지? 시집오면 돈 버는 일보다 애 낳는 일이 먼저야. 돈을 난가리로 쌓아놔 봐라 애를 살 수 있나. 내 말 명심하고 서둘러. 그녀의 성화가 아니더라도 친정엄마 손에 이끌려 결혼 초부터 병원과 한의원을 내 집처럼 드나들었다. 그런데 알고 보니 자궁 근종 때문에 임신이 어려웠던 것이다. 자궁을 들어내느냐 마느냐로 고심할 때 남편은 한 치의 망설임도 없이 말했다.

"내겐 아이보다 여보야가 더 필요해. 후환 없게 아예 들어내버리자."

배다른 형제들과 볶이며 살아 그런지 남편은 호젓하고 단출한 걸 선호했다. 그런 남편이 안쓰럽고 내심 미안했지만 그 일을 기화로 나는 남편과 끝내 살리라는 확신을 가졌다. 몸도 성치 않은 내가 여자구실마저 절단나는데 온몸으로 껴안고 토닥이며 위로하는 남편이 문득 손위 오라버니처럼 미더운 때문이다.

전신마취를 하는 수술은 다 위험하다.

나는 남편의 손을 잡고 죽어도 좋다고 생각했다. 이렇게 착한 남자와 살다 가는 것도 축복이다. 내가 죽으면 이 남자는 젊고 예쁜 여자와 재혼해 또 다른 인생을 살면 될 터이니 그 또한 좋은 일이다. 하늘이 도와 깨어난다면 평생 남편을 즐겁고 편하게 해주리라.

염치없게도 난 남편에게 도움이 안 되는 여자였다.

음식도 제대로 못 하고 살림도 엉망이었다. 자취생활을 오래한 남편이 팔 걷어붙이고 나서지 않았다면 꼴이 말이 아니었을 거다. 남편은 뭐가 그리 좋은지 콧노래 부르며 집안일을 하고 밤에는 성치 않은 내 발을 주물러주었다. 잠자리도 거부하면 보채지 않았다. 그런 생활에 익숙해지자 나는 남편에 대한 배려를 잊어갔다. 남편은 내게 또 하나의 친정이었다. 결혼만 했지 친정에 있는 거나 다름없이 불편할 게 없었다. 친정엄마와 언니도 한시름 놓았는지 발길이 뜸해졌다.

아이를 기다리며 조바심을 치던 차 청천벽력 같은 진단을 받자 친정집은 거의 초상집이었다. 우리 집에 드나드는 것도 조심스러워 눈치를 보며 전화만 넣었다. 걱정하는 소리도 듣기 싫었다. 등 돌린 세상이 원망스러울 뿐이었다.

아이도 없이 자궁적출 수술을 받자 시아버지는 앓아눕고 그녀는 칠거지악을 들먹이며 상스러운 욕을 퍼부었다. 병원에는 시동생이 주스를 사들고 잠깐 들여다보았을 뿐이다. 나보다 남편이 더 서운해했다. 우리 여보야가 빨리 깨어나서 너무 고마워. 남편은 나를 부둥켜안고 눈물바람이었다. 아, 이 사람에게는 내가 전부구나. 내 몸이 내 것이 아닌 걸 비로소 알았다. 어떤 상황이 와도 이 남자 편이 되어야겠구나 새삼 다짐했다.

몸을 추스르고 죄인이 되어 시댁을 찾았다. 무슨 소리든 고개 숙이고 들으리라 각오했는데 이상하게 번지수가 달랐다.

"내가 자네 뻔뻔하고 맹랑한 건 진작 알아봤지만 아무리 우리 집구석이 우스워도 그렇지 개도 안 물어갈 늙어빠진 나이에 앞길이 창창한 총각을 날로 먹었어? 그 낯짝 꼴도 보기 싫으니까 디밀 생각 말고 당장 나가라!"

세상은 그렇게 돌아가는 거였다. 내가 수술로 인해 남편의 진심을 발견할 때 내 병실에는 생년월일이 적힌 환자 신상표가 걸려 있었다. 그걸 문병 온 시동생이 보았던 게다. 아무리 별난 여자라지만 어떻게 후사가 끊어진 아들보다 며느리인 내 나이가 더 문제가 될까.

"여보야, 신경 쓰지 마. 저 여자, 여수댁 말이야 우리와는 아무 상관없는 사람이야."

사실 호적상으로 그녀는 남이었다. 시아버지의 아내도, 남편의 새어머니도, 나의 시어머니도 아닌 그저 시아버지의 동거인이었다. 그 세월이 그녀 나이 스무 살 적부터라니 뒤가 무른 건지 생각이 없는 건지 알 수 없었다. 본처를 몰아내고 들어앉은 여자로서 그건 직무 유기나 다름없었다.

상황이 애매하긴 했다.

하루아침에 본처를 몰아낸 터라 이혼 절차도 밟지 않았는데 본처의 종적이 묘연했다. 거추장스러운 사람 없이 함께 살면 그뿐이니 굳이 서두를 까닭이 없다고 그녀가 방심했는지도 모르겠다. 뒤늦게 본처 소식을 접했지만 상황은 더 불리하게 돌아갔다. 쫓겨난 본처가 홀아비를 만나 살림을 차리면서 이혼을 요구하자 시아버지가 또 그 꼴을 못 봤다. 나 먹자니 싫고 남 주자니 아까운 심정이었나 보다. 하여 밀고 들어온 그녀나 졸지에 쫓겨난 생모나 소속 없이 얹혀사는 신세가 되고 말았던 것이다.

남편은 생모의 존재를 중학교 때 주민등록등본을 보고 알았다고 한다. 그 때문에 가출도 하고 한동안 몸살을 앓았다. 생모마저 재혼해 아이들을 낳고 잘산다는 소식은 안 듣느니만 못했다. 결국 어디에도 마음 붙일 데가 없자 남편은 꾸역꾸역 공부만 팠다고 한다.

"괜찮아. 여보야만 속인 게 아니라 여수댁도 나이 속였다 뭐. 자기 입으로 사돈한테 창피하니까 높여달라고 부탁하더라구. 원래 여수댁 나이는 말이야, 자기보다 다섯 살밖에 안 많으니까 빈정상하면 맞먹어도 돼."

남편은 여차하면 인연을 끊을 기세였지만 나는 뒤통수를 맞은 듯 어지러웠다. 내가 서른여덟에 결혼할 때 그녀 나이 겨우 마흔셋이었다. 시댁 집안 내 어른들 혼수 목록을 적어주며 얼굴 깎이지 않게 준비 잘하라는 그녀 앞에서 나는 고양이 앞의

쥐처럼 숨도 제대로 못 쉬었다.

"익은 감만 떨어지는 게 아니라 생감도 떨어지는 법이다. 그 애가 솜방망이 같아도 속에 송곳을 품고 있으니께 정신 똑바로 차리고 건사 잘하란 말이다."

무슨 소린지 알아들을 수 없었지만 적어도 덕담은 아니었다. 그리곤 처음 찾아간 내게 하필이면 기절낙지를 내왔다.

"저 아랫녘 내 고향에선 쳐주는 음식이라 새며느리에게 특별히 내놓는 것이니 꼭꼭 씹어 먹어라."

그녀는 처음부터 내게 하대를 하며 어른 행세를 했다. 계모라 무시한달까 봐 나 역시도 조심스럽기만 했다. 보기 좋으면서 먹기도 좋은 점잖은 음식 다 놔두고 왜 굳이 기절낙지였는지 그때는 몰랐다.

목포로 출장 갔을 때 세발낙지 머리에 나무젓가락을 끼우고 둘둘 말아 통째로 먹은 적은 있다. 거래처 직원이 별미라며 하도 권하기에 두 눈 질끈 감고 서둘러 씹어 삼켰다. 헌데 기절낙지는 또 달랐다. 세발낙지는 워낙 싱싱하게 살아 있으니 젓가락에 말 때부터 각오를 해두지만 소금에 절여 기절시킨 낙지는 사전 지식이 없으면 방심하게 마련이다. 분명 죽은 줄 알았던 낙지가 양념장에 찍어 입에 넣을 때쯤 꿈틀거리며 깨어나 콧구멍으로 귓구멍으로 다리를 뻗어나가 하마터면 기절할 뻔했다.

펄펄 뛰며 그것을 떼어내느라 한바탕 소란을 피우자 그녀가 혀를 차며 타박했다.

"사람 참 겉 봐선 모르겠네. 생긴 건 조신한데 워째 그리 오도방정이다냐?"

소란 통에 상다리로 기어가는 낙지를 아무렇지도 않게 떼어내 입에 쑤셔 넣는 그녀를 넋이 나가 물끄러미 쳐다보았다. 곁에 앉은 남편의 주먹에서 푸른 정맥이 꿈틀댔다.

예를 차린다고 입고 간 하얀 투피스가 초고추장으로 엉망이 되어, 돌아올 때는 그녀가 입던 막바지와 꽃무늬 블라우스 차림이었다. 구태여 그런 옷을 내준 것도 또 하나의 신고식이었을 게다. 대문 밖까지 따라 나온 시아버지 머리엔 쉽지 않은 세월이 하얗게 내려앉아 있었다. 누가 가해자고 누가 피해자인지 짐작할 수 없는 이 집안의 내력에 눈앞이 아득했다. 결혼했다 이혼하느니 이쯤에서 없었던 일로 해버릴까. 이 집안에서 살아남을 자신이 없었다.

"자기가 지금 무슨 생각하는지 알아. 부탁인데 그 생각 멈춰주라."

내가 걸음을 멈추자 따라 멈춘 그가 내 눈을 들여다보며 말을 이었다.

"내 소원은 딱 한 가지야. 내 삶이 자랑스러워지는 거."

만족스러운 게 아니라 자랑스러운 삶을 지향한다면 보여지는 삶에 가치를 둔다는 얘기였다. 그 말이 실망스러워 무뚝뚝하게 발걸음을 떼자 그가 백허그를 했다.

"자기를 세상 누구보다 행복하게 해줄 거야. 자기가 행복한 게 내 유일한 자랑일 것이고. 나한테 기회 줄 거지?"

이 남자 아버지는 생모와 계모는 물론 자식들까지도 불행하게 만들었다. 아버지 본인도 마음 편히 행복을 누렸다고 볼 수 없다. 누군가를 행복하게 해주는 게 삶의 목표가 된 이 남자를 어쩌면 좋을까. 이 사람에게 느끼는 내 감정이 사랑이라는 확신은 없다. 그런 내가 이 남자의 자랑이 되어도 무방할까? 아무리 편안한 사랑은 없다지만 이 남자의 사랑은 너무 슬프다.

내가 제일 싫어하는 감정은 불안과 수치심이다.

결혼은 그걸 각오하고 극복해야 하는 과정이었다. 남편이 아무리 감싸줘도 내가 감당할 몫은 따로 있었다. 남편은 노숙하려, 나는 젊어지려 제각각 애를 썼다. 남편은 함께 하는 외출을 즐겼다. 내 나이가 많은 것도 걸을 때 절름거리는 것도 개의치 않았다. 여자들 시선이 곱지 않았다. 하나같이 자기 애인을 빼앗긴 듯 억울한 표정이었다. 게다가 나를 챙기는데 다소 유난스러운 남편 때문에 민망스럽기도 했다. 남편의 의도적인 연출이었다. 호기심에 찬 막말을 막고 누구도 나를 함부로 건드리지 못하게 하려는 남편 나름의 방편이었지만 극성스런 여자들을 말릴 수는 없었다.

"자기는 전생에 나라를 구했냐? 자기가 남편을 왕처럼 떠받들어도 모자랄 판에 어떻게 어린 남편이 여왕처럼 모시고 살아? 도대체 비결이 뭐여?"

남편이 엽렵하게 여자들 술잔을 채워주며 엉너리를 쳤다.

"이쁘잖아요? 얼굴도 죽이고 마음도 죽이고. 그러니 제가 죽어지내는 거지요."

"밤에도 죽이나요?"

까르르 웃는 소리를 피하느라 남편이 자판기 커피를 뽑아온다고 일어서면 여자들이 악머구리처럼 내게 달라붙었다. 젊은 남편하고 살아 그런지 피부가 탱탱해졌다는 둥 수입은 누가 더 많냐는 둥 시부모님이 생각이 깬 사람들이라는 둥 되는 대로 찧고 까불었다. 나는 영혼 없이 고개를 끄덕이거나 싱겁게 웃으며 자리가 파하기만 고대했다. 자기 것도 아닌데 왜 그렇게 내 남편을 아까워하는지 모를 일이었다. 무관한 여자들이 그러할진대 계모인 그녀야 오죽할까. 늘 삐딱한 그녀가 조금은 이해됐다.

"차 떼고 포 떼고 살아도 사는 맛은 있는 벱이니께 내 앞에서 우쭐할 것 없다. 나를 시뻐 보지 말란 말이다!"

비교는 그녀가 먼저 하고 있었다. 나는 그녀의 비위를 건드리지 않으려 의사 표현을 가능한 한 삼가며 귀가할 시간만 헤아렸다.

언제부턴가 그녀는 내가 입는 옷이나 헤어스타일에 바짝 신경을 쓰며 얼마짜리 옷이냐 머리는 어느 미용실에서 했느냐 꼬치꼬치 물었다. 그뿐 아니었다. 이번 여름휴가는 어디로 갈 거냐, 추석 보너스는 몇 프로나 나오냐, 집에 전기세는 얼마나 나오냐, 막내 결혼할 때 부조는 얼마나 할 참이냐……, 따발총처럼 물어대 나를 곤란에 빠뜨리곤 했다. 내가 우물쭈물하면 바로바로 대답 못 하는 게 바로 나이 먹은 증거라며 회심의 미소를 짓기도 했다.

도심 변두리에서 종일 고스톱이나 치며 소일하던 그녀가 달라졌다. 백화점에 드나들면서 명품을 들먹이더니 혼수로 받은 명품 백이 이젠 질린다면서 내가 든 백을 만지작댔다. 카드 결제일마다 돈 잘 버는 며느리 덕 좀 보자며 입금을 요구하기도 했다. 견디다 못해 어버이날을 기해 명품 백을 안겨주자 남편이 한마디 했다.

"여보야. 당신 여수댁 버릇 잘못 들이는 거야. 줄수록 양양인 거 몰라?"

마침 생각지도 않은 인센티브가 나와 작정하고 한 선물이었다. 몰라보게 뚱뚱해진 그녀에게 명품 백이 위로가 될까 싶어서 였다. 내가 처음 볼 때는 촌스럽지만 몸매는 그만한 아줌마였는데 멋을 부리면서 그녀의 몸이 대책 없이 불었던 것이다. 선물을 받은 그녀는 고맙다는 말 대신 또 딴소리를 했다.

"명품 백도 좋지만 난 아침에 일어날 때가 기분이 젤로 좋더라."

하루 중 가장 괴로운 시간이 아침이라 이불 속에서 몸을 뒤채며 5분 또 5분 알람을 늦추는 내게 또 무슨 시비를 걸려나 긴장했다. 간밤에 죽지 않고 또 하루를 맞아 기쁠 나이도 아니지 않은가 말이다.

"밤새 꽉 찬 오줌보를 시원하게 비우고 곧 아침밥을 먹을 수 있으니 좀 좋으냐?"

끼니가 어려운 시절을 견뎌낸 공치사인가 싶어 나는 콩나물만 열심히 빗어 내렸다. 그녀가 가르쳐준 방법이었다. 콩나물 대가리를 손으로 일일이 떼어내자 한심하게 내려다보던 그녀가 싱크대 서랍에서 도끼빗을 꺼내주었다. 나는 머리부터 매만졌다. 하나로 단정히 묶은 머리가 헝클어졌나 싶어서였다. 싱크대 서랍이 과연 빗이 있을 자리인가? 음식을 만들면서 수시로 빗을 꺼내 머리 빗는 모습을 떠올리자 그동안 먹었던 음식이 모조리 되올라오는 느낌이었다.

"일머리 없이 그게 뭐냐? 도끼빗으로 싹싹 빗어 내리면 한방에 우수수 떨어지는데, 자네 친정에선 아구찜도 안 해먹나?"

그녀가 도끼눈을 뜨고 말했다. 다행히 주방의 빗은 콩나물 전용이었다. 음식 재료에 빗을 사용하는 게 비위 상했지만 그녀 말대로 콩나물을 가지런히 해서 빗어 내리자 손쉽게 많은 양의 머리를 떼어낼 수 있었다.

사실 친정에선 아귀찜을 집에서 해먹는 음식으로 여기지 않았다. 물컹대고 미끄덩거리는 감촉도 그렇고 생김새는 더욱 징그러워 아귀찜은 외식 메뉴의 하나가 되었다. 나는 특히 아귀찜의 콩나물을 좋아했다. 콩나물 없는 아귀찜은 상상할 수 없었다. 비리지 않을 정도로 살짝 익은 콩나물의 아삭한 식감이 좋아 아귀찜을 시킬 때마다 콩나물은 곱빼기로 넣어달라고 부탁한다. 음식점에서도 이렇게 도끼빗을 사용할까? 아무리 편리하다 해도 콩나물과 도끼빗은 어울리지 않았다. 내가 입을 꼭 다물고 말이 없자 그녀가 미나리 썰던 손을 멈추고 다시 말을 이었다.

"자네도 배부르면 기분이 나쁜가?"

그녀의 질문은 늘 상식에서 벗어나 해독이 불가했다.

"……?"

"난 배가 부르면 기분이 나빠. 기분 나쁜 정도가 아니라 아예 슬프다네."

도끼빗을 내려놓고 그녀를 쳐다보았다. 아침에 일어나면 밤새 빈속을 채울 수 있어서 기분이 좋다더니 배가 부르면 슬프다는 말은 또 무엇인가? 맛있는 음식으로 적당히 만복감을 느끼면 세상이 편안하고 느긋한 여유가 생기게 마련인데 슬프다니? 웬만한 시인도 생각 못할 거리의 텐션이었다.

"슬프다니요? 혹시 어머니 위장이 나쁘세요?"

그녀가 눈을 흡뜨더니 혀를 찼다.

"가방끈이 길면 생각이 짧아지는가? 자네는 소위 배웠다는 사람이 워째 그리 말귀를 못 알아먹는가? 배가 부르면 더 이상 먹을 수 없으니 슬프지 않것능가?"

그녀는 채워지지 않는 욕구를 먹는 것으로 대신하고 있었다. 그 증상이 하필이면 내가 시집온 뒤 심해졌던 것이다.

"그럴 땐 권총이 있으면 딱 좋겠더라. 권총으로 목구녕에 빵구를 내면 또 먹을 수 있으니 말이야."

그녀의 식탐은 상상을 초월했다. 때로 시댁 화장실에선 그녀의 토악질 소리가 들리기도 했다. 화장실에서 나온 그녀는 천연덕스럽게 식탁에 앉아 상추와 깻잎에 쑥갓과 실파까지 올리고 쌈장을 듬뿍 찍은 삼겹살과 마늘을 크게 싸 입이 터지도록 우그려 넣었다. 그러고 보니 식탁도 달라졌다. 예전엔 김치

류와 젓갈에 말린 서대를 쪄서 양념간장을 바른 생선이 고작이었는데 삼겹살, 돼지갈비, 닭튀김이 자주 올라왔다.

"어머니. 요샌 갓김치가 통 안 보이네요."

"그놈의 돌산이 하도 징글징글해 졸업했네. 자넨 그거 벨로 좋아하지도 않으면서 새삼시럽게 워째 찾는가?"

낯선 맛이기는 했다. 여수돌산갓김치, 이름부터가 촌스러웠다. 내가 아는 갓은 김장김치 담글 때 무채와 함께 버무리는 배추 속 재료였다. 따로 갓김치가 있는 줄도 몰랐다. 시댁에서 처음 갓김치를 한 줄기 집어먹다 쐐기처럼 쏘는 맛에 어찌나 당황했는지……. 마치 겨자 양념이나 삭힌 홍어가 들어간 듯했다. 검푸르딩딩한 갓김치의 색깔도 마음에 안 들었다. 요거이 바로 전라도의 맛잉게 입에 붙여 보더라고. 남도사투리까지 제대로 써가며 그녀가 선심 쓰듯 김치통에 싸준 갓김치는 곱이 끼도록 냉장고에 처박혀 있다가 버려졌다. 나로서는 도무지 친해질 수 없는 맛이었다. 일반 김치가 알맞게 익었을 때 새콤하게 쏘는 맛과는 거리가 멀어도 한참 멀었다. 그건 분명 맵게 쏘는 화공약품 냄새였다.

가끔 소주에서도 그런 소독약 냄새가 났다. 그럴 땐 겨우 한두 잔 마시는 소주도 아예 입에 대지 않았다. 내 코가 변덕을 부리는지 소주의 조합 비율에 문제가 있는지 알 수 없지만 이따금 그런 소주를 만난다. 소주에서 나는 화공약품 냄새가 에탄올인지 메탄올인지 나는 모르겠다. 에탄올은 각종 알코올음료 속에 함유되어 있는 주정으로, 보통 알코올이라고 하면 에탄올을 가리킨다고 들었다. 대학 때 화공과에 놀러 갔다가 에탄올인지 메탄올인지로 술을 만들어 먹는 친구를 보았다. 맛만 보라는 권유에 입술만 적셨는데 락스 희석액을 마신 듯 속이 뒤집혀 한참이나 쓰레기통을 붙들고 씨름했다.

알코올의 어원은 눈썹에 칠하는 흑색 숯가루를 가리키는 아라비아어라고 들었다. 눈썹 화장이 술과 무슨 상관이 있나 했더니 당시 연금술사들이 알코올을 증류하여 향료나 화장품 제조에 사용했다는 것이다. 하긴 지금도 스킨이나 향수 등에 알코올이 들어가니 여자들은 술을 피부에 바르는 셈이다.

어쨌든 나는 소독약 냄새가 나는 소주를 한 모금이라도 마셨다 하면 시험관 속의 화공약품을 마신 듯 속이 역하고 내장이 녹는 느낌이다. 소주도 그런데 하물며 김치에서 나는 화공약품 냄새를 어찌 견딘단 말인가.

혹시 남편은 갓김치를 즐기나 싶어 물었더니 그 역시 고개를 저었다.

"난 여수댁이 만든 음식에 알레르기가 있어."

어린 시절 그녀에게 심심찮게 당한 모양이었다. 그녀가 싸준 도시락을 점심시간에 까보면 밥만 싸고 반찬은 없거나 반찬만 있고 밥이 없는 경우가 종종 있었다는 거다. 어린 나이에 나이 많은 남자 후처로 들어갔으니 군식구 같은 전처소생에게 유치한 화풀이를 했을 수도 있다. 문제는 맘에 안 드는 손님 음식에 침을 뱉고 배달한다는 중국집 에피소드를 들은 뒤였다. 식구들이 다 같이 먹는 음식은 예외지만 남편 혼자 먹는 음식일 때는 그녀가 침을 뱉었을 것만 같아 배가 고파도 먹을 수 없었다는 것이다.

"이 갓김치에도 여수댁이 침 뱉었을지 모르니 미련 없이 버리자."

역시 남편은 피해망상증이었다. 내 느낌엔 침보다 락스를 부은 것만 같았다. 하지만 식구들 모두, 그중에서도 그녀가 가장 입맛 다시며 먹는 걸 보고 혐의를 지웠다. 그런데 그녀는 왜 갑자기 갓김치가 징글징글해졌을까?

"아무리 맵게 쏘면 뭐하냐? 먹히지 않는데……."

내가 버린 걸 아는가 싶어 가슴이 철렁했다.

"진짜 독하면 표시가 나지 않는 벱이란 말이다."

옳게 독하지 못한 자신을 나무라는 듯한 말투였다. 하긴 내가 보기에도 그녀는 독하려는 의지만 충만했지 여간 허술한 게 아니었다.

"외지 사람들만 삭힌 홍어를 먹지 정작 흑산도 사람들은 산채로 회를 떠서 먹는 걸 최고로 치는 거 자네도 아나?"

삼합이니 뭐니 해서 홍어 마니아들도 상당히 생겼다. 코감기에 걸려 뭣 모르고 들어갔던 나는 삭힌 홍어가 풍기는 재래식 화장실 냄새에 질색을 하며 뛰쳐나왔다. 아무리 막힌 코를 시원하게 뚫어준다지만 구리게 쏘는 암모니아 냄새는 도저히 견딜 수 없었다. 더구나 그걸 먹다니? 나는 그녀와 눈을 맞추며 고개를 저었다.

입 짧고 음식 모르는 나를 무시하듯 그녀가 말을 이었다. 흑산도나 목포에서 잡힌 홍어가 영산강 뱃길을 따라 나주의 영산포구에 도착할 즈음이면 물 좋던 홍어가 자연적으로 삭아 독가스를 풍기며 거듭난다는 얘기였다. 그건 자연이 만들어준 저장식품, 안동 간고등어와 같은 이치였다. 동해 강구항에서 잡은 고등어를 등짐으로 지고 가다 내장이 썩을 즈음 배를 가르고 소금을 친 뒤 다시 산을 넘고 내를 건너 몇 날 며칠 만에 안동에 닿으면 알맞게 숙성된 간고등어가 내륙 양반들의 입맛을 사로잡았듯이 말이다.

"우리 외가가 흑산도라 내가 잘 아는디, 커다란 날개를 느릿느릿 펄럭이고 쪼만한 입을 삐죽대며 앙탈하는 홍어를 그 자리에서 회로 쳐 먹으면 쫀득쫀득한 살점이 어금니에 달라붙어 목구녕으로 잘 안 넘어간당게. 고약한 냄새도 은은해지면 그립드끼 천천히 씹으며 홍어 몸내를 찾다보면 바로 내 아랫녘에서 고 냄시가 폴폴 난당게."

그녀가 피식 웃는 바람에 나도 덩달아 웃었다.

"어머니. 왜 그 말 있잖아요. 만만한 게 홍어 뭐라는……. 그 말이 어쩌다 생겼는지 아세요?"

가만히 듣기만 하던 내가 관심을 보이자 그녀가 살짝 흥분하는 눈치였다. 명품 백도 받았겠다 말로라도 보상을 하려는가 보았다.

"수놈의 거시기가 수난을 당해 그라지."

홍어는 암컷이 비싸기 때문에 수컷을 잡으면 가차 없이 생식기를 잘라버리기 때문에 생긴 말이라는 거였다. 술자리에서 남자들이 툭하면 하던 말을 대충 의미만 이해했는데 이제 확실히 알겠다. 나 역시 그녀에게 하고 싶은 말이었다. 만만한 게 홍어 뭐시깽이인가요? 이제 저 좀 그만 잡으세요, 어머니.

"자넨 홍어에 독이 있다고 생각하나 없다고 생각하나?"

복어에 치명적인 독이 있는 건 알지만 홍어에 독이 있다는 소리는 들어보지 못했다. 그녀가 말했다. 홍어 꼬리에 생나무를 꽂아두면 독성 때문에 나무가 금세 시들고, 뱀에 물린 뒤 홍어 껍질을 붙이면 해독이 된다고. 또한 홍어의 톡 쏘는 맛은 오줌 성분 때문인데 요즘도 불치병에 걸린 사람들이 제 오줌을 받아먹으며 치료한다는 소리에 깜짝 놀랐다며 호들갑을 떨었다. 오줌이 피나 물보다 깨끗하다고 여긴 예전 어른들은 아침에 일어나서 제 오줌을 받아먹으며 건강관리를 했다는 말도 덧붙였다. 그러니 홍어가 풍기는 오줌맛도 당연히 몸에 좋을 거 아니냐며 이상한 논리도 폈다. 어찌 보면 독이야말로 이롭다며 자신을 변호하는 것 같기도 했다. 사실 독은 약자의 전유물이다. 호랑이나 사자 등 맹수들에게는 독이 없다. 상어나 고래도 독이 없다. 버섯, 풀, 거미, 뱀, 전갈 등 작고 약한 생물만 독을 품는다. 그녀가 자신은 약자라고 항변하는 것일까? 하지만 남편은 그녀를 예측 불가한 변종 독종이라 했다.

시아버지가 돌아가시고야 남편의 심정이 조금 이해되었다. 시아버지 사망신고를 한 남편이 얼굴이 벌개져서 씩씩대며 들어왔다. 여수댁이 끝내 동거인으로 남아 있었다며 흥분하더니 그 길로 고꾸라질 듯 찾아가 따졌다. 그녀는 눈 하나 깜짝 않고 천연덕스럽게 말했다.

"나는 법적으로 어디까지나 처녀다 이거여. 더 나이 들어 생활보호대상자가 되면 당당히 나랏돈으로 살 수 있는디 내가 골이 빈 중 아는가?"

남편이 이쪽저쪽을 오가며 정리한 사안이었다. 생모도 떳떳하게 저쪽에 혼인신고하고 계모도 이쪽에 이름을 올려서 가계도를 바로잡자는 심산이었다. 시아버지는 아들의 뜻을 따랐다. 남편은 서류를 작성해 계모에게 넘겨주었다. 당연히 기뻐하고 일사천리로 진행될 줄 알았는데 그게 아니었다. 병상에 있는 시아버지를 몰라라 할 때 알아봤어야 했다.

"왜요? 이제라도 시집가시게요?"

남편이 달려들자 그녀가 손을 훼훼 저으며 말했다.

"안 될 이유도 없지. 나는 한 십 년쯤 젊은 남자와 한 번 살아볼라네."

우리 부부는 어리벙벙해서 서로를 쳐다보았다.

그런데 시아버지가 사십구재가 지나자 기둥 빠진 차일처럼 그녀의 심신이 주저앉았다. 어쩌면 그녀는 시아버지 병수발을 안 든 게 아니라 못 들었는지도 모르겠다. 조촘조촘 다가오는 이별의 시간을 마주할 자신이 없어 돌아앉아 소리 죽여 울고 있었는지도……. 왠지 그녀가 염려스러워 시댁을 찾으면 그녀는 마당에 쭈그리고 앉아 제 그림자를 보며 처량하게 홍얼거렸다. 헤일 수 없이 수많은 밤을 내 가슴 도려내는 아픔에 겨워 얼마나 울었던가 동백아가씨 그리움에 지쳐서 울다 지쳐서 꽃잎은 빨갛게 멍이 들었소.

"어이! 이게 누구여? 잘난 웬수 메누리가 워쩐 일로 납셨는가?”

잘난 원수가 날 두고 하는 말인지 돌아가신 시아버지를 두고 하는 말인지 알 수 없었다. 어쩌면 둘 다 해당될 수도 있었다.

“식사하셔야지요 어머니.”

“흥! 어매? 나가 워째 자네 어맨가?”

훌쩍거리는 그녀를 부축해 식탁에 앉혔다. 인터넷으로 주문한 여수돌산갓김치를 한 잎씩 뜯어 밥숟가락 위에 둘둘 올려주었다. 그녀는 제비 새끼처럼 입을 크게 벌리며 잘도 받아먹었다. 씹으면서 가끔 접신한 사람처럼 진저리도 쳤다. 그녀가 맛있게 먹는 모습에 홀려 흑녹색 기름기가 자르르 흐르는 잎을 손으로 떼어 맨입에 넣어 보았다.

역시나 맵게 쏘았다.

이건 분명 고춧가루의 매운맛이 아니다. 마늘이나 생강이 쏘는 맛도 아니다. 주재료인 갓잎의 몸내다. 칼이나 가위로 자르지 않아 훼손되지 않은 몸내다. 나도 모르게 그녀의 아랫도리를 훔쳐보았다. 그녀가 배시시 웃으며 양손을 포개 사타구니를 가렸다. 세 숟가락이나 받아먹었을까? 그녀가 모로 쓰러져 쌕쌕 잠이 들었다.

그리고 이튿날 그녀가 사라졌다.

식구들이 모두 나서 그녀를 수소문했지만 종적이 없었다.

경찰에 실종신고를 마치고 기다리는데 문득 징글징글하다는 그녀의 고향이 떠올랐다, 연고자는 아무도 없다는 여수 돌산이.

여수에서 남쪽으로 돌산도를 잇는 연륙교가 웅장하고 화려하다. 밤은 낮과 비교할 수 없을 만큼 판타스틱하다고 들었다. 수시로 빛을 바꾸는 LED조명을 거울처럼 받아내는 여수 밤바다. 그녀와 나란히 앉아 빠른 유속에도 떠내려가지 않고 다만 흔들리는 야경을 하염없이 바라보고 싶다. 가끔 내 어깨를 내어주면서…….

돌산대교가 생기지 않았다면 그녀는 돌산을 떠나지 않았을지도 모른다. 시아버지는 레미콘 기사였다. 함바집에서 일하던 그녀에게 눈독을 들인 시아버지는 홀아비라 속이고 곧바로 살림을 차렸다. 워낙 타고난 난봉꾼이라 가는 데마다 여자가 있었다. 돌산대교가 완공되자 현장을 옮긴 시아버지는 그녀를 잊었고, 뱃속의 생명을 책임져야 하는 그녀는 악착같이 시아버지를 찾아냈다. 돌산대교로 인해 시아버지는 자유를 잃었고 그녀는 고향을 잃었다.

돌산에 접어들자 들판이 온통 풍성한 녹색이라 나는 잠시 진도로 착각했다. 진도의 장관, 파밭이 각인된 까닭이다. 언젠가 다도해에서 섬을 바라보며 꽃을 생각했다. 섬은, 지루한 바다에서 바람도 쉬어가고 고단한 새들도 쉬어가고 지친 사람도 쉬어가는 바다의 꽃이다. 모든 꽃엔 독이 들어 있다. 바다의 꽃, 섬에 서식하는 것들도 예외 없다. 제주도의 양파, 우도의 쪽파, 진도의 대파는 유난히 맵다. 돌산의 갓 역시 맵기로 으뜸일 것이다.

여행안내서를 펼쳐보니 예전의 돌산갓은 주로 현지인만 즐겼으나 돌산대교가 개통되고 육지로의 반출이 수월해지면서 명성을 얻었다고 한다. 돌산갓은 잎이 넓고 타 지역에 비해 쓴맛과 매운맛이 약하면서 톡 쏘는 알싸함도 부드럽다고 씌어 있다. 돌산갓의 향이 특별히 센 줄 알았는데 오히려 순하다는 대목에서 머리가 띵하다.

내가 제대로 아는 것은 과연 무엇인가?

9년이나 어린 남편과 사는 며느리와 18년 연상의 남편과 살던 시어머니. 게다가 고부간의 나이 차는 고작 5년이었다. 며느리가 천사라도 시어머니가 보살이라도 둘은 상극일 수밖에 없는 운명이다. 어린 남편의 무조건적인 사랑을 등에 업고 무표정하게 산 지난날의 뻔뻔함이 새삼 낯 뜨겁다. 어쩌면 독한 건 그녀가 아니라 나였는지도 모르겠다.

한 떼의 학생들이 돌산갓 밭을 찍는다고 창가로 몰려들자 마음 좋은 버스 기사가 잠시 차를 세우더니 벌떡 일어나 고개를 획 돌리고 학생들의 주의를 모은다.

"학생들! 냉면에 넣는 겨자 알지? 저 푸른 잎들이 바로 겨자 잎이야. 뭔지 알고나 찍으라고."

여수가 널리 알려진 건 동백꽃이나 향일암보다 갓김치 덕이 크다. 그래서 갓의 씨앗이 겨자인 것부터 알려주는 거다. 겨자 열매의 매운맛은 고추냉이보다 오래 남아 비린 생선의 양념으로 알맞다. 겨자에는 부패 방지 작용이 있어 관절염, 신경통, 통풍, 폐렴 등에 좋고, 겨잣가루를 욕조에 풀고 목욕하면 웬만한 감기는 뚝 떨어진다. 겨자의 독한 자극성이 바로 효자인 게다. 적색 토종 갓은 억세고 가시가 세지만 돌산갓은 청색으로 잎과 줄기에 잔털이 없고 일반 채소에 비해 단백질 함량이 높으며 비타민이 많다. 동의보감에 의하면……. 기사는 돌산갓 홍보대사처럼 끊임없이 예찬론을 늘어놓았다. 아무튼 갓이 겨자 잎이라는 사실은 나도 처음으로 알았다.

학생들을 따라 나도 버스에서 내렸다. 바람이 지나가자 푸르고도 부드러운 매콤함이 코를 간질여 자꾸 재채기가 났다. 이따금 코를 풀며 천천히 걸었다. 절룩이며 하염없이 걸었다. 오래전 꿈속에서처럼 혼자 걸었다. 걷다가 멈추니 발아래 붉은 점들이 지천이었다. 아아 동백꽃!

떨어져서도 여전히 수줍은 멍이었다.

세월에 지워진 그녀의 멍을 아무것도 모르는 얼굴로 도지게 한 나를 어쩌면 좋을까. 내가 혹시 남편의 복수극에 말려든 건 아닐까? 눈앞이 캄캄한 현기증에 털썩 주저앉았다. 짧은 다리는 펴고 긴 다리는 접어 세운 채 군데군데 떨어진 새빨간 멍을 물끄러미 바라보았다. 뜨거운 눈물이 볼을 타고 굴러떨어졌다. 시간이 가는지 마는지 알 수 없었다.

문득 고개를 들어보니 탐스러운 노란 꽃술을 소중히 껴안고 새빨갛게 혹은 시퍼렇게 매달려 있거나 떨어진 동백꽃이 지천이다. 짧은 무릎이 쓰라리다. 내 무릎에도 동백이 피었을까? 웅얼웅얼 노래를 부른다. 헤일 수 없이 수많은 밤을 내 가슴 도려내는 아픔에 겨워……꽃잎은 빨갛게 멍이 들었소.

배가 고프다.

종일 기운이 없는 이유를 이제야 찾는다. 어젯밤부터 뭘 먹은 기억이 없다. 저 멀리 버스가 지나간다. 다음 버스는 있는지, 있다 해도 아까 그 자리가 정류장인지 나는 모른다. 그보다 다리에 힘이 빠져 거기까지 갈 수 있을지도 의문이다. 배가 부르면 슬프다는 그녀는 어디쯤 있는 걸까. 그녀와 함께 배불리 먹고 함께 슬프고 싶은 마음 간절한데 그녀는 과연 어디에 있는 걸까?

린스가 무섭다

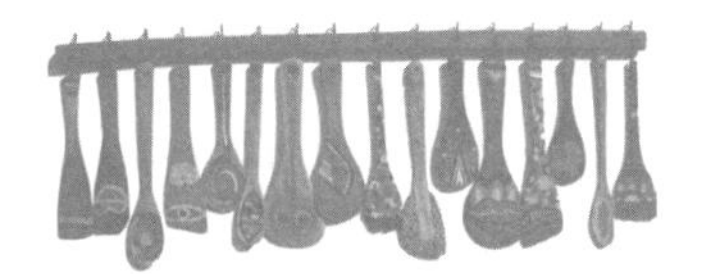

린스가 무섭다

머리가 우리하다.

몸도 뒤척이지 못하겠다. 사위는 조용하다. 무서워서 눈을 못 뜨겠다. 사고는 사곤데 무슨 사곤지 알 수 없어 더 무섭다. 다만, 내가 부상을 입은 건 알겠다.

못생기게 우는 새소리가 들린다.

온몸이 암회색으로 생김새마저 우스꽝스러운 직박구리다. 긴 꼬리를 꺼떡이며 푸륵푸륵 음절을 가지고 나는 모양새가 보는 사람을 부담스럽게 한다. 하늘을 난다는 사실이 하나도 부럽지 않게 하는 이상한 능력을 가진 새다. 몇 년 전부터 우리 집 감나무에 찾아오기 시작해 눈여겨보기 시작했다. 매일 새벽 날아와 삐이이익 빼애애액, 휘슬소리를 내며 귀 따갑게 사람을 깨우는 불청객이다. 그르릉가르릉 가래 끓는 소리를 내는 비둘기가 점잖게 느껴질 만큼 짜증스런 음색을 가진 직박구리다.

직박구리 소리가 딱 우리 집 같은데 확신은 없다.

휘슬소리는 여전하다. 이들은 꼭 두 마리가 함께 나뭇가지를 이리저리 옮겨 다니며 휘슬을 불어댄다. 가끔 시누이는 그랬다.

“딱 늬들 같애. 생기다 만 게 금슬은 또 왜 그리 좋은지 정말 웃겨 죽겠어.”

시누이는 차마 못생겼다 하지 않고, 생기다 말았다고 했다. ‘못’은 부족이나 부정을 의미한다. 생기다 말았다는 건 부족함을 뜻한다. 우리 부부가 마땅치 않았을 시누이. 그래도 부정보다는 부족이 나았다.

나는 종종 살인을 꿈꾼다.

최선을 다해 몸 바치고 마음 바치면서 돌아서서 칼을 간다. 언젠가는 없애버리고 말 거야. 나를 바보로 아는 사람들, 나를 예의 없이 사용하는 사람들, 혼구멍을 내줄 거야. 어이없는 이유로 죽게 만들 거야. 내가 타당한 이유 없이 당하듯 그들도 터무니없는 이유로 죽어야 해.

내 인생 가장 큰 실수는 기어코 결혼을 한 것이다.

선배 말을 들었어야 했다. 엄마 말은 안 들어도 선배 말은 듣는 세상 아니던가. 데이트를 망치고 온 내가 이불을 뒤집어쓰고 있을 때 엄마가 다가와 말했다.

"울지 마, 선주야. 솔직히 엄마는 네가 결혼 안 했으면 좋겠어. 그 남자뿐 아니라 딴 남자하고도 말야. 여자는 결혼하면 무조건 억울해지게 돼 있어. 제아무리 똑똑한 여자도 피해갈 수 없어. 엄마는 내 딸이 억울하게 사는 거 싫어. 솔직히 이건 엄마가 아니라 선배로서 하는 말이야. 뻔히 알면서 그 길 가라고 못 하겠어. 우리가 남이냐? 넌 내 딸이야. 내 말 무슨 뜻인지 알지?"

그건 위로도 뭣도 아니었다. 결혼은 해도 후회, 안 해도 후회라, 하고 후회하라는 말이 괜히 있겠는가? 나는 엄마도 선배도 믿지 않았다. 다만 막막한 앞날을 어떻게 뚫고 나갈까만 고민했다.

자리보전한 시아버지, 꼬장꼬장한 시어머니, 눈을 감다시피 하고 웃기만 하는 시누이, 여자 복만 있는 시아주버니, 시댁은 안전핀이 뽑힌 폭탄이었다. 하지만 아무리 상황이 나쁘다 해도 나는 믿을 수 있었다. 협조해주는 이 아무도 없어도 나만 내 편이면 됐다. 믿을 건 나밖에 없었다. 다행히 나는 건강 체질이었다. 이 악물고 가다 보면 끝이 있겠지. 그땐 웃을 수 있겠지. 억지가 사촌보다 낫다는 심정으로 빡빡 우기며 여기까지 왔다.

나는 아직 웃을 일에 도착하지 못 했다.

생각하면 한심하기 짝이 없는 일이다. 나를 혹사하며 꾸역꾸역 살아왔다. 주인을 잘못 만나 평생토록 종종댄 내 몸뚱이가 불쌍하다. 머슴을 살아도 하녀를 살아도 이보단 나으리라. 지금 내가 사는 세상이 21세기라는 게 믿기지 않는다. 환갑이 지나도 내 삶에 내가 차지할 시간은 없다. 그래서 섧다.

나는 초등학교 동창의 남동생과 결혼했다.

자리보전한 시아버지는 내가 시집온 그해 돌아가셨다. 막내가 장가들길 기다리느라 목숨을 붙들고 있었는지도 모르겠다. 눈이 게슴츠레 가늘고 볼에 주근깨가 많은 시누이는 인물은 없어도 친화력이 좋아 친구가 많았다. 뻐드렁니 때문에 '마중 나온 입'이라 놀려도 주근깨가 많아 '깨순이'라 불러도 눈을 감고 웃기만 하던 그녀는 가끔 남동생을 달고 다녔다. 콧물을 문질러 소맷부리가 반질반질하던 그 꼬마가 귀여워 나는 아껴둔 눈깔사탕을 입에 넣어주곤 했다. 꼬마는 내게 '사탕누나'라며 잘 따랐다.

예나 지금이나 남편은 사탕을 물려줘야 조용하고, 깨순이 역시 제 입에 단것만 밝힌다. 나는 아무리 애를 써도 웃을 일이 없는데 깨순이는 시도 때도 없이 눈을 감고 웃는다. 평생을 그러고 산다. 부럽고 얄미워서 빨래처럼 비틀어 탈탈 털고 싶다.

아무래도 오른쪽 어깨가 수상하다.

찌릿찌릿 통증이 온다. 온몸이 불편한데 바닥까지 차갑다. 들키지 않게끔 조심스레, 표시 나지 않게 실눈을 뜬다. 누군가 나를 관찰하고 있다면 어쩌지. 움직임이 포착되는 순간 엄청난 반격을 당할지도 몰라. 일단 의식이 돌아온 것부터 들키지 않아야 해.

세상에 있을 수 없는 일은 없다. 있을 수 없는 일은 아예 생기지 않으니까.

시끄럽게 휘슬을 불어대던 못생긴 직박구리들이 그새 어디로 날아갔는지 다시 조용하다. 파르르 눈꺼풀이 떨리며 의식이 흐려진다. 정신을 차려야 하는데 자꾸 놓아진다. 온몸의 힘줄과 근육도 이완된다. 아무것도 붙들 수 없는 나는 수평으로 고요에 떠밀려 가다 어느 순간 수직으로 떨어진다.

바람 없는 날 낙엽처럼 수직으로 떨어진다.

참새가 나뭇가지에서 뛰어내리듯 툭, 수직 낙하한다. 차가운 바닥에 뺨을 댄 채 한없이 한없이 낙하한다. 캄캄하다. 아무것도 보이지 않는다. 내가 눈을 떴는지 감았는지 내 의식이 있는지 없는지도 모르겠다. 캄캄한 여긴 과연 어딜까.

함부로 흩어진 흙과 비현실적으로 싱싱한 초록 이파리가 보인다. 몸을 일으켜야겠는데 말을 안 듣는다. 벌레처럼 고개를 쳐들고 내 몸을 내려다본다. 뜨악! 내가 나체다. 발가벗은 몸 군데군데 젖은 흙이 묻어 있다. 손으로 머리를 훑는데 귀 뒤쪽 목덜미가 끈적인다. 뒤통수를 더듬자 머리에 떡이 졌다.

내가 왜 당했지? 누구한테 당했지? 어디까지 당했지?

어렵사리 엉덩이를 끌어당겨 욕조 벽에 몸을 ㄴ자로 세운다. 이상하게 타일 바닥이 미끄럽다. 욕실 풍경이 한눈에 들어온다.

내 집 욕실이다.

해피트리 화분이 쓰러져 깨져있고 달랑 두 송이 피었던 꽃 중 한 송이가 떨어졌다. 쓰러지면서 떨어진 건지 때가 돼서 낙화한 건지는 알 수 없다. 그나저나 바닥이 왜 이렇게 미끄럽지?

아아 린스.

제 꾀에 제가 넘어갔구나. 나이가 나이인 만큼 깜빡깜빡할 때도 됐다. 시누이 말마따나 적어야 사는 나이다.

“이 나이가 되면 뭐든 잊어버리기 전에 적어야 한다구. 그러니까 우리는 이래도 저래도 ‘적자 인생’이란 말씀이야.”

절대로 흑자는 나지 않는 적자 인생이라며 깔깔대던 시누이. 그날은 눈을 감고 웃던 깨순이가 밉지 않았다. 참으로 오랜만에 조금은 귀여워 보였고, 동년배로써 일종의 연대감을 느끼기도 했다. 하지만, 불순한 의도로 욕실 바닥에 린스 투척한 걸

어디다 적겠는가?

소변은 당신 방, 요강에서 보지만 대변은 꼭 거실 화장실을 이용하는 시어머니를 겨냥한 작전이었다. 나이가 한둘인가. 진작 떠나도 될 나이였다. 시어머니 생신을 맞을 때마다 이번이 마지막이거니 하는 마음으로 정성을 들였다. 처음부터 자리보전했던 시아버지 못지않게 시어머니 몸도 골골해서 아구구 소리를 달고 살았다. 시어머니 환갑엔 제주도 여행을 보내드렸다. 혼자 못 가니 시누이와 엮어 보내드렸다. 우리가 대는 비용으로 가면서 시누이는 제 남편까지 달고 갔다. 제 남편 비용은 자기가 낸다면서 큰소리치고 갔다. 참으로 얄미운 실속파였다. 고희부터는 진짜 언제 돌아가실지 모르니 잘해 드리자는 마음으로 최선을 다했다. 쭈그렁밤송이 삼 년 간다는 말은 팩트였다. 시어머니는 77세 희수연, 88세 미수연, 99세 백수연까지 끄떡없이 달렸다.

백수연이 白壽宴인 것도 시어머니 때문에 알게 됐다.

일백 百에서 一을 빼면 99가 되고, 白자가 남는 데서 유래한 말로 백수연은 백세가 아니라 99세에 하는 잔치다. 예상치 못했던 백수연을 치르고 시에서 표창장까지 받았다. 효부상이었다.

"울 엄마가 오래 살아 올케가 상을 다 받았네. 학교 다닐 땐 개근상밖에 못 받았잖아. 맞지?"

지금 시어머니는 103세다.

백수연 지나 한 번 고비를 넘기긴 했다. 가족보다 병원에서 먼저 포기하는 연세였다. 병원에서도 딱히 해드릴 게 없다며, 댁에 모시고 가서 드시고 싶은 거나 많이 해드리라 했다. 육고기를 좋아하는 분이라 소꼬리며 오리고기며 약초를 넣고 푹푹 고아 훌훌 마시게 해드렸다. 고관절이 아프다며 방문턱을 못 넘어 가시오가피며 엄나무며 우슬을 들통에 넣고 고기와 함께 고아 드렸다. 신기한 건 아픈 노인네가 해드리는 족족 잘 드시는 거였다. 경이로운 생명력에 절로 고개가 숙여졌다. 병원에서도 포기한 분이라 돌아가시기 전에 인사드린다고 친척이며 자손들이 교대로 찾아왔다. 이불 둥치에 기대앉아 일일이 상대하며 용돈을 받아 챙긴 시어머니는 문병객이 다 떠나고야 하소연을 했다.

"에미야. 어서 병원에 가서 숨 끊어지는 약 좀 사다 다고. 차라리 죽는 게 낫지, 이거야 원 온몸이 흠씬 두들겨 맞은 듯 아파서 내가 도무지 못 살겠다."

내가 시집온 뒤, 한 번도 당신 손으로 밥상을 안 차린 시어머니다. 앉은자리에서 밥상을 받고 물리던 시어머니였다. 집안일도 일체 손 안 대고 입으로만 참견하던 분이었다. 할 만큼 한 며느리를 살인자까지 만들려는 말씀에 서운하다 못해 부아가 나서 나도 모르게 목청이 높아졌다.

"어머니. 지금 드시는 어머니 약들 그거 모조리 한꺼번에 드세요. 그리고 식사는 하지 마세요. 어머니는 식사만 안 하셔도 바로 돌아가세요. 평생 대비마마처럼 모신 며느리한테 이러시면 안 되는 거잖아요. 앞으로 저 부르지도 마세요!"

시어머니가 아무리 종을 울려도 모른 척했다. 밤늦게 들어온 남편이 어머니를 들여다보고 큰소리를 냈다. 나도 가만히 있지 않았다.

"나도 지쳐서 그래. 당신 엄마잖아. 그러니까 당신이 책임져. 아프다고 죽여 달라는데 그럼 날더러 어쩌란 말이야? 당신한텐 안 그러시지?"

시어머니가 잠든 새 청소하다 요를 들추어보니 모아놓은 용돈이 두툼했다. 죽여 달라면서도 그 돈의 용도는 따로 있는가 보았다. 그것도 서운했다. 백세를 넘기고도 진실성이라곤 찾을 수 없는 모습에 나는 좌절했다. 머리 검은 짐승은 어쩌고 저쩌고가 괜히 있는 말이 아니었다. 어른이고 아이고 가족이고 남이고 마찬가지다. 나를 배려하고 내게 호의적인 사람은 눈 씻고 봐도 없었다.

또 한고비 넘긴 시어머니는 시나브로 컨디션을 회복해 건강해졌고 나는 시어머니 감옥에 다시 갇혔다. 벌 받을 소리지만, 돌아가실 줄 알고 최선을 다했지 살아나시라고 그런 건 아니다. 늘 그렇듯 나의 선의는 어쩌자고 길도 잃지 않고 번번이 배신으로 돌아오는지……? 몸 바치고 마음 바쳐 봐야 죄만 버는 딱한 인생이었다.

서운하고 억울한 일이 생기면 순간적으로 살의를 느낄 때가 있다. 하지만 그건 일시적 감정일 뿐 행동으로 옮긴 적은 없다. 내 안의 악마를 수시로 호출하는 현실, 꾸준히 죄를 짓게 하는 부조리한 구조가 싫어 나는 자주 우울했다.

사람들은 나를 슈퍼우먼이라 했다.

작년까지 직장에 다녔다. 평생직장이었다. 만년 부장이었지만 불만은 없었다. 연봉도 괜찮고 나에 대한 의존도가 높아 성취감도 있었다. 세상에 날 우습게 보는 무리는 집에만 있었다. 밖에 나가면 나도 꽤 괜찮은 능력자였다. 내가 벌어먹이고 내가 뒤치다꺼리해주는 사람들만 나를 얕보고, 수시로 내게 태클을 걸었다. 친청엄마는 내 꼴 보기 싫다고 일찌감치 오빠가 사는 엘살바도로로 떠났다. 거긴 치안이 불안하다는데 20년이 넘도록 멀쩡한 걸 보면 위험한 구역은 따로 있는가 보다. 놀러 오라고 성화지만 한 번도 갈 수 없었다. 손발이 묶인 나는 어디도 갈 수가 없다. 고령의 시어머니가 계시니 한 발짝도 뗄 수 없다.

시어머니는 내 몫이다.

나 말고 아무도 시어머니를 챙기지 않는다. 일찌감치 가정이 파탄 나 저 좋다는 여자를 유람하는 손위 시아주버니는 제쳐두고, 동창인 시누이마저도 저 편한 시각에 와서 저 편한 만큼 있다가 간다. 책임감이라곤 없이 그저 이름 지으러 다녀갈 뿐이다.

그런데 내가 왜 여기 들어왔지?

샤워는 조카네서 하고 왔는데 왜 또? 생각이 나질 않는다. 평생 다니던 직장을 퇴직하고 잠시 놀고 있는데, 강남 사는 조카가 SOS를 쳤다. 안팎이 의사인 조카 부부는 아이를 돌보던 입주 베이비시터가 그만두었다며 발을 동동 굴렀다. 베이비시터 구할 때까지만 봐주기로 했는데 그만두지 않고 계속하는 건 그 일이 생각보다 재미있고, 보수도 괜찮아서다. 뿐만 아니라 시어머니와 온종일 함께 있는 게 피차 고역이기도 했다.

내가 집에 있으면 시어머니는 당신 방에 자발적으로 갇힌다.

시어머니 방 냉장고에는 각종 요구르트와 초콜릿 등을 잘 챙겨둔다. 제철 과일도 깎아서 넣어두고 식사는 차려놓고 나오는 게 나의 룰이다. 그럼에도 뭐가 궁금한지 시어머니는 몰래 주방 냉장고 열어보길 좋아한다. 때로는 내가 집에 있는 줄 모르고 안방 문을 살며시 열다가 깜짝 놀라 닫는다. 에미 아직 안 나갔구나, 하면 될 것을 못된 짓을 하다 들킨 아이처럼 덴겁을 해서 달아나곤 한다. 내가 없을 땐 수시로 안방에 들어오시나 보다. 낮에는 늘 집을 비웠으니 당신 방이나 다름없을 텐데 대체 뭐가 궁금한 걸까, 사실 나는 그게 더 궁금했다.

해피트리 꽃이 떨어졌네.

아깝다. 아직 시누이한테 자랑도 못 했기에 더 아깝다. 아무 생각 없이 키웠는데, 어제 꽃이 피었다. 저 나무도 아무 생각 없이 어제 꽃을 피웠을까. 나팔꽃을 닮은, 나팔꽃보다 못생긴 꽃이었다. 볼품없이 생긴 미색 꽃이 지면을 향해 딱 두 송이가 피어 있었다. 향기는 없었지만 대견했다, 어쨌든 내게로 와서 핀 꽃이기에.

행복나무에 꽃이 피었다.

잎이 벤자민과 유사한 해피트리를 직역하면 행복나무다. 행복이 두 송이 피었다. 행운목에 꽃이 피면 행운이 오듯 해피트리에 꽃이 피면 행복이 올 줄 알았는데 이게 뭔가. 이것도 행복인가? 죽어가는 나무를 살려 행복 두 송이가 피자마자 하마터면 내가 죽을 뻔했는데, 죽을 뻔만 하고 죽진 않았으니 이것도 행복이라는 얘긴가?

해피트리는 시누이가 식당 개업할 때 들어온 화분 중 하나다. 관리 소홀로 비실비실해지자 시누이가 선심 쓰듯 가져왔다. 늘 그랬다. 시누이는 상태가 양호할 때 뭘 주는 법이 없다. 과일이나 야채도 멀쩡할 때는 제집에 쟁여놨다가 신선도가 떨어져야 내게로 넘어왔다. 남편과 사귈 때 그렇게 길길이 뛰며 반대하던 시누이가 결혼을 눈감아준 것도 남편의 신선도가 떨어진 다음이었다.

해피트리가 내게로 온 건 2년 전이다.

내게 오지 않았으면 진작 죽었을 나무다. 시누이가 마이너스 손이라면 나는 플러스 손이다. 내게로 와서 죽어 나가는 건 거의 없다. 골골하던 시어머니도 내게로 와서 백수를 넘겼다. 시아주버니가 키우다 냄새난다고 슬그머니 놓고 간 강아지도 내게로 와서 18년을 살다 갔다. 시아버지만 빼면 다 플러스다. 그러고 보니 일찍 가신 시아버지만 손해를 보신 것 같다. 상대가 손해를 보면 이쪽이 이득일까. 하여 시아버지를 생각하면 아직도 애틋한 아쉬움이 남는 걸까. 내가 이득을 봐서?

늘 눈앞에 계시는 시어머니는 물론이고, 가끔 나타나 염장을 지르는 시누이와 평생 있으나마나인 남편까지 다 나를 사용하는 사람들이다. 하지만 이 모든 게 나의 허영심과 같잖은 자신감이 만들어낸 결과다. 당신들 정도는 내가 책임져. 당신들이 나를 존경하게 만들 거야. 당신들 다 죽었어. 교만이 하늘에 닿을 때쯤 절망의 그물이 드리워졌다. 느닷없이 허를 찔린 나는 모든 게 꼴 보기 싫어졌다. 찍소리 없이 엎드려 살던 내가 손톱을 드러내니 저들도 당황스럽긴 했을 것이다.

나의 변심은 몸 때문이다.

워낙 건강 체질이라 병원을 모르고 살았다. 회사 다닐 땐 해마다 건강검진을 했지만 그만둔 뒤론 신경 쓰지 않았다. 건강 염려증이 있는 친구가 건강검진을 가면서 데려다 달라고 부탁했다. 직장 다닐 때 타던 차를 처분하지 않아 가끔 기사 노릇을 해주었는데, 온 김에 같이 검사하자는 바람에 얼결에 나도 검사를 했다. 결과, 그 친구는 괜찮고 나만 이상소견이 발견됐다. 의사는 행운이라고 했다. 쉽게 발견하기 어려운 부위로 수술보단 항암제로 잡는 게 낫겠다고 했다.

아들은 치료에만 전념해야 한다며 조카네 아이 봐주는 것도 그만두라고 버럭 화를 냈다. 마치 조카네 아이 때문에 내가 암에 걸리기라도 한 것처럼. 그건 내가 좋아서 하는 일이었다. 아이와 함께 있으면 천진한 기를 받아서 좋다. 나도 모르게 목소리 톤이 올라가고 엔도르핀이 돌면서 시간 가는 줄도 모른다. 내가 아이를 봐주는 게 아니라 아이가 나를 봐주는 느낌이 들 때도 있다. 그래서 가끔은 수고비를 받는 게 미안하다. 나도 대가를 지불해야 하는데 단지 어른이라는 이유로 받기만 하는 것 같아서. 그러고도 일언반구 고맙다는 인사조차 안 하니 나 역시 하나도 다르지 않은 어른이었다.

일단 항암주사를 다섯 차례만 맞기로 했다. 세 번째 맞자 머리카락이 빠지기 시작했다. 손만 갖다 대도 우수수 떨어졌다. 머리를 밀어버릴까 하는데 아들이 모자와 가발을 사왔다.

"가발을 사든 모자를 사든 하나만 사지 왜 두 가질 다 사왔누?"

시어머니는 손자가 이중으로 쓴 돈이 아까운 모양이었다.

"가발은 티가 나서 그 위에 모자를 써야 한대요. 엄마, 무슨 말인지 알지?"

같은 여자면서 시어머니도 시누이도 내 머리카락은 안중에도 없었다. 내가 아프면 자기들이 불편하니까 어서 빨리 나아 일상으로 돌아오기만 바라는 눈치였다.

차라리 수술할 걸 그랬나?

시어머니도 시누이도 도무지 환자 취급을 안 해줬다. 적어도 항암주사 맞고 온 날은 봐줘야 하지 않겠는가. 그건 센스 없는 둔감 체질이어서가 아니라 나를 무시해서다. 챙겨주지 못할 바엔 적어도 가만히 내버려두기라도 해야 하는데 그러지도 않았다. 약속이나 한 듯 나를 부려먹으려고만 했다. 투병은 투병이고 일상은 일상이었다. 내가 할 일은 평소와 다름없이 내 몫으로 나를 기다리고 있었다. 식사 준비, 청소, 빨래 따위를 누구도 대신해 주지 않았다.

남편은 병원에서부터 안절부절못했다.

아무리 색소폰 연습이 있는 날이라지만 항암 주사를 맞은 내 앞에서 그럴 수는 없었다. 이 사람한테도 나는 별 거 아니구나. 눈물이 핑 돌았다. 궁합도 안 본다는 네 살 차이답게 남편과 나는 별문제 없이 살았다. 직장생활을 꾸준히 한 탓에 따로 외모를 가꾸진 않았어도 나이 차를 극복했다. 이젠 오히려 남편이 더 들어 보인다. 시댁 붙이들은 나를 탓했다. 아무리 바빠도 서방 좀 챙기라고. 회사 일에 집안일에 아픈 시어머니까지 모시는 나한테 왜 그러는지 도대체 알 수 없었지만 나는 가만히 웃으며 고개를 끄덕였다. 그럼요, 그래야죠.

개인택시를 하는 남편은 취미로 색소폰을 배우고 있다. 이따금 구치소나 노인정에 가서 공연도 한다. 틈만 나면 색소폰 동호회로 달려가는 남편, 고상한 취미를 가진 남편이 가끔은 부럽다. 나는 취미를 가질 꿈도 못 꾼다. 투병까지 하는 지금은 더더욱이나 그렇다. 유독 나한테만 인색하고 가혹한 인생이다.

시어머니가 주무시는 걸 보고 나도 그만 안방으로 향했다. 남편은 아직 귀가 전이었다. 널브러지는 몸을 젖은 빨래처럼 뉘고 잠을 청했다. 속이 메슥거려 잠이 천리만리 달아났다. 아이 가졌을 때 입덧은 저리 가라다. 암 덩어리가 요란하게 분탕질을 했다.

통증의 최고봉은 항암제 맞은 다음 날 새벽이다. 나는 몸을 뒤틀며 날이 번해지기만 고대한다. 범죄가 판치는 세상, 너무 캄캄하면 집을 나설 수 없어 동녘에 기별이 오기만 기다린다. 오밤중에 들어온 남편은 앓는 소리가 듣기 싫은지 거실 소파에 모로 누워 잔다. 노느라고 고단한 남편, 코 고는 소리를 뒤로 하고 조용히 집을 빠져나온다.

630개 계단을 올라 관모산 정상 정자에 닿으면 머리에서 쉭쉭 활화산 숨 쉬는 소리가 난다. 머리에 뚜껑이 있다면 당장 열어서 열기를 뽑아내고 싶을 정도다. 입이 헐어 뭘 먹지도 못하는데 무슨 에너지로 솟아나는 열기인지 모르겠다. 아프고 서러워 고개를 무릎에 파묻고 흐느낀다. 뜨거운 눈물이 하염없이 떨어진다. 고장 난 수도꼭지처럼 눈물이 멈추질 않는다. 기어이, 아이처럼 엉엉 운다. 이른 새벽이라 사람이 없어서 좋다. 그래도 혹시 누가 올라오나 싶어 계단 쪽 인기척을 살피며 도둑처럼 몰래 운다.

구토와 어지럼증, 신경선을 따라 제멋대로 돌아다니는 통증에 혼비백산한 날이면 나는 새벽 산에 오른다. 식구들은 모른다. 알 생각조차 않는다. 말없이 혼자 겪어내니 견딜 만한가 보다 생각한다. 엄살 체질이 아니라 그렇다. 징징댈 줄 몰라 그렇다. 고통을 호소한다고 누가 대신 아파줄 것도 아닌데 굳이 뭘. 나름 합리적인 사고방식이 나를 외로운 왕따로 몰았다. 고통 중에 출산의 고통이 최고라지만 그건 잠깐이다. 암 덩어리를 퇴치하려면 끈질기게 싸우면서 버텨내야 한다.

암 투병은 지구력과의 싸움이다.

거기서 이겨야 낳을 수 있다. 암은 낫는 게 아니라 낳는 것이다. 산모와 태아가 한몸으로 익숙해진 뒤 끝내 밀어내 다른 개체가 되듯, 암 덩어리와도 경계를 풀고 친해진 뒤 살살 돌려서 출산을 해야 해방되는 것이다.

내 발이 남의 발 같았다.

발이 얼음덩이처럼 차가워지더니 감각이 사라졌다. 그렇게 사라지는 감각이 발바닥에서 허벅지를 타고 올라왔다. 꼼짝하기도 싫어 가만히 그 사라지는 감각을 좇자 어느 순간 감각이 살아나기 시작했다. 오글오글 끓어오르고 동상이 풀리듯 지릿지릿하기도 했다. 누가 그랬더라? 통증도 살아 있어서 느끼는 감각이라고. 죽으면 그마저 없다고. 통증도 생자만의 특권이니 통증이 올 땐 그마저 즐기는 게 이겨먹는 인생이라고. 통증을 이겨먹는 사람은 도대체 어떤 사람일까. 나름 참는 덴 이골이 난 나도 몸뚱이고 정신이고 쓰다 버린 걸레처럼 형편 무인지경으로 구겨지는데…….

배는 고픈데 뒤집어진 속은 물조차 거부한다. 들어간 것 없는 속이 계속 게워내는 것도 신기하다. 코너에 몰린 암 덩어리가 약에 받쳐 생산하는 쓰레기가 목구멍을 타고 올라온다. 신물도 넘어오고 쓴물도 넘어와 나는 계속 뱉어낸다. 시어머니가 듣기 싫은지 방문을 꽝 닫는다. 남편은 문을 조용히 닫고 나간다. 색소폰을 불러 간다. 나는 색소폰만도 못하다. 사람한테만 지는 게 아니라 색소폰한테도 밀린다.

먹은 것도 없는데 요의가 느껴져 화장실에 다녀오는데 시어머니와 딱 마주쳤다. 시어머니는 방에서 뭔가를 들고나왔다. 오늘은 웬일로 당신이 저녁 준비라도 하시려나. 어차피 아무것도 먹을 수 없는 나는 일단 만사가 귀찮아 안방으로 들어서는데 시어머니 목소리가 뒷덜미를 잡았다.

"에미야. 오늘 저녁엔 이거나 삶아서 볶아라. 니가 아퍼서 장도 못 보고, 이거라도 해야 집어먹을 찬이 있지 않겠냐?"

자줏빛 껍질을 벗고 쟁반에 가지런한 고구마줄기를 보는 순간 내 얼굴은 마구 구겨졌다.

"힘들게 그런 건 왜 하셨대요?"

말이 곱게 나갈 리 없었다. 이건 노인네 주책이 아니라 아픈 며느리를 한방 먹이는 행위였다. 완곡한 폭력이었다.

"니 시누가 어디 가서 고구마덩굴을 걷어왔다며 갖다주니 어쩌냐, 노는 손에 이거라도 벗겨야지."

노는 손에 고구마 줄기를 벗길 정성이면 차라리 저녁을 준비하겠다. 그보다도 시누이는 이 시점에 왜 고구마덩굴을 갖다 안겼을까. 분명히 자기 엄마한테 넘겨 자기네 몫도 벗겨달라는 속셈이었겠지. 그녀는 그러고도 남을 위인이다. 내 몸에 독이 빵빵하게 차오르는 걸 느꼈다. 건드린 복어처럼 누구라도 물어 버릴 태세였다.

"죄송한데요 어머니, 저 오늘은 아무것도 못 하겠어요. 저녁은 애비가 사온다고 했어요."

시어머니도 물러설 기미가 없어 보였다. 시어머니에게 나는 평생 당신의 수족일 뿐이었다. 게다가 내가 병들자 시어머니는 오히려 힘이 나는 것 같았다. 눈치 보며 조심조심 출입하던 주방도 이젠 아무 때나 드나들고 냉장고도 수시로 열었다. 때로는 나 들으라는 듯 요란하게 냉장고 문을 닫기도 한다. 시어머니에게선 무슨 축제를 앞둔 설렘까지 느껴졌다. 103세라는 게 믿기지 않는 노인이다. 백발 밑에서 까만 머리가 새순처럼 올라오는 중이다. 앞으로 어떤 앞날이 펼쳐질까 징그러운 연세다. 이러다 틀니 밑에서 젖니가 솟지 말란 법도 없지 않는가.

"애비가 이걸 좀 좋아하냐. 정 힘들면 오늘은 삶아놓기라도 해라."

결국 삶았다.

고구마 줄기뿐 아니라 나도 삶고 남편도 삶고 시어머니, 시누이, 다 삶았다. 독이 바짝 올라 아픈 줄도 몰랐다. 죽어야 해. 다 죽어야 해. 이를 빠득빠득 갈았다. 하지만 아무리 독이 올라봐야 복어 이빨로는 고래를 해치지 못한다. 나 혼자 푸르륵거리다 싱겁게 꺼지는 해프닝일 뿐이다. 일부러 복어를 건드려 장난치듯 키스하며 독을 섭취한 뒤 환각을 즐기는 돌고래가 있다고 들었다. 돌고래에게는 복어 독이 치명적이지 않다. 그러니까 내가 뿜는 독도 저들에게는 복어의 독에 지나지 않을 터, 그래서 나를 가지고 놀며 즐기는 것일 게다.

린스 투척의 원인은 고구마 줄기였다.

사실 이 비슷한 짓을 한 적이 있다. 아주 오래전, 시아버지가 생존하시던 시절의 일이다. 나는 시어머니에게 감과 바나나를 함께 드렸다. 시아버지에겐 절대 그렇게 드리지 않았다. 당시 시어머니는 빈혈이 심해 철분제를 드셨다. 나는 시어머니가 철분제를 드신 다음이면 어김없이 감과 바나나를 먹기 좋게 깎아 앞에 놔드렸다. 감과 바나나는 상극이라 함께 먹으면 철분 흡수를 방해한다는 걸 알았기 때문이다. 유치하기 짝이 없는 나만의 소심한 복수였다. 그렇게라도 해야 돌아서서 웃을 수 있었다. 거인국에 온 소인이 살아남는 법이었다. 새댁인 내가 왜 그리 화가 났는지도 선명하게 기억난다.

나만 비를 맞아서다.

분명 다 같이 있었는데 나만 홈빡 비를 맞았다. 횡단보도 앞이었고, 시장에서 장을 보고 오는 길이었다. 시아버지 생신을 앞둔 날이다. 직장에서 조퇴를 하고 시어머니랑 시누이와 함께 장을 봤다. 신호를 기다리는 동안, 나는 손에 든 짐을 내려놓고 한숨 돌리고 있었다. 수많은 비닐봉지를 겹쳐 들었던 손가락이 끊어질 듯 아팠다. 시어머니야 당연히 빈손이고, 시누이는 달랑 하나의 짐을 들고 있었다. 그것도 가장 가벼운 한과세트였다. 신호가 바뀌었을 때 수많은 봉다리를 손에 거느라 우물거리다 때를 놓치고 말았다. 건너는 중간에 신호가 바뀔 것을 우려해 내가 지레 포기한 탓도 있었다. 건너편에서 빨리 건너오라고 손짓하는 모녀가 외계인 같았다.

거기까진 참을 수 있었다. 헌데 거짓말처럼 갑자기 소나기가 퍼붓기 시작했다. 저쪽은 말짱하고 이쪽만 퍼부었다. 자를 대고 금을 그은 듯 분명하게 구분되는 물세례였다. 시어머니와 시누이가 짐을 하나씩만 맡았어도 이런 일은 불상사는 없었을 것이다. 나는 시댁 식구들에게 아무 기대도 않게 되었다. 인연이 가장 짧았던 시아버지만 예외였다. 시아버지는 식구들이 모이면 같은 이야기를 반복하곤 했다. 노자 말씀이었다.

"굽은 나무가 제 수명을 누리고, 자벌레는 몸을 굽혔다가 펴면서 앞으로 나아가는 법이다. 물은 파인 곳에 고이고, 옷은 닳아져야 새것을 입는다. 욕심이 적어야 만족을 얻으며 아는 것이 많으면 도리어 미혹에 빠진다고 했다."

시아버지가 입을 열면 이 집 식구들은 하나같이 넌더리를 치면서 뿔뿔이 흩어지고 나만 경청했다. 시누이는 어려서부터 귀에 못이 박히도록 들어서 토씨 하나 안 틀리고 달달 외운다며 투덜거렸다.

"늙어서 태어나 늙을 老, 노자라며? 62년 동안 엄마 뱃속에 있다가 백발로 태어났다는 게 말이 돼? 뻥은 요즘보다 옛날에 더 셌던 거야. 안 그래 올케?"

병석의 아버지가 한말씀 하시는데 그걸 못 듣고 달아나는 고약한 사람들이었다. 긴 병에 효자 없다고 시아버지가 무시당하는 것 같아 내가 더 몸 둘 바를 몰랐다. 나는 노자 말씀을 들려주는 시아버지가 마냥 좋기만 했다.

"동전의 양면처럼 재앙은 복이 의지하는 바요, 복은 재앙이 깃드는 곳으로, 화복은 본디 둘이 아니고 하나라는 말씀이다. 올바른 것이 다시 기이한 것이 되고, 길한 것이 다시 흉한 것이 되는 순환을 깨달아 분별지를 버려야 하느니라."

무위자연에서 소박하고 유연하게 살아야 한다고 당부하시던 시아버지는 내가 시집온 지 6개월 만에 돌아가셨다. 내가 시아버지를 좋아한 이유는 눈빛 때문이었다. 이 집에서 유일하게 시아버지만이 내게 미안한 눈빛을 보냈다. 세월이 가도 한결같이 철없는 남편은 내게 기댈 줄밖에 모르고, 나머지 식구들은 모든 게 당연했다. 막내며느리가 시부모를 모시는 것도 당연하고, 내가 벌어 먹고사는 것도 당연하고, 파김치가 돼서 퇴근해 집안일에 허덕이는 것도 당연하고, 집안에 무슨 일만 생기면 도맡아 해결하는 것도 당연했다. 아마 내가 죽어도 당연할 것이다. 걱정이라곤 할 줄 모르는 사람들이다. 세상 모든 게 자기 중심으로 자기 편하게 돌아간다고 믿는 사람들이다.

"연하에 인물은 또 좀 좋냐? 그런 서방 모시고 살려면 너도 팔 한 짝은 내놓아야지, 안 그러냐?"

시누이는 툭하면 제 동생의 인물을 들먹였다. 돌이켜보니 내가 인물에 약하긴 했다. 다른 조건 하나도 안 보고 이 남자를 고집할 때 곱상한 인물이 한몫했음을 인정한다. 이젠 술에 절어 나보다 더 썩었지만 숨은 그림 찾듯 가만히 들여다보면 한창때 모습이 드러난다. 나만 알아볼 수 있는 인물이다. 내 체격이 아담하고 얼굴선이 고왔다면 과연 이 남자를 고집했을까? 외모콤플렉스가 있던 나는 2세에 대한 강박증이 있었다. 다행히 아이는 성공했다. 제 아빠 얼굴에 체격은 나를 닮아 훤칠하니 어디 내놓아도 빠지지 않는다. 여자 친구가 있는 것 같은데 보여주지 않아 걱정이다. 나 같은 여잘 데려오면 어떡하나. 난 내가 싫다. 내 인생도 싫고 날 닮은 여자도 싫다.

앉은 채로 샤워기를 틀어 몸을 씻는다. 떡진 머리도 감는다. 머리가 터져서 의식이 돌아온 거였다. 피를 본 게 천만다행이다. 천행이라고? 스스로에게 반문하며 미친년처럼 웃는다. 너, 살고 싶었구나. 그렇구나.

욕실로 옮겨 물을 흠뻑 주고 이파리도 시원하게 샤워시켜준 해피트리에서 떨어진 꽃을 주워 들여다본다. 린스를 투척한 타일 바닥에 미끄러지면서 이 화분에 머리를 부딪쳐 머리가 터진 것이리라. 화분이 깨지고 내 머리도 깨지고 그리고 난 살았다.

쇼펜하우어가 그랬던가? 수면은 빌려온 한 조각의 죽음이라고. 방금 죽음을 빗겨왔는데 방에 들어오자 어디선가 무서운 자장가가 들린다. 환청인지도 모르겠다. 무서운 자장가는 다 듣기 전에 자버리는 게 상수다. 어서 자자. 한 조각 죽자. 죽음을 건너온 나는 거짓말처럼 잠에 빠졌다. 오랜만에 한 조각 깊은 잠을 잤다.

참 신기한 일이다.

나만 빼고 자기들끼리는 정말 끔찍하게 챙긴다. 내가 어머니 식사를 전처럼 잘 챙겨드리지 못하자 남편은 갑자기 효자가 됐다. 끼니때마다 맛집에서 음식을 사와 식탁에 차린다. 남편 손에 이끌려 식탁에 앉는다. 이번엔 죽이다.

"당신은 속 편하라고 야채죽 사왔어."

시어머니 죽은 벌써 방에 들여놓았나 보다. 식탁에 앉는 걸 불편해하셔서 늘 방에 독상을 차려드린다. 색소폰 연습을 마치고 온 남편은 혈색에서도 엔도르핀이 핑핑 돈다. 진심으로 부럽다. 나도 저렇게 살고 싶다.

시누올케 간이지만 본래 친구였던 터라 진지하게 부탁한 적이 있다. 하루 24시간을 쪼개 쓰는 형편이라 취미생활이고 운동이고 할 새가 없으니 조금만 도와달라고. 일주일에 두 번 시어머니 목욕탕 모시고 가는 것만 맡아달라고 사정했으나 간단히 거절당했다. 시누이는 안 그래도 마중 나온 입을 더 삐죽하게 내밀고 약을 올렸다.

"하나를 잡으면 하나를 놓아야지, 그게 우주의 법칙이여. 안 그래 친구? 그대의 일생일대 실수는 젊고 잘생긴 서방을 탐한 것이여."

자기 엄마 목욕을 내게 맡겨놓고도 당당한 시누이였다. 무슨 말이든 망설이는 법 없이 즉각적으로 뱉는 시누이였다. 막냇동생 내외가 어머니를 모시고 사는 집도 친정이라고 시누이는 올 때마다 뭔가 챙겨갈 궁리만 했지, 자식 노릇엔 일절 관심 없었다. 거래처에서 들어온 선물이나 택배도 시누이가 먼저 개봉하고 침을 발랐다. 자기 잇속만 챙기는 철면피 짓이 어찌나 당당한지 때로는 그게 자연스러워 보이기도 했다. 보기 드문 재능이었다.

배가 고팠는지 미지근하게 식은 죽을 단숨에 흡입한 남편이 뭔가 생각난 듯 거실로 가더니 다시 욕실로 들어간다. 지은 죄가 있는 나는 가슴이 조마조마하다. 내가 또 린스를 투척한 건 아닐까 의심스러워 종종 욕실에 들어가 확인한다. 방금 전 확인했으면서도 확신이 없다. 남편이 웃으며 나온다. 휴우 다행이다. 웃는 남편이 오랜만에 잘생겨 보인다. 남편 손에 뭔가 들려 있다. 유리컵에 꽂은 꽃이다. 꽃이라니? 이날 입때까지 남편한테 장미 한 송이 받아본 적 없다. 남편이 식탁에 유리컵을 올려놓고 씩 웃더니 어깨를 으쓱한다.

"이거, 백 년에 한 번 핀다는 귀한 꽃이야."

깔때기 형태의 꽃이다. 해피트리는 미색 깔때기를 닮았는데 이 꽃은 연보라에서 진보라로 그러데이션 되는 깔때기다.

"말도 안 돼. 뭔 나팔꽃이 백 년에 한 번 핀대?"

"나팔꽃이라니? 이거 나팔꽃 아니야 이 사람아."

시누이가 남편을 불러 전해줬다는 그 꽃은 고구마꽃이었다.

감자꽃은 보았어도 고구마꽃은 처음이다.

"백 년에 한 번 핀다고 해서 고구마꽃 꽃말이 행운이래요. 당신 빨리 나으라고 당신 친구가 보낸 거야. 그래도 우리 누나 은근히 속정은 있는 츤데레라니까. 안 그래?"

얼씨구! 병 주고 약 주네. 고구마 줄기 때문에 한바탕 난리가 났는데 행운을 준다고? 정말이지 어이가 없다.

"당신한테 할 소린 아니지만 아무래도 노친네 몸살 난 것 같아. 당신 때문에 속 시끄러워서 누나한테 고구마 줄기 좀 가져오라고 시켰대요. 그 껍질 벗기면서 시름을 달래려고. 당신도 꿈적이다 보면 아픈 걸 잊어버릴 것 같아 부러 그걸 삶으라고 시켰다던데? 요샌 무서워서 잠도 못 주무신대요."

백수를 넘긴 노인이 뭐가 무서워 잠을 못 주무실까? 고양이 쥐 생각하듯 고구마 줄기나 삶으라는 양반이. 아무튼 모녀가 똑같이 사람 염장 지르는 데는 선수다.

"왜긴. 며느리 앞세울까 봐 그러지. 오래 사는 게 뭔 복이냐고 소리소리지르면서, 살아서 벌 받는 거라고 하시는데 달래드리느라 혼났어. 정말이야."

안방으로 가다 발길을 돌려 시어머니 방문을 연다. 통 잠을 못 주무신다더니 등을 돌리고 단잠에 빠졌다. 죽 그릇도 나박김치 그릇도 핥은 듯 깨끗하다. 시어머니의 장수 비결은 변치 않는 입맛일 것이다. 입맛 없어 못 먹겠다는 소릴 못 들어봤다. 주무시면서도 텔레비전은 늘 켜두는 분이라 그냥 나오는데 고구마꽃이 뜬다. 문턱에 서서 리포터의 얘기를 듣는다.

고구마꽃으로 기후를 예측할 수 있단다. 고구마꽃이 피었다면 그해는 어김없이 자연재해가 일어난다고도 했다. 근래에 고구마꽃이 자주 발견되는 건 아열대 기후로 변하는 환경 때문이라고. 따라서 고구마꽃이 피면 자연재해를 예보하는 것이니 유심히 관찰할 필요가 있다는 얘기였다.

우리 집에 고구마꽃이 들어왔다.

어떤 재앙을 예고하는 걸까. 불안하다. 뒤통수를 만져본다. 병원도 안 가고 지혈제를 뿌려 피가 멎은 뒤통수는 덧나지 않고 아물어간다. 다행이다. 내가 욕실에서 다친 걸 아무도 모른다. 공든 탑이 한순간에 무너질 뻔했다. 103세 시어머니가 무섭다고 한다. 나도 무섭다. 무엇보다 욕실에서 린스부터 치워야 할까 보다. 이젠 나도 나를 못 믿겠다. 내가 무섭고 린스가 무섭다.

백단심 지다

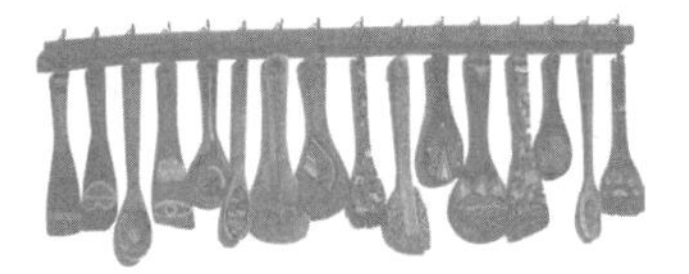

백단심 지다

드디어 할머니 입이 터졌다.

할아버지 사십구재를 지내고 온 날이었다. 평생 입 꼭 다물고 살던 할머니가 입을 열었다. 게다가 입에 담지 못할 욕설까지 서슴지 않았다. 목청은 또 얼마나 크던지 집 안이 쩌렁쩌렁 울렸다.

"이런 염병할 놈의 영감탱이. 빌어먹을 영감탱이. 어서 나와! 도대체 어디로 숨은 거야 이 육시랄 영감탱이야!"

당황한 아버지가 허공에 대고 삿대질하는 할머니를 말리러 다가갔다.

"어머니. 왜 이러세요. 제발 진정하세요."

할머니를 말리던 아버지는 찰싹 소리와 함께 벌겋게 손자국이 난 볼을 어루만지다 할머니가 떠미는 손길에 나뒹굴고 말았다. 참으로 놀라운 할머니의 에너지였다.

맺힌 게 많은 탓이리라.

분노의 물꼬가 터진 할머니는 이를 악물고 온 힘을 모아 씩씩대며 아버지에게 주먹질과 발길질을 해댔다. 양팔로 얼굴을 가린 채 얻어맞는 아버지. 영문 모를 상황에 어쩔 줄 모르고 구경만 하던 식구들 눈길에 내게로 쏠렸다.

어서 나서서 말려보라는 눈치였다.

나는 그들을 외면했다. 아버지가 맞는 건 안됐지만 아버지는 할머니의 외아들 아닌가. 그렇게라도 할머니가 분풀이를 하는 게 옳다고 생각했다.

나는 할머니를 응원했다.

괜찮아요, 할머니. 마음대로, 실컷 푸세요. 할머니를 말릴 자격을 가진 사람은 아무도 없어요. 평생 벗을 수 없는 이성과 강요된 사랑으로 중무장하고 살다, 정신을 놓자마자 억압된 감정을 거칠게 드러내는 할머니. 그런 할머니에게 나는 박수를 보냈다.

할머니 입에서는 늘 꽃이 피었다.

말수가 적은 할머니는 듣기 좋은 말만 골라 하는 분이었다. 공부 못하는 내게, 건강하게 까부는 아이가 더 좋다며 위로하고, 씻기 싫어하는 나를 씻겨놓고 찔레꽃보다 더 좋은 향기가 난다며 볼을 비비고, 밥을 안 먹으면 군말 없이 진달래를 따다가 화전을 부쳐주던 할머니였다. 뭔가 성에 안 차 악을 쓰고 울면 가만히 손을 잡고 뒤껼 굴뚝으로 가 가슴을 내주고 실컷 울라며 등을 토닥이던 사람도 할머니였다. 어려서는 무조건 내 편인 할머니가 좋았지만, 머리가 굵어지고는 언제나 변함없는 할머니의 그런 태도가 오히려 기계처럼 어색하게 느껴졌다. 도무지 당신의 감정을 드러내지 않는 할머니가 때로는 두렵기조차 했다.

정신을 놓는다는 것은 어쩌면 내면의 또 다른 정신세계를 찾는 행위일지도 모른다. 꽁꽁 동여맨 외피를 훌훌 벗어던진 할머니가 어떤 방식으로든 의사 표시를 하는 게 나는 좋았다. 아버지 엄마는 입 다문 할머니가 편했는지 몰라도 나는 갑갑했다. 외람되게도 나는 때때로 할머니에게서 가식을 느꼈다.

7월 중순, 눈 부신 햇살이 기세 좋게 마당에 내리꽂히고 울타리에 활짝 핀 꽃들이 열기에 찔려 파르르 몸을 떨었다. 흰 바탕의 꽃 중심에서 도발적인 붉은색이 퍼져 나오다 우련하게 섞이는 무궁화가 할머니 댁 앞마당을 에워싸고 있었다. 할머니 말로는 백단심이라고 했다. 새댁인 할머니에게 할아버지가 심어준 생나무 울타리가 바로 백단심이었던 것이다.

앞마당이 훤히 트인 집에 새색시가 들어오자 할아버지는 울타리를 만들어야겠다고 생각했다. 이리저리 궁리하던 할아버지에게 생나무 울타리가 떠올랐다. 사철나무, 노간주나무, 무궁화나무, 탱자나무, 측백나무 따위를 늘어놓는 할아버지에게 할머니는 무궁화가 좋겠다고 했다. 여름내 피고 지는 무궁화가 할머니 마음에 쏙 들었던 것이다. 옛날 어사화가 무궁화란 소리를 들었던 터라 아들을 낳아 장원급제시키고 싶은 욕심도 없지 않았다.

그리고 이렇게 훗날, 할아버지가 할머니를 위해 심은 울타리 무궁화가 만발한 날, 할머니가 퍼부어대는 악다구니를 할아버지 대신 그 자식들이 받아내고 있는 것이다.

"어머니? 한없이 받아주기만 하는 그 어머니 국이나 끓여 먹으라 그래라. 이젠 나도 더 이상 그 짓 못 하겠다."

"……?"

할머니 양에는 안 찼지만 얼마나 귀한 외아들이던가. 누구보다 살뜰하게 뒷바라지해주고, 도시에 그럴듯한 집 사서 살림 내주고, 철마다 농산물과 밑반찬 대주고, 여름이면 시원하게 입으라고 새하얗게 바랜 모시 바지저고리를 손수 지어 보내주고, 하다못해 손주들 과외비까지 챙겨주던 할머니였다. 뭐든 말없이 몸으로 보여주던 할머니가 입을 열어 말을 택하면서 순식간에 모든 질서가 깨지고 뒤죽박죽이 되었다. 식구들은 낯선 할머니를 멀뚱히 바라보았다. 그런 우리를 할머니는 분노에 찬 눈으로 일별하고 다시 목청에 힘을 실었다.

"내가 시골구석에서 꼼짝 못 하고 병신 머저리처럼 사니까 네놈 눈엔 내가 저기 울타리꽃에 붙어사는 진딧물만도 못해 보이더냐? 이 개만도 못한 놈아!"

할아버지에서 아버지로 옮겨온 부아. 아버지는 난감한 표정을 지으며 고개를 떨구었다. 워낙 말수가 없는 할머니라 주는 대로 군소리 없이 받을 뿐 각별히 챙길 줄은 모르던 아버지였다. 느닷없이 말문이 터진 할머니 앞에서 아버지는 몸 둘 바를 몰랐다.

돌이켜보면 할머니가 서운할 만도 했다.

그 작은 체구로 한량인 할아버지 대신 집안일을 도맡아 하면서 생색 한 번 낸 적 없는 할머니다. 가족들은 약속이나 한 듯 할머니는 의레 그러려니 따로 치사를 드리지도 챙기지도 않았다. 우리는 제각각 자신의 불찰을 떠올리며 자책했다.

"저놈의 울타리꽃 당장 일꾼 사서 모조리 뽑아버려야겠다!"

나는 주변을 두리번댔다. 다행히 아이는 들에 나갔는지 보이지 없었다. 할머니가 말하는 울타리꽃, 다시 말해 무궁화에는 아이의 친구 칠성무당벌레의 밥이 살고 있었다. 아이가 들었다면 왕, 울음부터 터트렸을 것이다.

"왜? 할 말이 없냐? 이 우라질 놈아. 평생 이꽃 저꽃 옮겨 다니며 재미는 저 혼자 보고, 나한테는 온갖 몹쓸 병만 옮겨주었지? 시집온 첫날부터 엄마엄마 하며 가슴을 파고들더니 그래 안즉도 네놈 눈엔 내가 니 에미로 보이더냐? 에라이 이 천벌 받아 뒈질 놈아!"

아들을 남편으로 착각한 할머니. 아버지 얼굴에 안도의 빛이 돌았다. 눈물 콧물을 철철 흘리는 할머니의 사설은 한동안 이어졌다.

"내 인생 물어내 이 오살할 영감탱이야! 이거 왜 이래? 니 인생이 일장춘몽이면 내 인생도 매일반이지. 멀쩡히 눈 있고, 귀 있고, 마음 있는 내가 왜 평생 니 엄마로 살아야 하는데? 왜 다 눈감아주고 품어줘야 하는데? 이 오이지 쪼가리 같은 늙은이야, 진딧물은 내가 아니라 바로 너야! 니가 나 빨아먹고 살았지 내가 너 빨아먹고 살았냐?"

할아버지 병수발을 홀로 들면서도 자손들 앞에서 아구구 소리 한 번 내지 않던 할머니였다. 할아버지가 운명하시자 할머니는 기다렸다는 듯 쓰러졌고 이어서 치매가 왔다. 도시의 큰 병원에 모시지 못한 건 순전히 할머니의 오랜 지병 때문이었다.

"멀미 때문에 자식 결혼식에도 못 가 한 맺힌 에미다. 그냥 놔둬라. 울타리 바깥으론 안 나갈 테니 염려 말고."

도시의 자손들은 할머니의 터무니없는 큰소리를 믿고 싶었다. 우선 평생 시골에 사신 할머니가 도시에 적응하기 힘들 터였다. 휘발유 냄새 때문에 차 근처에도 못 가는 할머니 아니던가.

할머니 세상은 걸어 다닐 수 있는 곳까지였다.

이웃 마을에서 걸어서 시집왔고, 시집온 뒤론 가장 멀리 나간 게 2십 리 길 읍내에 장보러 다닌 게 전부다. 장보던 시절도 이미 옛이야기다. 도로가 포장되고 왕래하는 차가 많아지면서 그마저 포기해야 했다. 언제부턴가 할머니 세상은 집과 논밭과 이웃이 전부였다. 그런 할머니가 스스로 울타리 안에 갇히겠다고 선언했다.

길을 못 떠나는 할머니 대신 할아버지가 이따금 아들 집에 다녀가고 할머니에게 구미구미 아들 사는 얘기를 전해주었다. 직접 눈으로 못 보고 전해 듣는 할머니 심정은 오죽 답답했을까. 이동을 포기하고 살던 할머니가 차를 타고자 굳게 마음먹은 건 오로지 아들네 집에 가고 싶은 욕심 때문이었다. 만반의 준비를 하고 몇 번에 걸쳐 시도를 해보았다. 키미테도 붙여보고, 멀미약도 마셔보고, 배에 파스도 붙여보고, 지압과 수지침은 물론 편강과 귤도 먹었지만 할머니의 승차 시간은 5분을 넘기지 못했다.

"스돕! 스돕!"

한쪽 손을 번쩍 들고 단말마적인 비명을 지른 할머니가 차에 오르면서부터 손에 쥐고 있던 까만 비닐봉지에 얼굴을 묻었다. 애가 끌려 올라오는 고통스런 소리에 식구들은 죄인처럼 고개를 수그렸다. 엄마가 조심스럽게 할머니 등을 두드렸다. 아무것도 나오지 않는 헛구역질이 지루하게 계속되었다.

본래 어려서부터 어질병이 있던 할머니는 눕거나 일어날 때는 물론 베개에서 머리를 돌릴 때조차 눈앞이 빙빙 돌았다고 한다. 때로는 멀쩡히 걸어가다가도 불쑥 붕붕 떠다니는 느낌이 들면서 시야가 캄캄하고 깨질 듯한 두통이 일었다. 할머니의 어머니도 어질병이 있었다니 내림인가 보았다.

"어질머리가 있어 우마차도 못 타는데 자동차에서 곧잘 견뎠구나. 죽어 시체가 된 다음이라면 모를까 내 생전 다시 차 탈 일은 없을 게다."

짧은 시간이었지만 멀미와 구토로 녹초가 된 할머니의 눈에 그렁그렁 눈물이 맺혀 있었다.

자손들은 도시를 떠날 수 없고 할머니는 집을 떠날 수 없었다.

이웃집에 수고비를 쥐어주고 할머니를 들여다보아 달라고 부탁했다. 일주일에 한 번 왕진 의사를 부르고 그때만 당번처럼 시골에 갔다. 한동안 할머니는 약속을 지켰다. 당신 말씀대로 울타리 안에서만 지냈다. 안 그래도 좁은 세상이 더욱 좁아진 할머니. 그마저도 안심할 수 없는 자손들. 도시의 자손들은 신경 줄을 시골에 대놓고, 하루에도 몇 차례씩 전화를 드렸다.

"염려 말고 늬들 일이나 잘 봐라. 내 정신이 들락날락하는 거 나도 다 아느니라. 그래서 울타리 바깥으로는 안 나간다고 약속하지 않았더냐?"

할머니의 약속은 정신이 온전할 때만 유효했다. 치매가 진행되면서 정신을 놓치는 시간이 점점 늘어났다. 이웃집 아주머니를 도둑년이라며 못 들어오게 소리소리 지르고, 애써 차려온 밥상을 쥐약 넣은 음식이라며 엎어버렸다. 한밤중에 일어나 펑펑 빨랫방망이를 두드리며 빨래를 해서 동네 사람들의 원성을 듣길 몇 차례, 결국 내가 뽑혔다. 남편은 해외 지사에 나가고 아이 하나만 데리고 사는 내게 아버지가 넌지시 운을 뗐던 것이다.

"권 서방도 없고, 아이는 취학 전이니 당분간 네가 할머니를 돌봐드리면 어떻겠냐?"

진작 자청하지 않은 게 후회스러웠다. 나밖에 없었다. 맏이인 나는 할머니가 특별히 귀애하던 손주였다. 취학 전 시골 생활이 아이에게도 유익할 것 같았다. 문제는 할머니의 수명이었다. 적당히 앓다가 아쉬울 때 돌아가셨으면 싶은데 그건 하늘만 아는 일이었으니까.

숨바꼭질이 시작됐다.

할머니는 뭐든 숨겼다. 내 지갑을 쓰레기통에 숨기고, 주방용 가위를 당신 베갯잇 속에 숨기고, 신발을 이불장 속에 숨기고, 아이 크레파스를 변기 물탱크에 숨기고, 방금 담근 김치를 햇볕 내리쬐는 텃밭에 숨겼다. 우습기도 하고 화가 나기도 했다. 제정신이 돌아왔을 때 할머니는 몹시 난감해했다.

"내가? 내가 정말 그랬단 말이냐?"

긴가민가하는 표정으로 고개를 갸웃거리던 할머니가 소매끝으로 눈시울을 찍으며 울타리를 바라보았다. 그리고 비장한 목소리로 말했다.

"사람이 저 나무보다 나을 것도 없지."

"무궁화요?"

"그래. 저 울타리 심은 할아버지도 가고 나는 살았다고 할 수 없는 목숨인데 저 나무들은 안즉도 싱싱하니 꽃을 피우고 있지 않냐? 나처럼 앉은자리에서 꼼짝 못 하고 살아도 푸념 한 번 않고 잘도 나이를 먹네."

나무는 멀쩡하게 잘도 나이를 먹으며 제구실을 하는데 사람은 그렇지 못하다며 나무를 부러워하는 할머니. 지물지물한 할머니 눈에서 주먹만 한 눈물방울이 굴러떨어졌다. 어린 날 굴뚝 뒤에서 우는 나를 안아주던 할머니가 떠올라 꼭 껴안았다. 할머니의 작은 몸피가 가슴에 쏙 들어왔다. 먹먹한 할머니의 서러움이 가슴을 통해 전해졌다. 할머니는 아이처럼 흐느꼈다. 나도 덩달아 훌쩍거렸다.

"아무래도 내가 제대로 망령이 들었나 보다. 남세스럽게 손주 앞에서 이게 무슨 추태인고……."

할머니가 눈가를 수습하고 매무새를 고쳤다.

해가 기울면서 툭툭 무궁화꽃이 지기 시작했다. 딱 하루만 피는 꽃. 아침에 피었다가 저녁이면 지는 꽃. 매일 새로운 꽃이 여름내, 백 일을 피는 꽃. 아침마다 수많은 낙화를 쓸어내면서 이슬 맺힌 울타리를 보면, 환하게 떨며 꽃망울을 여는 무궁화가 일제히 떠오르는 태양을 향하고 있었다.

아침 일찍 일어나 제일 먼저 하는 일이 마당 쓰는 일이었다. 할머니가 당부한 것이다. 처음엔 귀찮았지만 매일 하다 보니 이게 바로 시골 생활의 진수구나 싶었다. 산뜻하게 비질한 마당을 보면 기분이 좋았다. 집게손가락만 한 무궁화 낙화는 다른 꽃에 비해 깔끔하게 잘 쓸렸다. 꽃잎이 제각각 따로 떨어져 성가시게 굴지 않았다. 무궁화 꽃잎은 다섯 개지만 밑동이 붙어 있어 흐트러지지 않는다. 서둘러 마당을 쓸고 아침을 지으려는데 한바탕 난리가 났다. 아이 안경이 감쪽같이 사라진 것이다.

"난 모른다. 애야, 난 아니다."

할머니는 손사래를 치며 당신 방으로 들어가 누워버렸다. 발을 동동 구르며 우는 아이를 달랜 뒤 잠시 찾아보다가 포기했다. 아이는 잘 때도 안경을 벗지 않는다. 자는 아이 얼굴에서 안경이 사라졌다면 빤한 일이다. 혹시 할머니도 안경이 쓰고 싶은 걸까. 읍내에 나가 아이 안경을 맞추면서 돋보기를 샀다. 하나만 사려다 할머니 버릇을 알기에 몇 개 더 샀다.

할머니가 거울을 들여다보며 입을 다물 줄 몰랐다. 돋보기를 썼다 벗었다하며 신기해했다. 할머니 돋보기는 이틀을 못 가고 사라졌다. 감추지 말라고 다짐하고 또 하나의 돋보기를 드렸다. 그날 저녁밥을 하려다 쌀독 안에서 돋보기를 발견했다.

할머니는 물건만 감추는 게 아니었다.

할머니는 자신도 점점 더 자주 감추었다. 물건이나 할머니나 한 번 감추면 찾기 힘들었다. 할머니 입에 붙은 말은 '난 몰라'였다. 뭐든 '난 몰라'로 대답할 수밖에 없는 당신이 부끄러워 방으로 숨어버리는 할머니. 그렇게 숨으면 바깥이 궁금해도 좀처럼 내다보지 않았다. 없어진 물건이 당신 방에서 나오면 할머니는 당황해서 어쩔 줄 몰랐다. 처음에는 그런 할머니를 놀렸지만 이젠 조용히 지나간다. 썩어 냄새나는 물건만 아니라면 굳이 찾을 생각도 않는다.

끝내 찾지 못한 물건도 있다.

제정신이 돌아와도 제정신 아닐 때 숨겨놓은 물건은 찾을 길이 없다. 자손들이 드린 용돈을 차곡차곡 모아둔 할머니. 할머니는 그 돈을 한 푼도 쓰지 않고 신문지에 싸서 보관했다고 한다. 적지 않은 금액일 것이다. 정신이 돌아오면 이따금 나와 함께 집 안을 샅샅이 뒤지며 돈의 행방을 찾았다. 도둑도 찾을 수 없다는 치매 환자의 숨김 솜씨. 어쩌면 그 돈들은 땅속 어딘가에서 썩어가고 있을지도 모를 일이다.

할머니가 숨겨둔 물건들이 세상모르게 썩어가듯 할머니 자신도 썩어갔다. 아이는 할머니 방에서 냄새가 난다며 출입을 꺼렸다. 부지런히 씻겨드리고 청소도 하건만 노인 고유의 냄새는 사라지지 않았다. 아무리 신경써서 세탁을 해도 할머니 옷에서는 고약한 냄새가 났다. 정신이 든 할머니가 함께 놀자고 하면 아이는 기겁을 하고 도망쳤다. 민망한 내가 아이를 나무

라자 할머니가 초연히 웃었다,

"놔둬라. 아무려면 어린내가 거짓말하겠니? 늙은이 냄새가 나는가 보지."

아이는 밖으로 싸돌아다녔다. 자연 속 모든 것이 신기한가 보았다. 청개구리를 잡아 방에 들여오고, 징그러운 벌레를 손바닥에 놓고 건드리며 관찰했다. 자연에 대해 아무런 선입견이나 고정관념을 가지지 않은 아이에겐 세상 모든 생명이 친구였다. 하지만 아이는 싫증이 빨라 쉽사리 친구를 버리고 다른 친구를 찾아 나섰다.

아이가 칠성무당벌레에게 꽂힌 건 참으로 다행이었다.

아이는 부쩍 할머니와 가까워졌다. 툭하면 제 발로 할머니 방에 가서 잠든 할머니를 깨웠다. 할머니와 증손은 나란히 울타리에 서서 진딧물을 잡았다.

주홍 바탕에 일곱 개의 검은 점이 있는 칠성무당벌레. 1센티미터도 안 되는, 작은 그 벌레를 발견한 아이는 환호했다. 산울타리, 무궁화나무에서 화려한 색깔의 엎어놓은 바가지처럼 생긴 작은 벌레를 발견한 아이는 호기심에 손으로 톡 건드렸다. 위험을 느낀 칠성무당벌레가 죽은 척 땅에 떨어졌다. 그것을 줍기 위해 몸을 구부리자 불시에 날개를 펴고 날아오르는 칠성무당벌레. 벌레를 쫓다 마당에 넘어져 무릎이 까진 아이. 약을 바르면서도 울기는커녕 흥분을 감추지 못한 채 그 벌레를 잡아 키우게 해달라고 조르던 아이.

결국 칠성무당벌레를 욕심껏 잡았다.

커다란 유리병 아가리에 망사를 씌우고 방에 들여놓았다. 아이는 그 곁을 떠날 줄 몰랐다. 새벽이면 이슬 맞으라고 밖에 내놓았다. 문제는 먹이였다. 칠성무당벌레의 먹이가 무언지 우리는 몰랐다. 그때 정신이 든 할머니가 다가왔다.

"아가, 그 벌레 밥 줘야지?"

"할머니는 얘가 뭘 먹는지 아세요?"

"그럼. 알다마다."

아이는 냄새도 잊고 할머니에게 착 달라붙었다.

"아가, 이 벌레 어디서 잡았지?"

"울타리요."

"그럼 이 벌레가 왜 거기 있었을까?"

"놀러 나왔나?"

"먹이가 있으니까 울타리에 있었던 게야."

"어? 그럼 무당벌레가 무궁화를 먹어요?"

가까이에서 본 울타리엔 생각보다 많은 식구들이 살고 있었다. 날마다 무궁화만 피고 지는 줄 알았는데 진딧물, 무당벌레, 개미들이 진을 치고 있었다. 결국 먹이사슬로 맺어진 인연이다. 진딧물은 무궁화 수액을 먹고, 무당벌레는 진딧물을 먹고, 개미는 진딧물의 배설물을 먹는다고 들려주는 할머니는 모처럼 흡족한 표정이었다. 아이 역시 할머니를 신기하게 바라보았다. 나도 어렴풋이 생각이 났다. 개미와 진딧물은 공생관계로, 개미가 진딧물 배설물을 얻어먹는 대신 진딧물을 다른 나무에 옮겨주는 교통수단 역할을 한다는 것. 그렇다면 개미와 무당벌레는 서로에게 적일 터, 무궁화 울타리엔 적과 친구와 밥이 어우러져 사는 셈이었다.

할머니가 진딧물이 소복한 나뭇가지 하나를 꺾었다.

"밥이 가차이 있으니까 싱싱한 것으로 자주 주자꾸나."

"할머니, 그럼 나무가 아프잖아요?"

"괜찮다. 어차피 가지를 쳐줘야 하니까. 그리고 무당벌레는 진딧물만 먹는 게 아니라 나무 진액도 먹는단다."

애완견 한 마리가 삭막한 가정에 대화의 물꼬를 트듯, 할머니와 아이는 곤충을 매개로 급작스럽게 친밀해졌다. 할머니와 아이는 칠성무당벌레를 앞에 놓고 소곤소곤 많은 이야기를 나누었다. 그럴 때 나는 할머니와 아이 앞에 없는 사람이었다. 이해할 수 없게도 내게는 말을 아끼는 할머니가 아이와는 수다스러웠다. 나 빼놓고 통하는 그들에게 문득 유치한 시샘을 느끼기도 했다.

할머니 방을 자주 들락거리면서 아이는 수시로 창문을 열었다. 할머니는 좋지만 냄새는 영 적응이 안 돼서다. 할머니는 아이가 연 창을 틈만 나면 닫았다. 아이는 열고, 할머니는 닫고 끊임없이 반복되어도 두 사람 사이에 다툼은 없었다. 하찮은 곤충, 무당벌레의 힘은 그렇게 위대했다.

할아버지 사십구재를 지내고 온 날, 터진 할머니의 속마음, 봇물처럼 건잡을 수 없이 쏟아져 나오는 할머니의 막말은 아이와 함께 듣기가 참으로 민망했다. 아이를 친정으로 보내는 수밖에 없었다. 어려서 시골에 다녀온 날이면 엄마는 아버지에게 투덜거렸다.

"아버님 정말 너무하신 거 아니에요? 그렇게 깍듯하고 정성스러운 어머니한테 툭하면 면박이나 주시고. 젊어서 당신이 어떻게 하셨는지 까먹으신 건가? 하여튼지 우리 어머니 대단하셔."

할아버지의 다소 방탕한 생활을 짐작할 수 있었지만 할머니에게서는 한 번도 들은 바 없다. 아내에게서 엄마를 찾는 게 비단 할머니 부부만의 일은 아니지만 할아버지는 도가 지나쳤다. 그렇게 속속들이 드러내놓고 믿거라 의지할 수는 없는 일이었다. 늙어서라도 빚을 갚아야 하는데 그조차 않고 훌쩍 먼저 떠나버린 할아버지. 대상이 사라진 울분을 할머니는 견딜 수 없었나 보다. 허망했으리라. 더 이상 참을 이유가 없었으리라.

할아버지 사십구재 이후 한동안 계속되던 할머니의 한풀이가 갑자기 잠잠해지더니 기력이 뚝 떨어졌다. 몸속 에너지가 모조리 소진된 모양이었다. 할머니는 말도 안 하고, 식사도 못하고, 잠도 못 잤다. 더럭 불안했다. 나 혼자 있다가 무슨 일을 당할까 두려웠다. 아버지에게 전화를 하자 내일 아침에 내려오겠다고 했다. 어디 불편하세요? 죽 좀 드실래요? 무슨 말을 시켜도 묵묵부답인 할머니. 곁에서 조용히 책을 읽는 수밖에 없었다. 할머니 숨소리가 쌕쌕 편안하게 들렸다. 오랜만에 숙면에 취한 할머니를 방해하지 않기 위해 내 방으로 건너왔다.

아침에 일어나자마자 할머니 방으로 갔다. 할머니는 반듯이 누워 곱게 잠들어 있었다. 어제 쑤었던 죽을 버리고 새로 미음을 쑤었다. 빈속에는 밥물이 최고다. 양념간장과 함께 미음을 들고 할머니 방에 들어갔다. 웬일이지? 할머니 방 창문이 열려 있는 걸 발견했다. 좀처럼 창문을 여는 법이 없는 할머닌데…….

아아, 아무리 흔들어도 할머니는 일어날 줄 몰랐다.

이미 창문을 넘어 머나먼 여행길에 나선 할머니. 내가 잠든 사이에 모든 준비를 마쳤을 할머니. 지난밤 쌕쌕 들려오던 숨소리는 속임수였다. 목욕을 하고 단정히 옷을 갈아입은 할머니는 뒤를 염려해 몸을 반듯하게 펴고 가지런한 자세로 누워 있었다. 끝내 누구도 거추장스럽지 않게 자신을 마감한 할머니. 꼭 이래야만 했을까? 할머니가 딱하다 못해 정떨어지는 기분이었다.

할머니가 오래 사실까 염려하던 가족들은 갑작스런 할머니의 죽음에 오열했다. 울지 않는 사람은 나뿐이었다. 나는 왠지 눈물이 나오지 않았다. 억지로 눈물을 쥐어짜기도 싫었다. 장례 절차를 의논하는 가족 틈에서 빠져나와 마당을 서성거렸다.

어둠이 내리고 툭툭 꽃 지는 소리가 들렸다.

나는 울타리로 다가갔다. 몸을 구부리고 앉아 방금 떨어진 무궁화꽃을 손아귀에 잔뜩 움켜쥐었다. 꽃의 시체는 통통하고 가지런했다. 굳이 정렬하지 않아도 쥐는 순간, 키를 맞췄다. 할머니처럼 단정한 죽음이었다.

아이에게 뭐라고 하나.

아이는 언제까지 칠성무당벌레를 키울까. 아이가 칠성무당벌레를 키우는 동안 울타리꽃이 무성한 할머니 집에 자주 오게 되겠지. 할머니의 부재를 알아듣게 설명할 일이 난제다. 하지만 내가 굴뚝만 보면 괜스레 따스한 눈물이 차오르듯 아이 역시 늙어 죽도록 무궁화나 칠성무당벌레를 보면 할머니가 떠오를 것이다.

"내 평생 저 울타리꽃을 보고 살았어도 무당벌레가 이래 이쁜 줄은 몰랐느니라. 사느라 바빠 자세히 들여다본 적이 없었거든. 우리 애기 덕분에 할미가 다 늙어 공부 많이 한다. 저렇게 여러 식구를 거느리고 살아도 죽지 않고 잘 자라는 거 보니 괜히 무궁화가 아닌 게야, 그렇지?"

아이는 할머니를 통해 무당벌레 먹이를 알았고 할머니는 어린 증손으로 인해 무당벌레와 무궁화를 새로 보았으니 그들은 확실히 유익한 친구였다.

입이 터지던 날, 당신이 울타리꽃에 붙어사는 진딧물만도 못해 보이냐고 무섭게 따지던 할머니. 끝내는 죽은 할아버지더러 진딧물이라며, 니가 나 빨아먹고 살았지 내가 너 빨아먹고 살았냐며 울분을 터트리던 할머니. 어디 할아버지뿐일까. 자손들 모두가 할머니에게 진딧물이거나 무당벌레거나 개미였을 것이다. 나는 다시 한번 어둠 속에 묵묵히 서 있는 산울타리에 눈길을 대었다. 진딧물, 무당벌레, 개미, 그리고 또 우리가 모르는 많은 식구들, 그 많은 식구를 먹여 살리고 도르르 말려버린 아아 가엾은 나의 할머니.

할머니가 집을 떠난다.

생전 처음 차를 타고 떠난다. 살아서 못 떠난 길을 죽어서 떠난다. 아버지는 굳이 당신 집에서 할머니 상을 치루겠다며 주먹으로 눈물을 훔쳤다. 아들 결혼식에도 못 가본 할머니가 꿈에 그리던 아들 집에 간다. 멀미약 따위는 필요 없다. 검정 비닐봉지도 필요 없다. 어질병도 멀미도 막을 수 없는 길이다.

차 안에서 나는 핸드백을 열었다. 손수건에 고이 싼 무궁화꽃 시체가 가지런하다. 겉잎은 새들새들 말라가고 있다. 그래도 자태에서 풍기는 귀티는 어쩔 수 없다. 어쩜 저리도 꼭 다물었을까. 한껏 몸을 열고 세상을 가득 품던 다섯 개의 꽃잎이 개화 전의 수줍은 모습으로 돌아가 돌돌 몸을 말고 입을 꼬옥 다물었다. 세상을 다물었다. 한세상 왔다 가면서 이처럼 단아하고 품위 있는 최후가 또 어디 있을까. 모가지를 꺾고 핏빛 덩어리로 떨어지는 동백도 무궁화 앞에서는 감히 낙화 자랑을 못하겠다. 입을 꼭 다문 무궁화꽃에 내 입술을 갖다 댄다. 죽은 할머니 입술 같다. 죽은 할머니 입술에 내 입술을 비빈다.

'백단심 지다.'

무심코 나온 말이었다. 이럴 수가! 아아 나는 할머니 존함도 모르고 있었다. 그제야 꺼억, 트림하듯 막혔던 울음보가 터지면서 걷잡을 수 없이 눈물이 쏟아지기 시작했다.

귀먹은 항아리

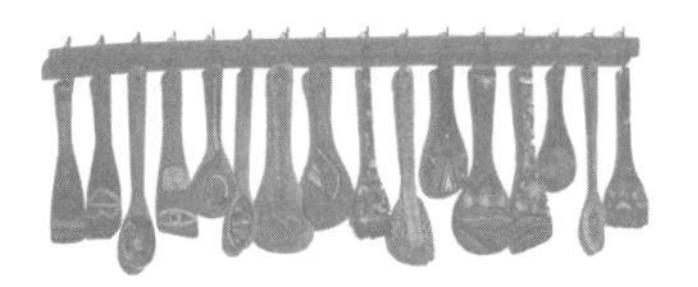

귀먹은 항아리

내가 움직일 때마다, 밤새 가지런한 밀도로 정렬되어 있던 공기가 이리저리 헝클어지는 게 느껴진다. 새벽의 고요를 흔들어 깨우다 보면 일종의 우월감까지 차오른다. 새날을 여는 선두 주자라는 어쩌면 우습기까지 한 유치한 우월감이다. 눈 내린 아침 처음으로 발자국을 찍는 것처럼 그것은 작은 흥분까지 동반한다. 그래서 나는 가족 중에 제일 먼저 일어나야 하는 내 위치와 의무가 어느 땐 차라리 고맙기까지 하다.

아침밥을 짓기 위해 주방 뒤 다용도실로 나가 쌀독 뚜껑을 소리 안 나게 살그머니 열었다. 앞 베란다에 있던 귀먹은 장독을 며칠에 걸쳐 우려낸 뒤, 말끔히 닦아 다용도실에 옮겨놓고 쌀독으로 사용하는 중이다.

할머니 유품을 정리하면서 가져올 것이라고는 장독밖에 없었다.

안 그래도 옹색한 아파트 살림에 웬 장독 욕심이냐고 남편이 면박을 주었지만 굳이 고집하여 할머니 손길로 반질반질 길이 든 장독 세 개를 가져왔다. 그런데 막상 옮겨놓고 보니 그중 하나는 귀가 먹어 있었다. 분명히 살펴보고 골라 왔는데 아마도 운반 도중에 그리된 것 같았다. 더구나 귀먹은 장독은 가장 예쁘게 생긴 것이어서 더욱 속이 상했다.

쓰레기 종량제가 실시 되기 전까지만 해도 들이기가 어려웠지 버리기는 쉬웠다. 한데 이젠 들이는 것보다 버리기가 더 어려운 시대다. 귀먹은 장독을 망치로 잘게 부숴 신문지에 싸서 분리수거 봉투에 담아 버릴 생각을 하니 심란스러워 며칠을 두고 걱정만 했다. 그런데 늘 그렇듯 걱정한 보람은 역시 있었다. 할머니가 떠오른 거였다.

할머니는 귀먹은 장독조차 버리는 일이 없었다.

예전에는 하도 물자가 귀해 쫙 나간 장독조차 시멘트로 때워서 썼으니까 특별한 일도 아니긴 했다. 아무튼 할머니는 귀먹은 장독을 조심스럽게 장독대에서 광으로 옮겨 곡식을 보관하는 용기로 사용하시곤 했다. 할머니와 함께 귀먹은 장독을 옮기면서 여쭤본 기억이 난다.

"할머니. 살짝 실금이 간 항아리를 왜 귀먹은 항아리라고 하지? 항아리가 사람인가 귀가 먹게?"

할머니는 대답 대신 빈 항아리에 꿀밤을 먹였다. 텅 터엉 터어엉~ 울림소리가 났다. 다음엔 귀먹은 항아리를 두드리셨다. 턱, 턱, 턱, 끊어진 소리가 났다.

"정님아 들었지? 귀가 먹으면 울림이 없단다. 핼미가 무식해서 잘은 모른다만 우리가 듣는 것도 귓속에 울림통이 있어서 소리를 전해준다고 하지 아마? 귀머거리가 듣지 못하는 것도 그런 이치일 테고."

귀먹은 항아리, 귀먹은 항아리, 입으로 뇌어보니 더욱 정겨운 말이다. 깨진 항아리야 어쩔 수 없이 버려야겠지만 의인화된 귀먹은 항아리에는 함부로 버려서는 안 된다는 숨은 뜻이 있었다. 할머니로부터 힌트를 얻은 나는 귀먹은 항아리에게 쌀독이라는 이름을 붙여줬다.

쌀벌레 나방이 날아다닐 때마다 남편은 질색을 했다.

"저 나방들 좀 어떻게 해 봐. 에프킬라 없어? 그거라도 빨리 뿌려. 대체 살림을 어떻게 하길래 집 안에 나방이 들끓는 거야!"

날벌레 출몰에 예민한 남편이 유독 목청을 높였다. 새로 쌀을 들일 때면 렌지대에 붙어있는 철제 쌀통 속을 총채까지 동원해 말끔히 찌꺼기를 털어 버리는데도 벌레는 여지없이 생겼다. 쌀벌레의 한살이는 또 얼마나 짧던지, 벌레가 없다 싶으면 나방이 날아다니고 나방이 없다 싶으면 쌀 속에 벌레가 고물고물하곤 했다.

귀먹은 장독을 쌀독으로 쓰면서 나는 쌀벌레와 나방의 성가심으로부터 해방됐다. 호흡곤란으로 돌아가신 할머니의 유품, 질항아리는 주인을 잃은 줄도 모르고 여전히 숨을 쉬었고 그 숨결에 쌀벌레가 쫓겨난 거였다. 쌀을 이남박에 마악 퍼 담으려는데 어디선가 또 그 소리가 들렸다.

"그르릉 그르릉 그르릉……."

며칠 전부터 부쩍 자주 들리는 소리다. 마치 가래 끓은 소리처럼 끈적끈적하고 기분 나쁜 저 소리. 그리고 저 소리에 묻어 되살아나는 할머니. 쌀을 씻다 말고 물 젖은 손으로 귀를 틀어막았다. 하지만 그르릉거리는 소리는 귀를 틀어막아도 희미한 떨림으로 여전히 귓가를 맴돌았다. 뱉어지지 않는 가래와 끔찍한 혈투를 벌였던 할머니의 마지막 모습이 눈앞에 펼쳐졌다. 나도 모르게 부르르 진저리를 쳤다.

"정님아. 꼬챙이라도 갖다다오. 그걸로 목구멍을 후벼파기라도 했으면 속이 시원하겠구나."

목구멍에 꽉 찬 가래로 할머니 목소리는 갈가리 흩어져 나왔고, 그 흩어진 소리를 조합하느라 나는 귀를 바짝 세우고 신경을 모아야 했다.

"그것 봐요 할머니. 제가 뭐랬어요. 병원 가자고 할 때 가시지 않고. 지금이라도 구급차 부르면 되니까 조금만 기다리세요."

아무튼 사람 진 빼는 데는 뭐가 있는 분이라니까. 나는 속엣말로 중얼거리며 전화번호를 꾹꾹 눌렀다.

"정님아, 나 조금만 더 살았으면 좋겠어."

살 만큼 살아도 죽음은 두려운 것이구나. 헐거워지고 고장 난 몸뚱이로도 살아야겠다고 무력하게 몸부림치는 할머니가 어쩐지 징그러웠지만 목소리만큼은 살갑게 가다듬었다.

"병원에만 가면 거뜬히 털고 일어나실 텐데 뭘. 우리 연주하고 지웅이 시집 장가가는 거까지 다 보고 돌아가셔야지. 안 그래요?"

할머니가 입을 실룩이며 웃었다. 할머니의 눈가에 언뜻 물기가 비쳤다. 그러나, 시선만 나를 향했지 초점은 아득히 먼 어딘가를 헤매는 듯했다.

나는 늘 할머니가 살아야 할 이유였다.

우리 정님이 중학교 들어갈 때까지만이라도, 우리 정님이 고등학교 마칠 때까지만이라도, 우리 정님이 시집갈 때까지만이라도, 우리 정님이 해산바라지는 내가 해줘야 할 텐데……. 할머니가 살아야 할 이유를 더 이상 내게서 찾지 못하게 되자 반전이 이루어졌다. 에구 내가 빨리 죽어야 하는데……. 핼미라고 있는 게 맨날 걱정만 끼치고 짐이 되니 내가 얼른 가야 우리 정님이가 심 피고 살지. 할머니는 살아야 할 이유도 죽어야 할 이유도 내게서 찾았다. 나는 할머니가 살아야 할 이유를 내 아이들에게 갖다 붙이면서 왠지 그들에게 미안하다는 생각이 들었다. 할머니의 살아야 할 이유로 뽑히는 것은 결코 영광스럽거나 신나는 일이 아니었으니까.

사이렌 소리를 듣고 구급차를 안내하러 잠깐 큰길에 나갔다 온 사이, 할머니는 혼자 전쟁을 치렀다. 구급대원들과 함께 방에 들어서니 할머니의 입 주위는 온통 피투성이였다. 할머니의 손에는 피 묻은 쇠젓가락이 꼭 쥐어져 있었다. 꼬챙이 좀 갖다 달라고 그렇게 성화더니 어느 틈에 밥상의 젓가락을 감춰두셨을까. 기막힌 상황에 맥 빠진 내가 할머니 머리맡에 주저앉는데 구급대원이 코를 틀어막으며 막으며 말했다.

"벌써 저승똥까지 누셨는가 본데요."

이승에서 먹은 것을 모두 배설하고 떠나야 하는 저승. 내가 와있던 내내 끼니마다 미음 몇 순갈이 식사의 전부였고 그나마도 식도를 넘기기 무섭게 되올려 놓으셨는데 할머니의 배설물은 너무나 엄청났다. 아마도 평생 창자에 눌어붙어 있던 숙변까지 몽땅 쏟아져 나왔나 보다.

소변은 시도 때도 없이 지려 아예 기저귀를 채워드렸는데 워낙 드시는 게 없어서인지 아니면 기운이 없어서인지 대변은 한 번도 안 보셨다. 할머니는 변비 때문에 창자가 뒤틀린다며 가끔 얼굴을 찡그리며 고통을 호소했다. 병원에 가면 관장부터 해 달래야지 생각했는데 할머니는 어느 누구의 도움도 필요 없이 스스로 이승의 더러운 찌꺼기를 몽땅 꺼내놓으시고 가뿐하게 떠나셨다. 코를 틀어막고 뒤처리를 하는 데도 속이 역해 몇 번을 밖으로 뛰쳐나갔다. 하기야 평생 찌들어 붙어있던 배설물이니 그만한 냄새가 날 만도 했다. 욕지기를 참으면서 매대기친 배설물을 대충 휴지로 닦아내고 물에 적신 타월로 다시 닦았지만 냄새는 가실 줄 몰랐다.

대야에 따뜻한 물을 받아 할머니의 밑을 꼼꼼히 씻어드렸다.

앙상하게 마른 치부가 헐거워 닫히지 않는 문처럼 꺼멓게 입을 벌리고 있었다. 저 깊고 어두운 자궁이 두 번 거듭나 내가 있고 세 번 거듭나 내 자식이 있고, 그리고 내 딸의 자궁이 단단히 여물어가는 이때 물이 마른 까마득한 우물을 들여다보며 뜨거운 눈물을 흘리는 내가 있었다.

역한 배설물 때문에 시작된 일이 꼬리를 물고 이어졌다. 항문에서 치부로 그리고 물결처럼 살비듬이 일어난 발등과 오뉴

월 가뭄 끝 논바닥처럼 쩍쩍 갈라진 발뒤꿈치로, 갈퀴처럼 앙상한 손으로, 바람 빠진 풍선에 시든 오디가 매달린 것 같은 젖가슴으로, 검버섯이 함부로 피어난 고랑진 얼굴로……. 마지막으로 거즈를 소금물에 적셔다가 아직은 미온이 남아있는 할머니의 입을 벌리고 양치까지 시켜드렸다. 반닫이를 뒤져 지난 어버이날 소포로 부쳐드렸던 속옷의 포장을 뜯으면서야 비로소 나는 순서가 잘못됐다는 것을 깨달았다. 어차피 이렇게 구석구석 씻겨드릴 거였다면 처음부터 제대로 해 드릴걸. 두서없이 하다 보니 순서가 거꾸로였던 것이다. 양치부터 시작해 위부터 아래로 내려와야 하는데 아래서부터 시작해 조촘조촘 위로 올라가 양치를 맨 나중에 하고 말았다. 할 일 다 하면서도 괜스레 뺀질거리다가 일을 모양새 안 나게 해버린 꼴이다. 할머니 죄송해요. 제가 이렇게 바보예요. 내가 하는 일은 번번이 이렇다.

뼈와 가죽뿐인 몸이건만 젖은 빨래처럼 척척 늘어져서 그런지 할머니는 평소보다 곱절 이상 무거웠다. 땀을 뻘뻘 흘리며 옷을 입혀드리다 말고 나는 동작을 멈추었다. 할머니의 굽은 허리가 반듯하게 펴져 있었던 것이다. 할머니는 언제 허리를 펴신 걸까? 살아생전에는 펴지 못하던 허리를 이제야 쭈욱 펴신 할머니. 나도 모르게 허리가 쭈욱 펴지면서 심호흡이 나왔다. 시원했다.

사실 나는 할머니의 사후를 걱정했다.

할머니는 허리가 굽었다. 그것도 몹시 심하게. 그로 인해 할머니를 입관하는 데 문제가 생긴다면 어쩌나. 그렇다고 시신을 모로 눕힐 수는 없지 않은가? 반듯이 눕히자면 허리 양옆에 뭔가를 괴야 쓰러지지 않을 텐데 허리 굽은 노인을 위한 관이 따로 있긴 할까?

장기의 찌꺼기를 모조리 꺼내놓듯, 굽은 허리가 어느샌가 펴지듯, 모든 것이 제자리로 돌아가는 게 죽음인가 보다. 호흡을 멈추고 허리를 펴신 할머니는 더없이 편안해 보였다. 피를 나눈 사이라서일까? 시신이라는 느낌은 전혀 들지 않았다. 머리까지 곱게 빗어 넘겨드리고 난 다음에야 큰일을 한 듯한 뿌듯함에 이마의 땀을 닦았다.

작은 흥분까지 동반하며 기대해 마지않던 할머니 사후의 내 생활. 그러나 할머니는 나를 놓아주지 않았다. 할머니 목구멍에 끓던 가래처럼 그 불쾌한 끈적끈적함은 숙주가 죽자 다른 살아있는 숙주로 나를 택했는지 요즘 들어 그르릉거리는 소리가 시도 때도 없이 자주 들린다. 할머니 혼령이 내게 붙은 듯, 멀쩡한 목에 가래가 찬 느낌이 들어 자주 헛기침을 하는 버릇마저 생겼다.

할머니 꿈을 꾸었다.

할머니가 초라한 모습으로 주춤거리며 우리 집에 들어섰다. 자주 오시진 않았지만 생전의 할머니는 언제나 당당했다. 손주사위한테 떳떳할 건덕지가 손톱만큼도 없음에도 어찌 보면 뻔뻔하다고 할 만큼 기세가 좋았다. 남편한테 조금 민망했으나 그런 할머니가 싫진 않았다. 할머니처럼 얼굴이 두껍지 못한 난 늘 남편과 시댁 식구들에게 주눅들어 살 수밖에 없었다. 때문에 비굴한 것보다는 뻔뻔한 게 차라리 보기 좋았다.

나는 늘 그렇듯 어서 들어오시라는 말도 못 하고 쭈볏거리며 한쪽으로 비켜섰다. 할머니가 선뜻 들어서지 못하고 문 앞에서 사정하듯 말했다. 정님아, 핼미가 시장해 죽겠구나. 찬밥 없냐? 밥 좀 다오. 당황스러웠다. 찬밥이라도 달라니? 할머니는 그런 분이 아니다. 우리 정님이 음식 솜씨 좀 한 번 볼까? 막상 차려드리면 빈 젓가락질만 하실 뿐 별로 드시지도 않으면서 늘 제대로 차린 상을 요구하시곤 했다. 할머니가 다녀가신 후면 나는 꼭 남편에게 뼈있는 말을 한마디씩 들었다. 진수성찬인 걸 보니 자기 할머니 다녀가셨군. 시댁 식구들이 와도 할머니 이상으로 식탁에 신경을 썼다. 문제는 할머니가 그들보다 더 자주 드나들었다는 거다.

남자들은 그랬다.

친정과 시댁을 같은 수준으로 대접하면 시댁에 소홀하다고 생각한다. 그래 가지고야 어디 점수 딸 수 있겠어. 우리 어머니나 큰누나만 탓할 일이 아니라구. 당신이 벌써 그렇게 티를 내잖아. 하여튼지 연구 대상이야. 당신 할머니 말야. 손주딸 하나 키워서 몸뚱이만 달랑 시집보낸 게 무슨 대단한 유세 거리라고 평생을 울궈먹으니 내 원 참.

할머니 꿈을 꾼 후, 한동안 우울하고 혼란스러웠다. 할머니가 배가 고프다. 귀신도 배가 고프다. 정말 그럴 수 있을까? 일이 손에 안 잡히고 머리가 자근자근 쑤셔 왔다.

"제사 안 모시는 조상이 있구만. 묵은 조상도 아닌데 말야. 아이구 왜 이렇게 허기가 지지?"

만신은 나를 보자마자 곁에 있는 과일 바구니를 잡아당기더니 사과를 집어 껍질째로 우적우적 씹었다.

사람이 죽을 때가 되면 마음이 변한다던가?

할머니도 예외는 아니었다. 평소, 당신은 묘를 써도 돌볼 자손이 없으니 죽으면 꼭 화장을 시켜 임진강에 뿌려달라고 입버릇처럼 말씀하셨다. 그런데 돌아가실 때가 임박해서 딴소리를 하셨다. 지관하고 함께 봐둔 자리가 있으니 죽으면 거기다 묻어다고. 그렇게 쪼개서는 안 판다는 걸 사정사정해서 샀다. 가묘도 만들어뒀으니까 일하기가 수월할 게다.

장사를 지내면서 보니 이미 석관까지 맞추어 두었던 할머니. 할머니는 당신의 죽음을 벌써부터 준비하고 계셨다. 반닫이 속에는 당신의 저승옷과 함께 우리 부부의 상복이 곱게 개켜져 보자기에 싸여있었다. 할머니의 장례를 치르는 데 내가 할 일은 별로 없었다.

정님이 너 때문에 산다는 할머니의 말이 나는 늘 무서웠다.

내가 추호라도 잘못하면, 다시 말해 할머니 맘에 안 들게 하면 언제고 죽을 수도 있다는 협박으로 들렸기 때문이다. 어려서부터 나는 언제 할머니가 돌아가실지 모른다는 강박관념에 시달렸다. 해서 상가를 기웃거리며 그 풍경을 익히려 애썼다. 언제고 내가 해야 할 일이었으니까. 그런데 할머니는 내게 아무런 할 일도 남겨놓지 않고 떠나셨다. 미리미리 마음의 각오와 준비를 해온 나로서는 그런 할머니가 야속하기까지 했다. 평생을 챙기다가 마지막을 못 챙겨 마무리를 못 한 자손이 된다는 게 얼마나 억울하고 서운한 일인지 남들은 모를 것이다.

나에 대한 배려라곤 약에 쓰려고 해도 없던 양반이, 평생 그렇게 한쪽 다리를 붙들고 늘어져서 나를 기우뚱거리게 하고 지치게 하더니 막판 뒤집기를 멋지게 하셨다. 할머니의 장례를 치르는 내내 기운이 나질 않았다. 그건 할머니를 잃은 슬픔 때문이라기보다 의미 없는 준비에 오래 공을 들인 허무, 바로 그

것 때문이었다. 어쨌든 삼우제를 끝으로 모든 절차는 끝났다.

나는 다리를 쭉 뻗고 깊은 잠에 빠져들었다.

솔직히 말해 그렇게 홀가분할 수가 없었다. 물먹은 솜옷을 벗어 던진 듯 가뿐했다. 이제 할머니는 추억 속으로 접혀졌다. 제사 같은 건 생각도 안 했다. 더구나 영리한 남편은 진작에 이런 문제를 예견했는지 못을 박아두었다. 처갓집 제사를 모시면 집안이 안 된대. 그러니까 행여라도 그런 기대하지 마. 우리 집안이 안 되는 게 뭔지 당신도 알지? 애들이 안 되는 거라구.

저 만신은 어떻게 알았을까?

나는 그녀에게 꿈에 나타났던 할머니에 대해 전혀 언질을 주지 않았다. 아니, 그럴 새도 사실 없었다. 내가 신당에 들어서자마자 곧바로 그녀의 말이 튀어나왔으니까.

사과를 씨도 안 남기고 겅둥겅둥 급하게 삼킨 만신이 이번에 과줄을 먹기 시작했다. 사흘 굶은 거지처럼 게걸스럽고 급하게 먹는 모습이 연기는 아닌 것 같았다. 과줄을 반쯤이나 먹었을까 배를 움켜쥐고 고통스럽게 데굴데굴 구르는 만신. 왜 그러세요? 나는 그녀를 붙들고 어찌할 바를 몰라 쩔쩔맸다.

"아이구 배야 아이구 배야. 쥐어뜯고 뒤틀리고 정신없이 아파. 나가! 어서 썩 나가라고!"

만신이 내게 손가락질을 하며 고래고래 소리를 질렀다. 밖에서 그녀의 남편인 듯한 중늙은이가 급히 들어서더니 나를 끌어냈다. 어이없고 황당했다. 그냥 돌아갈까 잠시 기다려 볼까 갈피가 잡히지 않았다. 배가 고프다고 게걸스럽게 먹더니 급체한 건 아닐까? 언젠가 재미 삼아 수지침을 배웠는데 급한 대로 응급 처치를 해주어야겠다 싶어 살그머니 방문을 열었다.

"손 좀 따 드릴까요?"

"아이구 저 철딱서니 없는 것. 저러니 죽은 사람만 불쌍하지."

만신의 얼굴은 어느새 제 모습을 찾고 있었다.

"이제 괜찮으세요?"

나는 신기한 표정으로 다가앉았다.

"지금은 괜찮지만 거기를 다시 봐주기 시작하면 또 아플 거야. 이런 청맹과니 같으니라구. 복채고 뭐고 내가 죽겠어서 그냥 돌려보내고 싶지만 너무 불쌍한 조상이라 모른 체할 수가 없구만. 잠시 숨 좀 돌린 후 부를 테니 그때 들어와."

만신은 깊은 물속에서 오랫동안 숨을 참은 사람처럼 길게 숨을 들이마셨다.

"불쌍하다 불쌍해. 살아생전을 굶주리더니 무슨 놈의 팔자가 죽어서도 제삿밥 한 그릇 못 얻어먹는구나. 제때 끼니 에우지 못한 것도 서러운데 속 곯아서 병마저 얻었구나. 종내는 그 병으로 아이고 배야, 아이고 배야. 꼬챙이로 쑤시는 듯 철쑤세

미로 문대는 듯 아프지만 내색 한 번 못 하고 이불 뒤집어쓰고 신음을 삼키는 서러운 신세. 굶주려서 병을 얻고 병을 얻으니 먹을 수가 없어 결국은 굶어 죽은 형상이로구나. 아이구 나 죽는다!"

만신이 다시 나뒹굴었다. 나는 재빨리 방을 뛰쳐나왔다. 그녀의 고통을 멈추게 하자면 그래야 한다는 걸 방금 배웠기 때문이다.

할머니는 노환이었고 사인은 가래로 인한 호흡장애였다. 사망진단서에 의사의 소견이 그렇게 씌어있었고 나 또한 눈으로 똑똑히 확인한 바이기도 하다. 그러나 가만 돌이켜보니 어쩜 만신의 말이 맞을지도 모른다는 생각이 들었다. 밥물이 먹고 싶어. 달착지근한 밥 냄새만 생각하면 입안에 군침이 돌아. 할머니 말씀에 미음을 쑤어 드리면 한두 수저 간신히 넘겼다가는 금세 토해내곤 했다. 그게 혹시 위암 증세? 하지만 할머니는 한 번도 그런 내색을 않으셨다.

그러고 보니 간병하면서도 할머니의 얼굴을 별로 못 봤다. 할머니와 같은 방에서 함께 호흡했지만 대개의 시간을 할머니는 등을 돌리고 아랫목 벽 쪽으로 돌아누워 있었고 그때마다 꼭 이불을 머리끝까지 뒤집어쓰고 계셨다. 허리가 몹시 꼬부라진 할머니는 모로 누워야만했으므로 윗목이 아니면 아랫목 쪽으로 머리를 두었다. 어쩌면 할머니는 통증이 덜할 때만 나와 얼굴을 마주했는지도 모르겠다. 울컥하면서 귀가 먹먹했다. 할머니는 다 알고 있었고 그래서 병원행을 마다하셨던 걸까.

할머니를 불러들여 그 고통을 고스란히 안고 신음하는 만신이 신기한 한편 몹시 고맙기도 했다.

“이런 데가 낯선 것 같은데 그럼 잘 아는 절에 가서 칠칠재로 천도재 꼭 지내드리고, 보아하니 제사 모실 형편이 아닌 것 같은데 영가는 절에 모시도록 해. 그럼 굳이 집에서 제사를 모시지 않아도 되니까. 요즘은 그렇게 하는 사람도 많으니까 흉이 되지 않을 거야.”

언제 닥칠지 모르는 할머니 장례비용에 쓰려고 남편 모르게 한푼 두푼 모아둔 비자금을 꺼내 가까운 사찰에 칠칠재를 접수했다. 안 그래도 우리 부부는 할머니가 돌아가신 후, 서로 뜨악해져 있었다. 워낙 빈주먹으로 시작한 우리는 삼 년 전에야 겨우 내 집이랍시고 스무 평짜리 서민 아파트를 장만한 처지다. 할머니가 돌아가시자 남편은 뭔가 있으리라 기대했는가 보다. 자꾸 내 눈치를 살피며 주위를 빙빙 돌았다.

“당신 딴 주머니 찰 거야 정말!”

기다리다 지친 남편이 버럭 소리를 질렀지만 내놓을 카드가 아무것도 없었다. 평생을 내게 기대 살아온 할머니에게 기대할

건덕지가 대체 어디 있단 말인가? 남편은 할머니가 사시던 삼백여 평 되는 텃밭과 대지를 생각하는 것 같았다.

"그건 당신도 아시잖아요?"

이번엔 내가 짜증스럽게 소리를 질렀다.

삼우제 날, 성묘를 마치고 하산하는데 마침 마주 오는 이장과 마주쳤다. 그는 우리를 만나기 위해 일부러 올라오는 길이라면서 할머니의 짐을 챙겨갔으면 했다. 시골 이장이라는 사람은 다 이런가? 별 참견을 다한다 싶어 불쾌한 내색을 하자 그가 어이없다는 듯 툴툴댔다. 알고 보니 할머니의 집과 땅은 이미 작년에 매매가 되었다. 당신 살아생전에는 도지를 내고 그대로 살게 해 주는 조건으로. 이장은 자신이 구전을 먹고 성사시킨 일이라 양쪽 다 서운하지 않게 나름대로 애를 썼다며 생색을 냈다. 그리고는 아무것도 모르는 우리가 오히려 이상하다는 듯 고개를 갸우뚱거렸다.

"그럼 그 땅 판 돈이라도 있을 거 아냐?"

"산소 자리는 뭘로 샀으며 석관이며 베옷은 누가 거저 준대요?"

"그게 어디 한두 푼이라야 말이지. 전망 좋은 대지라서 평당 오십만 원을 받았다잖아. 당신 정신 차려. 1억 5천이라구. 어떤 날강도 같은 놈이 중간에 알겨먹었는지 알 게 뭐야. 혹시 그 이장이라는 작자가 날름한 건 아닐까?"

"당신도 참. 그렇게 사람 보는 눈이 없어요? 그 사람 제 밥도 제대로 못 찾아 먹을 사람처럼 물러 보이더구만."

"아무튼 그냥 유야무야 넘어갈 일이 아니라니깐."

반드시 밝히고야 말겠다는 듯 목울대를 세우는 남편을 보면서 저 사람이 지금 나를 의심하고 서운해한다는 걸 알았다. 하지만 어떤 시원한 해명도 해줄 수 없었다. 나 역시 뭔가 이가 안 맞는다는 느낌은 들었지만 달리 알아볼 방법이 없어 답답하던 차였으니까.

미리미리 죽음을 준비하신 할머니가 소중히 간직하신 것은 아무것도 없었다. 가구라고는 싸구려 반닫이 하나가 전부였다. 그 안에는 내가 남겨두고 온 사진 몇 장과 결혼 후 보내드린 아이들 사진이 신문지에 싸인 채 옷가지를 이고 맨 밑바닥에 곱게 누워 있었다. 예금통장이나 현금은 상상도 안 했지만 땅문서조차 보이지 않는 게 좀 이상하긴 했다. 하지만 워낙 할머니에게 기대하지 않던 나였기에 대수롭지 않게 넘어갔고 나중에 이장을 통해 곡절을 들음으로써 다소나마 의문이 풀렸다.

할머니는 그 많은 돈을 어디에 쓰고 가신 걸까?

뉴스에서 전 재산을 사회에 희사한 노인을 보면서 혹시 할머니도? 생각은 해봤다. 아무튼 장지와 석관 비용이래야 이천만 원이면 뒤집어쓸 테고 일억 이상의 나머지 돈 행방이 묘연했다. 다만 분명한 것이 있다면 이 모든 상황이 할머니의 뜻이라는 사실이다. 돌아가시기 전까지 나와 많은 시간을 함께 했고 의식 또한 말짱했음에도 일체 언급을 않으신 할머니. 그러나 나는 남편과 달리 할머니의 유산을 별로 탐하지 않았으므로 개의치 않았다.

어쩌면 나는 할머니로부터 아무것도 물려받고 싶지 않다는 무의식의 지배를 받았는지도 모르겠다. 내가 할머니를 거추장스러워했듯 할머니 역시 나를 거추장스러워한 건 아닐까? 그렇다면 생과 사로 갈린 이쯤에서 우리는 깨끗하게 피차의 관계를 청산한 셈이다.

일주일에 한 번씩 일곱 번을 가야 하는 칠칠재는 오가는 시간 빼고도 꼬박 세 시간이 소요됐다. 다행히 집안에 별일이 없어 들통나지 않고 무사히 여섯 번째의 재를 올리고 마지막 한 번이 남았을 때 할머니의 오랜 친구분으로부터 전화가 걸려 왔다. 무슨 용건인지 몰라도 한 번 봤으면 좋겠다고 했다. 도둑질하듯 늘 혼자 다니는 게 걸렸는데 마침 잘됐다 싶어 칠칠재의 마침표인 천도재가 이틀 남았으니 그때 함께 가시자고 운을 떼자 반색을 하며 흔쾌히 승낙하셨다.

가래를 자주 뱉게 해드려. 노환의 끝이 뭔지 알아? 목구멍에 가래가 꽉 차서 숨이 끊어지는 거야. 숨 막혀 죽게 방치하는 게 바로 노환이라구. 남편은 마치 어떻게 하면 할머니를 죽게 할 수 있는지 가르쳐주는 듯했다. 여차하면 병원에 모시고 가고, 아무튼 당신이 알아서 잘 하라구, 나중에 후회하지 말고. 애들은 큰누나가 와서 챙겨준다고 했으니까 집 걱정은 안 해도 돼. 할머니 병환을 걱정하는 남편이 어쩐지 곱게 보이지 않았다. 함부로 뽑아 버릴 수도 없는 앓던 이가 절로 빠지는가 싶은 기대가 남편 목소리에 느껴져서다. 더구나 큰 시누이의 선심이라니. 그녀는 시어머니와 한통속이 돼서 보잘것없는 내 친정을 물고 뜯는 재미에 사는 사람처럼 참으로 끈질기게도 나를 괴롭혀 왔다.

마을 이장은 짬이 날 때마다 독거노인의 안부를 확인하는데 할머니 병환이 위중한 것 같으니 속히 내려와서 병원에 입원시키든가 조치를 취해야겠다며 늦은 밤 전화를 주었다. 그의 목소리에는 자손된 도리로써 너무 무심한 것 아니냐는 질책과 주제넘게 남의 일에 끼어들어 참견하는 걸 몹시 미안해하는 듯한, 묘하게도 상반된 이중성이 배어 있었다.

날이 밝기가 무섭게 집을 나서면서 나는 줄곧 내가 도착하기 전에 할머니가 운명하셨으면 좋겠다는 생각을 했다. 애통한 마음으로 할머니와의 이별 의식을 치를 자신이 없었다. 그럴 바에야 차라리 어눌한 절차를 생략하고 그저 남겨진 내 몫의 일만 치르는 편이 한결 나을 것 같았다.

그르릉 그르릉 가래 끓는 소리의 갑갑함에 나는 방을 뛰쳐나와 툇돌에 서서 칵칵 마른 가래를 뱉었다. 어차피 명이 다했다면 질질 시간 끌면서 애쓰지 말고 차라리 빨리 돌아가시는 게 나은데……. 고개를 들어 하늘을 올려다보았다. 현란한 불야성에 달도 별도 유배당한 도심과 달리 한적한 시골 밤하늘엔 함부로 쏟아 놓은 깨알처럼 별이 흩어져 있었다. 달은 없었다. 달 없는 하늘의 별은 더욱 총총했다.

주말에 온다던 남편은 전화 한 통 없었다.

나 역시 할머니한테 온 후 한 번도 집에 전화를 넣지 않았다. 아마도 남편은 할머니가 돌아가셨다는 소식을 기다리느라 늑장을 부리는지도 모르겠다. 남편을 나무라서 무엇하겠는가. 나 역시 여기 내려오는 차 안에서 내내 그런 생각을 했는데. 갑자기 서러움과 자책감이 헉, 하고 밀려왔다. 툇돌에 쭈그려 앉아 훌쩍거렸다.

"정님아, 정님아."

할머니 부름에 얼른 눈가를 수습하고 방에 들어섰다. 놀랍게도 할머니가 앉아 계셨다. 무릎을 꿇고 눕혀드리려고 하자 내 손을 꼬옥 잡으셨다. 할머니 손이 차가웠다. 발은 손보다 더

차가웠다. 심장에서 먼 곳부터 퓨즈가 나가는 할머니의 몸, 더럭 겁이 나서 할머니의 손발을 꼼꼼히 주물러드렸다.

"우리 정님이는 워낙 심성이 착해서 복 받고 잘살 거야. 살아서도 죽어서도 이 핼미가 널 지켜주마."

유언 같은 할머니 말씀에 왈칵 눈물이 솟았다. 복이라니? 내겐 가당치도 않은 말이었다.

처음에는 일으켜 앉히고 깡통을 들이대면 으허으허 가래를 끌어올리더니만 차차 그것도 힘에 부치던 할머니였다.

"안 돼. 가래가 떨어지질 않아. 니가 손가락 집어넣어서 꺼내 줘."

입을 한껏 벌리고 간절한 눈빛으로 애원하던 할머니.

"할머니. 제 손은 커서 할머니 입에 들어가지 않아요. 우리 병원 가자 할머니. 병원 가면 가래 빨아내는 기계가 있어서 담박에 가래를 훑어낼 수 있대. 그럼 얼마나 시원하겠어."

할머니가 고개를 저었다.

"왜 그래 할머니. 돈 아까워서?"

당연하다는 듯 고개를 끄덕이던 할머니.

"할머니 돈도 아닌데 뭐가 아까워요. 박 서방이 꼭 병원에 모셔 가라고 신신당부했단 말야. 나중에 박 서방한테 나 혼내키려고 그래?"

할머니는 귀를 틀어막은 듯 반응이 없었다. 갑갑했다. 할머니 목구멍을 꾸역꾸역 채워오는 가래보다 할머니의 저런 태도가 더 갑갑했다.

"그럼 할 수 없지 뭐. 차츰차츰 더께 앉은 가래가 나중엔 목구멍을 꽉 메울 테고 그러면 할머니는 더 이상 숨을 쉴 수가 없어져요. 죽는 게 뭐 별 건 줄 알아? 숨을 못 쉬면 죽는 거지. 이젠 나도 몰라요. 할머니 맘대로 하세요!"

혈육은 부담이다.

내게 있어 할머니는 단 한 번도 힘이 된 적이 없었다, 늘 무거운 짐이었을 뿐. 피를 나눠준 게 그리도 대단한 은혜련가? 할머니는 언제나 당당하게 내게 요구했다. 기운이 없어 그런가, 꼬리곰탕이 먹고 싶네. 허리 아픈 데는 자석요가 그렇게 좋다던데 그거 하나 사주련? 이번 장마로 집 뒤 축대가 무너졌구나. 박 서방이 내려와서 쌓아주면 좋으련만 시간이 날라나? 나는 할머니 요구에 부응하느라 혼자 냉가슴을 앓으면서, 티 나지 않게 허리띠를 조여야 했다. 전신환을 부치고 우체국을 나설 때마다 가슴이 조마조마했다. 설마 이번에야 안 그러시겠지.

그러나 번번이 들통이 났다.

기가 막히게도 할머니의 입을 통해서다. 도대체 생각이 있는 분인지 없는 분인지 손주딸 입장 같은 건 안중에도 없었다.

손주사위와의 전화 통화나 혹은 만남이 있을 때 눈치 없이 인사치레를 하는 할머니를 나로선 막을 방법이 없었다. 사위도 자식이라고 자네 참 용허이. 번번이 신세를 지네만 어쩌겠는가? 이 늙은이에게 누가 있는가. 피붙이라고는 오직 하나 저 불쌍한 정님이밖에 없으니. 에구, 내가 빨리 죽어야 하는데……. 이번엔 또 뭐야? 남편이 기분 나쁜 표정으로 채근을 하면 나는 일없이 주방으로 돌아서 멀쩡한 그릇을 개수대에 담그고 왱강댕강 부딪치면서 힘주어 닦았다.

"할머니, 오늘 정말 감사했습니다. 댁이 어디시지요?"

천도재가 끝나고 일주문을 나서면서 나는 너무나 고마워서 댁까지 모셔다드리고 싶다고 말했다. 한발 앞서간 친구에게 잘 보여야 나중에 길 안내도 잘해주지 않겠느냐며 백옥 같은 틀니를 보이며 웃는 노년의 우정이 아름다웠다.

"내가 친구 좋은 데 가라고 축수하러 왔지 자네한테 치사 들으려고 온 건 아니네. 사실 치사는 내가 자네에게 해야지. 아무튼 고맙구먼. 이렇게 친정 조모님 천도재까지 지내주기가 어디 쉬운가. 아무나 할 수 있는 일이 아니지. 암 아니구 말구."

천도재까지 지내드렸는데 무슨 미련에 할머니는 훌훌 털고 떠나지 못하는 걸까? 쭈그렁밤송이 삼 년 가듯 강팍한 세월을 잘도 살아내셨고, 남편과 자식을 앞세운 만큼 당신의 수가 이어지는 고문 같은 세월을 군소리 없이 받아들여 한명을 다하셨으면 됐지 싶은데 아직도 할머니가 치르지 못한 생의 부채가 남아있단 말인가? 그르릉 그르릉 가래 끓는 소리는 여전히 들려오고 그때마다 나는 피투성이 할머니를 만나야 했다. 제발, 제발, 할머니 제발, 이젠 옷을 갈아입으세요. 새우젓 냄새 밴 꼬질꼬질한 몸뻬바지에 매달려 애원하다가 전화벨 소리에 깨어났다.

할머니 친구분으로부터 걸려온 전화였다. 지난번에 얘기한다고 하고선 경황이 없어서 깜빡 잊었다면서 대뜸 만나자고 하셨다.

"자네 조모님이 생전에 부탁한 일인데 말이야. 그 사람이 갔으니 그만둘까 하다가 아무래도 얘기는 건네 봐야 할 것 같아서……."

할머니가 고향 땅을 좀 샀으면 해서 수소문하던 차 타계하셨다. 그런데 얼마 전 할머니가 그렇게 원하던 도라산리에 맞춤한 땅이 나왔다는 얘기였다. 세상 다 사신 노인네가 새삼스럽게 무슨 땅을 사려고 했을까. 아무리 고향이라도 그렇지 하필이면 비무장지대인 장단 땅을 왜 사려고 했을까? 정작 내 할머니로부터는 일체 들어보지 못한 사안에 어리벙벙했다. 할머니는 돌아가셔서까지 나를 바보로 만드시는구나.

"이왕이면 구체적으로 자세하게 말씀해 주세요. 그래야 애 아빠와 의논을 해 보지요."

남편과 의논이라니? 당치도 않지만 영문이나 알아야겠다는 생각에 여쭤보았다.

"답畓인데 한 천이백 평되고 평당 이만 오천 원이래. 그 사람이 많이는 필요 없고 천 평정도 되는 땅을 부탁했었거든."

얼른 속셈을 해봤다. 1,200에 25,000을 곱하니 3천만 원, 내겐 엄청난 금액이었다.

"아니 비무장지대라면서 웬만한 시골 땅값 뺨치네요."

"게가 조선 땅 허리 부분이라서 그런지 땅 금이 좀 그래. 머지않아 통일이 되네 어쩌네 분분하면서 갑자기 눈독 들이는 사람이 많아졌지 뭔가. 내논 금이 그렇단 말이지 막상 홍정을 붙이면 에누리가 좀 될 게야. 신랑과 잘 의논해 보고 연락을 주시게나."

"그런데 왜 굳이 그곳에다 땅을 사려고 하셨는지 모르겠네요."

"자네야 물론 알 턱이 없겠지……."

노인이 길게 한숨을 쉬면서 천장을 바라보았다.

돌아가신 할머니의 고향은 경기도 장단군 장단면 도라산리였고 삼 년 터울로 아들 둘을 낳았다.

전쟁이 나자 스무 살 큰아들은 국군에 나가고, 얼마 있다가 열일곱 살 작은아들마저 의용군으로 인민군에 끌려갔다. 그리고 일 년 뒤 남편을 염병으로 앞세웠다. 혹시나 작은아들이 돌아올까 고향 집을 떠나지 못하던 할머니는 마지막으로 철수하는 대열에 합류해서 고향을 등지고 말았다.

전쟁이 끝나고 돌아온 큰아들은 상이군인이 돼 있었고 오다가다 만난 여자 하나가 딸려 있었다. 딸 하나를 낳은 여자는 마음마저 병신이 된 남편을 견디지 못하고 줄행랑을 놓았다. 할머니는 어린 손녀딸과 병신 아들을 먹여 살리느라 새우젓 장사로 나섰다. 그리고 얼마 안 있어 큰아들마저 비관 자살을 하고 말았다. 이제 할머니에게는 손녀딸과 이북에 살아 있을지도 모르는 작은아들밖에 없었다.

답답한 마음에 점집을 찾으면 가는 곳마다 작은아들 명이 길다는 소리였다. 생사를 모르는 상태에서 할머니의 생각이 희망 쪽으로 기우는 것은 너무나 당연했다. 작은아들이 살아있다고 믿기 시작하면서 할머니의 고행은 시작되었다. 끼니때마다 작은아들 생각에 목이 메었다. 북쪽 사람들은 늘 헐벗고 굶주린다는데 아들 간수도 제대로 못 한 죄 많은 에미가 무슨 염치로 낟알을 넘기느냐면서 굶기를 밥먹듯하던 할머니는 결국 위장

병이 생겨 음식 앞에서 돌부처가 되어야 했다. 당신이 조금만 무던했으면 모면했을 텐데 초라니 망둥이처럼 인민군이 쫓겨 간다는 소리를 듣기가 무섭게 숨어있는 애를 끌어내서 화를 자초했다고 한탄을 하시면서. 더구나 최근 북한의 식량난이 극에 달해 굶어 죽는 사람이 부지기수고 인육까지 먹는다는 소문을 접하면서 할머니는 더더욱 죄책감에 시달리셨단다.

가물가물한 지난날을 길어 올리느라 거의 눈을 감다시피한 노인의 눈꼬리에 미세한 경련이 일더니 메마른 볼을 타고 뚜르르 한 줄기 눈물이 떨어졌다. 나도 모르게 콧등이 시큰하면서 눈가가 뜨거워졌다.

내 앞에서 별 내색은 않았지만 할머니는 늘 그랬다. 눈앞에 있는 자손은 당신 그늘 밑이라는 미명 하에 안중에도 없었고 손길이 닿을 수 없는 자손만 끔찍이 생각하고 그리워했다. 나는 있어도 있으나마나였다. 생사조차 알 길 없는 작은아버지가 할머니를 독차지하고 있었다. 가끔 나는 작은아버지 사망 소식이 들리길 희망했다. 작은아버지에게로만 흐르는 할머니 관심의 물꼬를 내게 돌리고픈 마음에 얼굴도 모르는 작은아버지를 무섭게 질투했다.

“그 사람이 아무 말 않던가? 고향 집이 있던 장단면 도라산리에 있는 땅을 찾아보라고 해서 한참 애를 먹었는데. 자네도 알겠지만 의용군으로 끌려갔던 자네 숙부가 살아 있다면 통일이 된 후, 어디로 오겠는가? 당연히 고향으로 오겠지. 고향에 살던 그 시절에는 남의 도지나 부쳐 먹으며 살던 가난뱅이라 칼끝 하나 꽂을 땅이 없었지만 다시 고향 땅을 밟게 되면 마음 붙이고 살 내 땅 한 뼘이라도 있어야 하지 않겠는가. 자네 숙부가 죽었다면 그 후사라도 있을 테고 말일세. 그렇게 되면 자네가 만나 조모님 얘기를 전해줘야겠지……. 산소도 가르쳐주고 말이야."

할머니가 꿈틀거리며 손가락으로 텔레비전을 가리켰다.

한창 화제인 일일연속극이 방영되는 채널에 맞추었다. 할머니는 그게 아니라는 듯 손을 저었다. 채널을 돌렸다. 9시 뉴스를 하고 있었다. 고개를 끄덕이는 할머니의 눈에 문득 총기가 서렸다. 이건 정말 뜻밖이다. 숱한 사건 사고를 전하고 스포츠 뉴스를 시작하자 할머니가 몸을 돌려 누웠다. 허리가 꼬부라져서 바로 눕지를 못하고 늘 모로 눕는 할머니. 아니 모로 누울 수밖에 없는 할머니의 등이 흔들리는 듯했다.

"아까 그 영감 뜻이 정말 이뤄질까?"

할머니 목이 잠겨있었다. 영감이라니? 누굴 얘기하는 걸까.

"북에 두고 온 자식한테 유산을 전하려는 그 늙은이 말이다."

할머니의 관심이 거기 있었단 말인가?

간첩죄로 이십육 년간 복역한 장기수가 석방 후 빗공장 종업원 등으로 전전하며 피땀 흘려 모은 이천여만 원을 북한에 있는 아들에게 전해 달라는 애절한 사연을 남긴 채 숨져 뜻있는 사람들이 팔을 걷고 나섰다는 이야기였다. 정부가 '연고자 없음'이란 이유로 국고에 귀속키로 한 유산을 죽은 노인의 소원대로 북한에 있는 외아들에게 돌려주기 위해 〈진태윤 선생 유산문제처리위원회〉까지 구성되었다는 소식이었다. 진 노인은 숨을 놓는 순간까지 굶어 죽는 사람이 허다하다는 북한 소식 때문에 가슴 아파했다고 한다.

"글쎄요. 그게 어디 쉽겠어요? 인도적 차원에서 성사되도록 주선하겠다고 나서는 사람이 있긴 하지만 북쪽과의 일이 어디 생각처럼 이뤄진 게 있어야지요."

"그렇지?"

땅이 꺼지게 한숨을 쉬던 할머니. 그런 할머니가 참 이상하다고 생각했다. 당신의 생사가 촌각에 달린 마당에 남의 일로 저토록 상심을 하시다니.

이제야 알겠다. 할머니는 작은아버지를 생각하고 계셨던 것이다. 몸은 손주딸 곁에 있어도 마음은 늘 북에 있는 작은아들에게로만 향하던 아아 야속한 할머니.

할머니가 식사를 자주 거르시면서 나 역시도 덩달아 건너뛰었다. 어린 시절 나는 늘 배가 고팠다. 못 견딜 정도로 허기가 질 때는 작은아버지를 저주했다. 그러나 할머니는 끝내 아무것도 모르는 표정이었다. 내가 결식을 하는 것도 작은아버지를 저주하는 것도.

할머니로부터 풀려났다는 홀가분함도 잠시, 내게는 아무도 없다는 외로움이 때때로 한기처럼 찾아왔다. 홀가분함은 곧 외로움이었다. 남편과 자식으로는 채워지지 않는 외로움, 핏줄에 대한 그리움이 뭉클뭉클 솟아났다. 거추장스럽기만 하던 할머니의 자리가 이다지도 클 줄은 미처 몰랐다. 짐도 힘이 된다는 사실을 뒤늦게 깨달았다.

어릴 때 나는 제발 통일이 안 되기를 간절히 빌었다. 작은아버지가 없어도 찬밥 신세인데 통일이 되어 작은아버지가 나타나는 날엔 할머니가 나를 아예 돌아보지 않을지도 모른다는 불안 때문이었다. 그러나 이젠 아니다. 머지않아 통일이 될 거라고 설왕설래할 때마다 가슴이 퉁탕거린다. 할머니가 생의 끄트머리에서 조금만 더 살고자 간절히 희망하셨던 것도 어쩌면 금방이라도 이루어질 듯 떠들어대는 통일을 보고싶은, 아니 작은 아들을 만나고 싶은 바람 때문이었으리라.

할머니를 잃고서야 비로소 그리운 작은아버지.

작은아버지는 어떤 분일까? 제발 작은아버지가 살아 계셨으면 좋겠다. 만나고 싶다. 만일 작은아버지를 만난다면 나는 그냥 아버지라고 부르리라. 아버지, 아버지, 아버지… 그리운 내 아버지…….

할머니가 원하시던 도라산리 그 땅을 사고 싶다.

혈육을 만날 수 있는 끈을 사고 싶다. 그러나 나는 능력이 없다. 삼백만 원이라고 해도 마련하기 힘든 처지에 삼천만 원이라니, 감히 꿈도 꿀 수 없는 금액이다. 할머니가 유산이라도 남겨주셨다면 얼마나 좋을까? 그랬다면 생각하고 자시고 할 것도 없이 그 땅을 계약했을 텐데……. 나는 처음으로 할머니의 사라진 돈에 대해 진지하게 욕심을 내 보았다.

희붐한 창을 보며 부시시 일어났다.

분명 무슨 꿈을 꾸기는 꾸었는데 내용이 흐릿하다. 아, 그래. 소 울음소리를 듣고 깨어났어. 야트막한 동산이 있는 한가한 시골, 분명 낯선 곳인데 어쩐지 기시감이 느껴지던 거기는 어디일까? 혹시 도라산리? 고개를 흔들어 부질없는 꿈자리를 털어 내며 주방의 불을 켰다. 한데 거기에도 낯선 풍경이 대기하고 있었다.

어쩐 일인지 식탁에는 이미 아침상이 차려져 있었고 미역국에서는 모락모락 김이 올랐다. 주방엔 아무도 없었다. 어안이 벙벙해서 정신을 못 차리고 서 있는데 아이들이 환한 얼굴로 달려들면서 합창을 했다. 엄마 생신 축하드려요. 소란스러움에 깨어난 남편이 모처럼 기분 좋게 웃으면서 느릿느릿 끼어들어 한마디 했다.

"짜아식들 제법인데. 이젠 다 컸어."

처음으로 받아보는 생일상이다. 할머니 돌아가시고 처음으로 맞는 생일이기도 하다. 하지만 뭔가 허전하다. 내일 점심때 미역국 먹으러 가마. 단 한 번도 내게 생일상을 차려주진 않았지만 할머니가 계실 때는 내 생일을 잊은 적이 없었다. 짐을 벗으면서 내 자신마저 내려놓은 느낌이다. 도무지 부인할 수 없게끔 나의 곳곳에 스며든 아아 나의 할머니.

"엄마. 이거 노할머니가 주시는 엄마 생일 선물."

책가방을 멘 아들이 뒤에 감추고 있던 무언가를 불쑥 내밀었다.

선물? 선물이라니? 신문지에 싸인 얄팍한 그것은 남루하고 답답했던 할머니의 일생처럼 방 굽도리를 돌리는 누런 테이프로 빈틈없이 꽁꽁 포장돼 있었다. 굳이 풀어 보지 않아도 알 수 있었다, 예금통장과 도장이라는 것을.

"지난 겨울방학 때 노할머니가 맡기신 거예요. 절대 비밀이라면서 엄마 생일날 주라고 하셔서 그 약속 지키느라고 얼마나 입이 근질거리고 답답했는지 알기나 하세요?”

아들 목소리가 가물가물 멀어졌지만 내 의식의 한켠은 오히려 환하게 불이 들어왔다. 그래 이제야 어렴풋이 알 것 같애, 할머니가 왜 그리도 내게 야속하게 굴었는지를. 혹시 할머니가 나를 선택한 건 아니었을까? 그래서 심약한 나를 트레이닝 시키느라 방치한 척, 버린 척, 의도적으로 냉담하게 대했던 건 아닐까?

이러다 지각하겠다면서 아들이 휙 사라진 자리를 멍한 눈으로 마냥 바라보고 있었다.

“당신 왜 그래? 손에 든 그건 또 뭐구?”

애들 뒤를 따라나서던 남편이 의아스런 표정으로 묻는다.

“아, 아니에요. 어서 다녀오세요.”

그래. 할머니가 옳았어. 만약 할머니가 미리 유산을 내놓으셨다면 우리가 우선 당장 편리하게 사는 덴 도움이 됐겠지만 더 큰 후일을 준비할 순 없었을 거야. 지웅 아빠, 당신은 모를 거야. 아니, 알아도 이해할 수 없어. 할머니의 마음속엔 언제나 막막한 현재보다 다가올 훗날이 더 크게 자리했다는 것을.

비무장지대, 장단 도라산리 땅을 가뿐하게 계약했다. 할머니가 남기신 통장에서 처음 꺼낸 돈으로 했다. 이제 내가 할 일은 작은아버지를 기다리는 것뿐이다. 할머니가 그랬듯이.

"그르릉 그르릉 그르릉……."

어디선가 낯익은 소리가 또 들린다. 귀먹은 항아리에서 아침쌀을 덜어내기 위해 다용도실에 나올 때마다 환청처럼 들리던 그 소리, 할머니의 가래 끓는 소리가. 하지만 이젠 그 소리가 싫지 않다. 아니, 오히려 반갑다. 할머니를 찾아 나서듯 소리를 추적하며 가만가만 걸음을 옮긴다. 다용도실 문을 열자 소리가 멈춘다. 귀먹은 항아리 곁에 잠시 쭈그리고 앉자 다시 또 시작되는 소리. 분명코 환청은 아니었다. 순간 푸드득, 날갯짓 소리가 들렸다. 혹시나 해서 다용도실 끝에 있는 보일러실 문을 벌컥 열었다. 그런데, 아! 거기에는……,

언제부터였는 지 몰라도 비둘기가 깃들어 새끼를 쳤던 것이다. 새끼 비둘기 세 마리는 생전 처음 보는 사람 모습이 못내 두려운 듯 한쪽 구석으로 오종종하니 모여들었고 바닥에는 분비물이 지천이었다. 방금 전 날갯짓 소리는 먹이를 구하러 나가는 어미의 소리였던가 보다. 듬성듬성 잿빛 깃털이 돋기 시작하는 비둘기, 아직은 볼품없는 새끼 비둘기가 어쩐지 눈물겹도록 어여뻐서 나는 몸을 낮추고 오래도록 그들과 눈길을 섞었다.

중국할머니

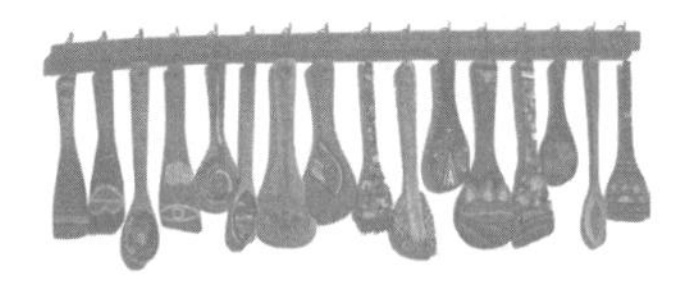

중국할머니

언내가 온 식구를 불러 모은다.

식구들이 향일성 식물처럼 대청마루로 꼬여든다. 의사소통은커녕 손만 타는 언내의 관심을 받으려 식구들이 앞다퉈 재롱부리느라 안달이다. 대청마루에 웃음소리가 굴러다닌다. 새 생명은 여려서 애처롭고 고와서 조심스럽다. 저마다 살아낸 날만큼 오염된 식구들이 무구한 언내한테 빠진다. 무장 해제한 모습으로 환희에 빠진다. 오늘 하루 무슨 일이 있었건 찡그린 얼굴은 하나도 없다. 언내가 배냇짓으로 웃으면 따라 웃고 눈썹이 빨개지도록 울어도 바보처럼 헤벌쭉한 웃음으로 응답한다. 바라보기만 해도 입꼬리가 절로 당겨지고 눈이 가늘어지는 걸 보면 생명이란 본디 환희인지도 모르겠다. 대청마루로 모여든 식구들 중심에 어미젖을 문 작은 태양이 떠 있다.

돌아앉아 젖을 물린 며느리의 어깨가 둥글다.

끝내 우기지 않고 늙은이 말을 들은 걸 보면 심성이 착한 아이다. 며느리 젖은 물젖이라 언내가 자꾸 설사를 해 분유로 바꾸었지만 그래도 짬짬이 모유를 먹이라고 나는 성화를 해댔다. 꿀꺽꿀꺽 언내 목으로 젖 넘어가는 소리가 듣기 좋다. 약으로 젖을 말리겠다는 며느리에게 큰소리까지 내며 말린 게 다행이지 싶다. 뱃구레가 찼는지 물고 있던 젖을 스르르 놓아버리고 늘어진 언내를 재빨리 며느리 손에서 빼앗는다. 내 새끼는 껌딱지처럼 귀찮기만 하더니 한 다리 건너 손자는 틈만 나면 만지고 싶다. 며느리가 눈을 흘기건 입을 삐죽이건 눈치 없이 흐르는 사랑이다.

나는 독종이다.

두려움과 외로움이 나를 독종으로 만들었다. 대의를 좇아 산 할아버지의 영광은 남은 식구들에게 춥고 칙칙한 그늘만 드리웠고, 누더기 같은 삶을 견딜 수 없었던 나는 탈출을 도모했다. 조국도 가족도 거추장스러운 그물이었다. 내 존재를 모르는 낯선 세상으로 도망칠 수밖에 없었다. 그래도 뒤늦게나마 결혼을 하고 자식을 낳은 건 내 인생에서 가장 잘한 일이지 싶다. 팔십을 바라보는 나이에 본 첫 손자가 자꾸 뒤를 돌아보게 한다. 어쩌면 철이 들지도 모르겠다.

언내 윗입술에 잡힌 물집에 자꾸 눈이 간다.

뭘 발라줄 수도 없고 그저 안타까울 뿐이다. 가녀린 머리카락이 흠뻑 젖고 입술이 부르트도록 매달려 젖을 빨아야 하는 게 언내의 운명이니 젖 먹던 힘까지 다해서 어쩌라는 말이 괜히 있는 게 아니다. 그렇게 애써 빠는데 참젖이 아니라 물똥만 싸니 모유를 끊고 분유만 먹이려는 며느리 심정도 이해가 갔다.

하지만 탄생은 어미와의 이별이고, 모유 수유는 탯줄과 함께 끊어진 모자간의 괴리를 이어주는 징검다리 아니던가? 언내는 어미젖을 물어야 안정감을 찾고 잠시나마 분리불안에서 벗어난다. 어미젖이 꼭 양식만은 아닌 것이다. 그렇게 젖을 통해 이어졌다 끊어졌다 하며 서서히 독립 과정을 거치는 게 자연스러운 통과의례다. 탯줄을 통해 자동으로 공급받던 양분을 이젠 제힘으로 입술이 부르트도록 빨며 생존의 치열성을 학습하는 언내가 안쓰럽고도 장하다.

트림을 시킨다.

며느리 젖이 참젖이라면 시키지 않아도 될 트림이다. 가슴에 안고 곧추세운 언내 등을 토닥토닥 두드리는데 아니나 다를까 왈칵, 뽀얀 물줄기가 가슴에 쏟아진다. 며느리 가슴에서 언내 뱃속으로 들어갔다가 내 가슴으로 자리를 옮긴 젖이 참 따뜻하다고 느낀 순간, 달큰하고 비릿한 젖내에 민망하게 가슴이 뛴다. 마치 내가 젖을 먹인 양 쭈그러진 가슴에 찌르르 젖이 도는 것도 같다.

중국할머니도 이런 기분이었을까?

나는 할머니 젖을 빨며 자랐다. 연년생 동생 때문에 일찍 젖을 뗀 나는 '내 할머니'의 빈 젖을 빨다가 중국할머니가 오자 젊고 예쁜 쪽으로 옮겨 앉았다. 중국할머니로 숙주를 바꿨던 것이다. 아이를 낳은 적이 없는 중국할머니의 가슴은 처녀처럼 탱탱했다. 다 큰 아이가 가슴을 탐해도 중국할머니는 물리치는 법 없이 빈 젖을 물렸다. 그러던 어느 날 신기한 일이 벌어졌다. 잠결에 따뜻한 액체가 뻗쳐 입속에 차는 걸 느꼈다. 중국할머니에게서 젖이 나왔던 것이다. 한바탕 집안이 소란스러웠지만 상상임신으로 끝나고 말았다.

내겐 누구나 있는 친할머니, 외할머니 외에 중국할머니가 한 분 더 계셨다. 나는 친할머니를 '내 할머니'라 불렀는데 그건 어디까지나 중국할머니 때문이었다. 중국할머니가 할아버지의 작은댁이니 작은할머니라 부르라고 시켰지만 나는 끝내 중국할머니를 고집했다.

"할머니, 할아버지 진지는 누가 해드려요?"

할아버지와 중국할머니가 귀국하기 전까지만 해도 친할머

니는 그냥 할머니였다.

"우리 강아지가 할아버지 걱정을 다하고 대견하구나. 할아버지 수발은 작은댁이 드니까 널랑은 염려할 것 없다."

할머니가 내 엉덩이를 두드렸다. 작은댁이 누구냐고 묻자 할아버지가 계신 중국에 있다며 한숨을 쉬었다. 할머니가 해드리지 왜 남에게 맡기냐며 나는 또 할머니 가슴을 후비고 말았다.

"누가 아니래냐? 그러면 좋겠지만 중국말을 못 하는 이 할미는 할아버지에게 쓸모가 없구나."

그때만 해도 나는 중국할머니가 할아버지 시중을 드는 하녀인 줄 알았다.

엄마보다 나이가 많았지만 엄마보다 젊고 어여쁜 중국할머니가 나는 좋았다. 서툰 발음의 우리말도 재미있었다. 할머니와의 관계에서 이상한 기류가 느껴졌으나 내가 상관할 바는 아니었다. 그러면서도 친할머니를 그냥 할머니가 아닌 '내 할머니'라 부르게 되었다. 할머니도 내 할머니라 불리는 게 싫지 않은 눈치였다. 어쩌면 그것은 어린것의 맹랑한 꼼수였을지도 모르겠다, 내 할머니라 불러 안심시켜 놓고 중국할머니와 새로운 관계를 도모코자 하는.

중국할머니는 할아버지보다 이십 년도 넘게 연하였다.

꽃다운 나이의 그녀는 조선에서 망명 온 허우대 좋고 자신만 만한 40대 혁명가의 여자로 헌신하다 해방과 함께 산 설고 물 선 한국에 따라 들어왔다.

중국할머니는 한눈에 들어오는 미인이었다.

계란형 작은 얼굴이 거짓말 안 보태고 주먹만 했다. 흑단 같은 머리채는 엉덩이까지 치렁거렸다. 반질반질하고 숱 많은 긴 머리를 쫑쫑 땋아 뒤통수에서 빙빙 돌려 마무리하면 얼굴보다 머리채가 더 커 보였다. 중국할머니의 풍성한 머리는 이목을 끌었고 보는 이마다 탐을 냈다. 내 할머니 역시 중국할머니 못지않게 머리가 길었지만 반백에 숱마저 적어 쪽을 찌어도 영 볼품없고 초라했다. 내 할머니는 한 번도 중국할머니 인물을 칭찬한 적이 없다.

"내가 그 사람 음식 솜씨에 안심하고 할아버지를 맡기고 왔지 안 그랬으면 어림도 없다. 큰일 하는 사람 보필하려면 무엇보다 손맛이 우선이거든."

내 할머니의 회고처럼 중국할머니는 손끝이 매웠다. 뭐든 재료만 맡기면 척척 해내고 맛 또한 입에 짝짝 붙었다. 특히 내 할머니가 중국에 다니러 갔을 때 가르쳐준 보쌈김치는 임시정부에서 칭찬이 자자했다고 한다. 김치를 싫어하는 중국할머니가 끼니마다 새로 썰어 내야 하는 김치에 혹시라도 소홀할까 봐 내 할머니는 보시기에 쏙 들어가는 보쌈김치를 가르쳐줬다. 시퍼런 배추 겉 딱지 두 개를 열십자로 펼쳐놓고 보기 좋게 썬 포기김치를 가지런히 올린 뒤 착착 접어 싸는 보쌈김치를 중국할머니는 더없이 흥미롭게 배웠다고 한다. 보시기에 조신하게 담은 보쌈김치를 식탁에 올리고는 접힌 배춧잎을 하나씩 펼치며 탄성까지 질렀다는 것이다.

"와! 이건 무슨 선물이죠? 식탁에서 선물을 펼치는 기분이에요. 열어보면 무엇이 들었을까 궁금하지 않아요?"

보쌈김치에 반한 중국할머니는 식탁에 올리는 선물을 본격적으로 응용하기에 이르렀다. 딤섬처럼 보쌈김치도 내용물이 달라야 한다는 논리로 배추김치 보쌈, 파김치 보쌈, 깍두기 보쌈, 고수장아찌 보쌈, 무채장아찌 보쌈 등을 만들어 열어보기 전에는 알 수 없는 식탁의 재미를 준비했다. 상해의 독립군들은 고국이 그리울 때마다 찾아와 보쌈김치를 열며 중국할머니의 정성과 솜씨를 칭찬했다.

"우리 집에선 사시사철 막김치만 먹었는데 이역만리에서 귀한 보쌈김치를 다 얻어먹고 형수님 덕분에 호강이 이만저만 아닙니다."

아닌 게 아니라 우리 집도 명절에나 보쌈김치를 구경했지 평소에는 배추를 막 썰어 절인 뒤 양념에 대충 버무린 막김치만 먹었으니 보쌈김치는 김치의 귀족인 셈이었다.

귀족김치라 그런지 부재료가 많이 들어가고 손도 많이 가는 보쌈김치였다. 양념으로 들어가는 마늘과 생강도 다지지 않고 필히 채를 쳐야 한다. 보시기에 배춧잎 보자기를 깔고 보기 좋게 썬 포기김치를 넣은 뒤 석이버섯 채, 대추 채, 동글납작하게 편으로 썬 밤, 실고추, 잣 따위를 고명으로 얹어 야무지게 여며야 한다. 그게 끝이 아니다. 이삼 일 후 삼삼한 소금물을 부어 보쌈김치 절반이 잠기도록 해야 제격이다. 이때 양지머리나 다시마 또는 북어 대가리 육수를 사용하면 깊은 풍미와 감칠맛이 더해진다. 내 할머니는 담백한 맛을 좋아해 주로 북어로 육수를 냈다. 내 할머니가 가져간 북어가 떨어진 후 중국할머니가 무엇으로 육수를 냈는지는 모르겠다. 아무튼 임정 사람들 칭찬에 신이 난 중국할머니는 귀족김치가 떨어지지 않게 담갔고 날이 갈수록 실력이 향상됐다. 하지만 중국할머니는 귀족김치를 담글 줄만 알았지 먹을 줄은 몰랐다. 그런데도 귀신같이 간을 딱 맞추었다. 손맛이란 그렇게 눈썰미와 감만으로도 맛을 내는 건가 보다.

해방과 함께 할아버지에 묻어온 중국할머니는 안 그래도 부엌일에 취미가 없는 엄마를 밀어내고 광 전대를 맡았다. 군식구도 엄청 들끓었는데 중국할머니는 엽렵하게 부엌일을 해치웠다. 빨간색 꽃무늬 양단 치파오를 입고 하얀 행주치마를 두른 채 왔다갔다하는 중국할머니는 사람들의 구경거리였다. 그러거나 말거나 중국할머니는 불편한 내색 없이 자기 할 일에만 열중했다.

할아버지 귀국과 함께 우리 집 김치도 달라졌다. 비록 할아버지 상과 손님상에만 올라가지만 보쌈김치가 상비되었다. 신기한 것은 내 할머니였다. 부엌살림을 중국할머니한테 다 맡기면서도 보쌈김치만은 내 할머니가 직접 담갔다.

"김치를 입에도 못 대는 사람이 그동안 애썼네. 이젠 내가 있으니 걱정 말게."

내 할머니의 배려는 기실 조강지처의 실력 과시에 다름 아니었다. 중국할머니는 아무런 토도 달지 않고 고개를 끄덕였다. 대신 인상을 찡그리고 김치를 먹으며 김치를 다시 배웠다. 입으로 배우고 맛으로 배웠다. 다른 반찬은 입에 대지 않고 밥 한 그릇을 김치로만 비우며 눈물겹게 익혔다.

시앗살이가 따로 있겠는가?

그게 바로 시앗살이였다. 당시, 어린 나로서는 김치를 못 먹는 중국할머니도 이해할 수 없었지만 기를 쓰고 그 맛을 배우려는 태도도 이해할 수 없었다. 중국어를 못해 할아버지를 양보했던 내 할머니가 보쌈김치로 중국할머니를 한방 먹이는 게 왠지 후련하기도 했다. 양다리를 걸친 나는 그때그때 마음 흐르는 대로 아무 편이나 들었다.

일 못하는 엄마는 중국할머니를 째려보며 괜스레 적대감을 표시했다. 중국할머니에게 달라붙는 내게도 눈총을 주었다. 그러거나 말거나 나는 학교가 파하면 중국할머니에게 중국어를 배우고 다시 사랑에 가서 할아버지에게 역사와 한문을 배웠다. 벅찬 일과였지만 학교 공부는 공부로 치지도 않는 할아버지라 찍소리도 못하고 무작정 외우고 썼다. 벼락 맞을 소리지만 그땐 차라리 해방 전으로 돌아갔으면 좋겠다는 생각까지 했다. 죽을 만큼 힘에 부쳤던 게다.

저녁상을 물린 할아버지가 곰방대를 물면 우리가 불려갈 차례였다. 식후 연초를 달게 빤 할아버지의 곰방대가 재떨이에 탁탁 부딪는 소리가 들리면 나와 동생은 얼어붙었다. 이제 꼼짝없이 지옥행인 것이다.

"어제 배운 걸 외워 보아라."

눈길도 주지 않고 당신 하던 일을 계속하시며 묵묵히 듣는 할아버지가 어찌나 무섭던지 오줌을 지릴 지경이었다. 그러다가 기어이 오줌을 펑하니 싸는 사건이 생기고 말았다.

할아버지 부름에 사랑으로 향하면서 오늘은 또 무슨 야단을 치시려나 걱정이 태산이었는데 할아버지는 말없이 나를 당신

무릎에 앉혔다. 할아버지 무릎에 앉아 있는 게 영 거북했지만 입술조차 달싹일 수 없었다. 숨소리만 들리는 시간이 영원처럼 흘러갔다. 얼굴이 가렵고 다리가 저려도 꼼짝할 수 없었다. 언제쯤 할아버지가 나를 놓아주시려나, 그것만 셈하며 방바닥을 노려보고 있었다. 그런데……, 놀랍게도 노래가 흘러나오기 시작했다.

할아버지가 창문을 통해 남산을 바라보며 애국가를 부르기 시작했던 거다. 할아버지가 노래를 부르는 게 신기해서 무릎에 앉은 채 말끄러미 올려다보았다. 그런데 내 손등에 뜨거운 물방울이 떨어졌다. 애국가를 부르며 눈물을 주루룩 흘리시는 할아버지. 할아버지의 눈물이 수염을 타고 내려와 내게로 굴러떨어졌다. 엄격한 할아버지의 눈물이 처음엔 얼떨떨하다가 이내 두려워졌고 곧바로 밑이 뜨듯해졌다. 할아버지 무릎에 앉은 채로 펑하니 오줌을 싸고 말았던 것이다.

나는 오줌을 쌌다는 부끄러움과 할아버지가 운다는 두려움 사이에 갇힌 채로 할아버지의 애국가가 끝나길 기다렸다. '남산 위의 저 소나무……'를 부를 때 할아버지의 어깨가 심하게 들썩였다. 그 당시 나는 애국가가 4절까지 있는지도 몰랐다. 멜로디도 지금의 안익태 곡이 아니라 스코틀랜드 민요 '올드 랭 사인'이었다. 1절이 끝나고, 2절을 부르실 때 여전히 남산에 시선을 고정한 할아버지의 목소리가 마구 떨리면서 후두둑후두둑 우박 같은 눈물이 떨어졌다. 수염을 타고 내리는 뜨거운 눈물을 맞으며 애국가가 끝나길 기다리는 동안 내가 싼 오줌은 차갑게 식어갔다.

"왜? 할애비가 노래 부르는 게 그렇게 놀랄 일이더냐?"

어느새 눈가를 수습한 할아버지가 내 머리를 쓰다듬으며 안채에 대고 우렁차게 소리를 질렀다.

"여기 언내 좀 데리고 가서 씻기고 옷도 갈아입히거라."

빼앗긴 나라를 찾느라 자신의 인생을 송두리째 바쳤던 할아버지. 당신의 인생과 함께 하나뿐인 아들 목숨까지 바친 할아버지. 그래도 독립운동을 할 때는 희망이 있었고 함께하는 동지가 있었다. 하지만 해방된 나라에는 동지도 희망도 없었다. 팽 당한 할아버지는 빠르게 늙어갔고 독립군 장군의 기백은 어디서도 찾아볼 수 없었다.

할아버지는 고작 삼 년을 우리와 함께 했다.

사랑만 퍼주어도 부족할 판에 가르침에만 엄격한 할아버지가 무섭고 야속했으나 수염의 눈물을 본 뒤론 할아버지도 외롭고 슬프구나 싶어 어렵던 마음이 조금이나마 노글노글해졌다. 어쩌면 할아버지는 시간에 쫓긴 나머지 더 혹독하게 우리를 다뤘는지도 모르겠다.

할아버지는 돌아가시기 전에 퇴원을 고집했다. 덕분에 사랑방에서 운명하셨다. 까딱했으면 객사할 뻔했다며 내 할머니가 가슴을 쓸어내렸다. 사랑에서 할아버지가 염을 잡술 때 겨우 열한 살인 나는 뭣도 모르고 불려 들어갔다. 엄숙하고도 무서운 공기에 압도된 나는 슬금슬금 뒷걸음질을 치며 빠져나오려 했다. 누군가 뒷덜미를 잡았다. 고개를 들자 내 할머니와 눈이 딱 마주쳤다. 꼼짝 마! 내 할머니가 소리 없이 입 모양으로 말했다.

임시정부 사람들 틈에서 이를 악물고 두려움에 떨며 실눈을 떴다. 숨소리마저 죽인 적막 가운데 사그락사그락 삼베 끈 조이는 소리 사이로 이따금 뼈 맞추는 소리가 들렸다. 모두가 벙어리처럼 염하는 장면을 목도하는 가운데 갑자기 울음소리가 터져 나왔다. 중국할머니였다.

"우리 장군님 꽁꽁 묶어 염하는 거 나는 싫어요. 어떻게 으지직 소리가 나도록 인정머리 없이 잡아당길 수가 있어요? 제발 살살 곱게 좀 해주세요."

"중국은 어떤지 모르지만 여긴 어디까지나 한국입니다. 뼈를 반듯하게 펴고 짱짱하게 묶어야 두고두고 가지런하고, 혹 미라가 돼도 유골이 흩어지지 않습니다."

진짜 잘하는 장례는 장지에서 시신만 꺼내 묻고 관은 태우고 내려온다. 그래야 시신이 빨리 부패해 흙으로 돌아가므로 관째 매장할 때보다 더 단단히 할 수밖에 없다. 할아버지 속옷을 고운 명주로 입혀드린 것도 다 이유가 있었다. 명주가 살에 찰싹 달라붙어 뼈의 형태를 그대로 유지하기 때문이라며 염쟁이가 중국할머니를 설득했다.

"아무리 그래도 우리 장군님 아픈 거 나는 싫어요."

나 역시 뼈 맞추는 소리가 진저리나도록 싫었지만 어린 것이 나선다고 지청구 먹을까 봐 주먹을 꼭 쥔 채 입 다물고 있었는데 중국할머니는 끝끝내 눈물콧물 범벅으로 애원해 임정 사람들의 항복을 받아냈다. 나는 그게 좋으면서도 의아했다. 상해 시절부터 중국할머니와 가까이 지내던 임정 사람들이 중국할머니 편을 드는 것만 같아서였다. 내 할머니인 큰 마나님은 대의를 지키느라 소리 없이 슬픔을 삼키고 있는데 작은 마나님인 중국할머니가 여봐란듯이 울고불며 할말 다하고 자기주장을 펴니 주객이 뒤바뀐 것 같아 찜찜했던 것이다.

염이 거의 끝나갈 무렵, 고인의 얼굴을 마지막으로 보여주고 보자기를 씌우는 데 중국할머니가 결국 혼절하고 말았다.

"이러다 줄초상 나겠네. 어서 얼굴에 찬물 끼얹어요!"

"우황청심환 없어요? 빨리 가져와요!"

다들 혼비백산 한바탕 난리를 칠 때도 내 할머니는 묵묵히 자리를 지키고 있었다. 돌아서서 꿀꺽 마른침을 삼키는 내 할머니 목이 힘겹게 꿈틀거렸다. 남편을 나라에 내준 것으로 모자라 타국 여자에게까지 내주고 소리 없이 슬픔을 삼키는 내 할머니를 보자 어린 내 가슴도 먹먹해졌다. 빈 자루처럼 맥없이 쓰러져 사지가 빼드러진 중국할머니 또한 안쓰럽긴 마찬가지였다. 나라 구한다는 구실로 시앗까지 둔 할아버지가 밉다는 생각도 스쳤다. 게다가 뜻대로 나라를 구한 할아버지는 죽어도 여한이 없을까 몰라도 우리 집은 이미 몰락의 문턱을 넘고 있었다.

사실 정부가 수립되기 전까지만 해도 임시정부가 파워를 잡을 줄 알고 손님깨나 드나들었다. 임시정부에서는 통일된 정부를 원했고 이승만 박사는 남한 단독정부라도 세우자는 주장이었다. 임시정부에서는 남한 단독정부를 세우면 영원히 통일할 수 없다고 완강히 반대했다. 그러나 상해를 떠나 서울로 돌아온 임시정부는 물 떠난 고기처럼 힘을 못 썼다.

평생을 타국에서 떠돌며 독립운동을 하다 돌아오니 이곳 또한 적군투성이였고, 조국은 무정부상태나 다름없었다. 여운형을 비롯한 요인들은 피살당하고, 명색뿐인 경찰의 치안 확보는 요원하고, 친일파들은 그새 옷 갈아입고 득세하느라 혈안이었다. 사방 어디에도 우군은 없고 서로가 견제하느라 혈안인 풍토에 얼마나 분통 터지고 허망했을 것인가. 부조리한 세상에 절망한 할아버지는 몸속에 돌덩어리가 자라는 줄도 몰랐다.

할아버지가 입원해 있는 동안 중국할머니가 간병을 도맡았다. 내 할머니는 이따금 음식을 해서 날랐을 뿐이다. 내 할머니는 본처의 자리만 지킬 뿐 할아버지는 진작부터 중국할머니 차지였고 그건 거의 불문율이었다.

"장군님. 당신 돌아가면 나는 어떻게 살지?"

중국할머니가 장래에 대해 불안해하자 할아버지는 와병 중에도 중국할머니 앞으로 양자를 들여 주었다. 뜬금없이 생긴 시동생을 어머니는 몹시 껄끄러워 했지만 나는 그에게 꼬박꼬박 작은아버지라 불렀다. 돌이켜 생각하니 중국할머니의 상상임신은 성인인 양자가 들어올 전조 증상이었는지도 모르겠다. 어쨌든 할아버지 생전에 양자를 들여 상주 역할을 맡았다. 중국할머니는 양자를 대동하고 장례식에 따라붙었다.

옛날엔 여자들이 장지에 따라가지 못했다.

집 앞에서 상여와 작별하고 돌아서야 했다. 내 할머니와 어머니도 예에 따라 그리했다. 하지만 중국할머니는 예외였다. 이 나라 사람이 아니기도 했지만 설혹 이 나라 사람이었다 해도 중국할머니는 고집을 부리고 따라나섰을 것이다. 장지에 관을 내려놓자 중국할머니가 관 앞으로 다가갔다고 한다. 관 앞에 서서 묵념하는 중국할머니 곁에 작은아버지가 그림자처럼 붙어 있었다. 잠시 후 중국할머니가 관에 손을 대고 포즈를 취하자 기다렸다는 듯 카메라 조명이 터졌다. 사진사에게 미리 부탁해 놓았던 것이다. 장지에서 기념 촬영이라니? 우리네는 감히 상상도 못 할 일이었다. 이어서 단체 사진을 찍자는 중국할머니의 제안에 임정 사람들조차 혀를 내둘렀고 작은아버지만 민망한 얼굴로 삐쭉하니 카메라 앞에 섰다고 한다. 중국할머니는 돌출행동으로 주목받는 것도 개의치 않았고 어찌 보면 꽤나 즐기는 듯했다.

"애를 안 낳아 철이 안 든 게다. 저런 물건을 끼고 산 장군님 속도 속이 아니었을 텐데 모르는 척해라."

내 할머니의 말에 누구도 토를 달지 않았다.

철없는 이국 여인을 제일 못 견딘 사람은 바로 엄마였다. 할아버지도 돌아가서 안 계신 마당에 본처와 시앗이 함께 살 이유가 무엇이냐며 중국할머니의 분가를 주장했다. 상해에서 돌아온 할아버지에게 어떤 독지가가 큼지막한 집을 희사해 우리는 거기 모여 살았다. 우여곡절을 거쳐 그 집을 처분한 뒤, 우리는 내 할머니와 함께 중국할머니는 양자와 함께 제각각 집을 마련해 갈라섰다. 중국할머니는 할아버지 제사 때만 잠깐 다녀갔다.

할아버지로 인해 한식구가 되었던 중국할머니는 할아버지의 사망과 함께 잘려나갔다. 양자로 들인 작은아버지가 워낙 심성이 착해 잘 모신다는 소리가 간간이 풍문으로 들렸다. 단출해진 집안 살림은 솜씨 없는 엄마가 도맡았다. 내 할머니는 더 이상 보쌈김치를 담그지 않았다. 살림에 대해 가타부타 참견도 일절 하지 않았다.

밥상엔 젓가락 갈 만한 찬이 없었다.

내 할머니는 그조차 나무라지 않고 밥을 반나마 덜어내고 물을 말아 드셨다. 그럴 땐 중국할머니가 내 할머니 몰래 연습 삼아 담근 보쌈김치를 역시나 몰래 시식하던 날들이 그리웠다. 보쌈김치에서 밀려난 중국할머니는 몰래 보쌈김치를 담가 내 할머니 솜씨와 비교하게 했다. 어느 땐 내 할머니 것이 어느 땐 중국할머니 것이 맛있었으니 결국 실력에 있어선 별 차이가 없었던 것이다.

다 큰 내게 무람없이 젖을 물렸던 기억 때문일까?

등굣길이나 하굣길에 종종 중국할머니가 기다리고 있었다. 중국할머니 손에는 늘 만두나 월병이 들려 있었다. 숱 많은 긴 머리를 둥글게 말아 아무린 머리는 여전해서 멀리서도 금세 알아볼 수 있었다. 애인을 만나는 듯 조금은 들뜬 중국할머니는 볼마저 발그레 상기되어 있었다. 중국할머니가 이 말만 하지 않았다면 얼마나 좋았을까. 널 보면 돌아간 장군님을 보는 것 같애.

형형한 눈빛의 범눈, 우뚝한 메부리코, 귓불이 축 늘어져 넉넉한 귀, 길고 얇은 입술을 꾹 다문 단호한 입, 구레나룻과 맞닿아 잘 다듬어진 콧수염을 가진 할아버지였다. 다른 건 몰라도 범눈과 얇은 입술이 할아버지를 쏙 빼닮았다는 소리는 숱해 들었다. 그런 소릴 들을 때마다 나는 마음이 상했다. 구국이란 명분으로 이기利己를 취한 할아버지의 모순을 이해할 수 없는 까닭도 있었지만 여자로서 내 모습이 별로 호감형이 아니어서였다. 불만스러운 내 외모를 상기시키는 중국할머니가 왠지 싫어 차차 거리를 두던 중 한국동란이 터졌다.

외갓집으로 피난을 가 어렵사리 겨울을 나자 봄과 함께 아사餓死가 코앞에 닥쳤다. 희망 없는 치욕의 나날이었다. 당시는 작전상 민간인의 도강渡江이 금지되어 있었지만 나는 도강을 꿈꾸었다. 엄마가 무섭다며 꼬리를 빼자 외할아버지에게 매달렸다. 서울에 가면 정부는 안 들어왔어도 하다못해 군부대라도 있을 터이니 어쨌든 먹고살 길이 있지 않겠느냐며 동행을 요구했다.

판교로 오자 도강할 사람들이 무리 지어 있었다.

들키지 않으려면 어두워야 하니 달이 없는 초승이나 그믐이라야 도강이 가능했다. 안내인에게 돈을 주면 수심이 얕고 안전한 곳으로 건널 수 있게 도와준다고 했다. 봄이라 가물어 다행이었다. 하지만 막상 물에 들어가자 이가 딱딱 부딪치도록 추웠다. 서울이 폭격으로 재만 남았다니 당장 먹을거리로 보리를 한 말씩 짊어진 상태였다. 그런데 얼마큼 가다가 안내인이 발을 뺐다.

"저기 산이 보이지요? 저 산봉우리를 똑바로 보고 강을 건너면 됩니다."

살아서 입성하는 것만큼이나 난해한 말이었다. 산봉우리라는 게 여기서 봐도 저기서 봐도 보이는데 그렇게 엉터리로 일러주고 갔으니 일종의 사기였다. 하지만 기왕 나선 길 물러설 수도 없었다.

중간쯤 건너자 삼각주 같은 백사장이 나왔다. 이제부터 본격적으로 깊어질 것 같으니 안내인을 좇아가 환불받아야 한다며 되돌아가는 사람이 나왔다. 외할아버지도 자신이 없는지 돌아가자며 내 손을 잡아끌었다.

"돌아가면 무슨 뾰족한 수라도 있나요? 굶어 죽으나 물에 빠져 죽으나 마찬가지니까 저는 죽을 각오로 건널 거예요. 그렇게 겁나면 할아버지나 돌아가세요!"

환갑도 지난 외할아버지에게 독을 품고 패악을 부렸다. 장신의 외할아버지 없이 나 혼자 건널 수는 없으니 어떻게든 외할아버지의 화를 돋워 붙들어야 했다.

"배라먹을 년! 급살 맞아 뒈질 년! 쥐콩만 한 게 악지도 유분수지 어디서 이런 독종이 나왔나 모르겠다. 늙마에 이게 무슨 팔잔지 원!"

내가 버티자 화가 머리끝까지 난 외할아버지는 온갖 욕을 다 퍼부었다. 강물이 대책 없이 깊은지 앞서가던 사람들이 어둠 속에서 철벙대며 되돌아오고 있었다. 물귀신 되지 않으려면 이쯤에서 포기해야 한다며 한마디씩 하고 지나쳤다.

"물귀신이 따로 있나요 어디? 바로 요년이 물귀신인데!"

사람들이 모두 떠나자 암흑 같은 사위에 고요가 내려앉고 내 손을 잡은 할아버지 손이 벌벌 떨렸다.

"어차피 죽을 거면 차라리 빨리 죽는 게 나아요!"

"그래! 이 할애비는 살 만큼 살았으니 길동무해서 같이 죽자요 배라먹을 년아!"

등에 진 보리쌀이 물에 불어 점점 무거워졌다. 체구가 작아 물에 둥둥 뜰 텐데 불어 터진 보리쌀이 지탱해주는 바람에 떠내려가진 않았다. 물이 깊어지자 나는 외할아버지 손을 꼭 잡고 물에 잠겼다 떠올랐다 하며 꼴깍꼴깍 목숨을 붙들었다. 탕탕! 강 건너에서 총소리가 들렸다. 물소리가 들리니 공포를 쏘는 모양이었다. 피잉~, 총알이 지나가도 두렵지 않았다. 키 큰 외할아버지가 짐승처럼 울며 투덜대도 가슴만 뛰었다. 숨을 쉬기 위해 떠올라서 보면 가슴까지 찬 물이 답답한지 외할아버지가 어흥어흥 산짐승처럼 울었다. 그러면서도 짬짬이 내게 욕을 퍼부었다. 물이 더 깊어져 외할아버지 키를 넘기면 둘 다 죽을 운명이었다. 물 위에 떠오를 때마다 건너온 거리와 앞으로 건너야 할 거리를 잽싸게 가늠하느라 바빠 외할아버지가 퍼붓는 욕은 사실 귀에 들어오지도 않았다.

"지독한 년!"

결국 나는 외할아버지를 잡아먹고 말았다. 도강엔 성공했으나 고뿔에 걸린 외할아버지가 끝내 일어나지 못했으니까.

내 피에도 어김없이 이기利己가 흐르고 있었다.

미군 부대 하우스 걸로 취직해 밥을 벌다가 공부가 하고 싶어 미국으로 튀었다. 남루한 의복을 벗어 던지고 혼자만 살길을 택했다. 자리가 잡혀 매월 돈을 부쳐주면서도 고국에 돌아올 생각은 없었다. 소학교만 간신히 마친 동생이 나를 자랑스러워하는 것도 거북했고, 매사가 불만스럽고 게으른 엄마는 더욱이나 가까이하기 싫었다. 한국 세미나 티켓을 거머쥔 남편 스미스가 흥분해서 동행을 제안할 때 핑계를 대고 빠진 것도 그 때문이다. 한옥의 온돌과 창호지 그리고 안마당과 장독대에

반한 남편이 아니었다면 아직도 내 땅에 발을 못 들여놓았을 것이다.

"엄마. 시계 밥 안 줬네?"

막내가 내 품에서 언내를 빼앗아가며 묻는다. 다른 건 몰라도 시계 밥 주는 일만큼은 내 소관이다. 죽는 날까지 내 손으로 할 생각이다. 우리 식구가 몽땅 귀국해 한옥에 입주하자 동생이 중뿔나게 가져다 걸어준, 매시마다 숫자에 맞게 뎅뎅뎅 종을 울리는 괘종시계였다.

"요즘 세상에 시끄럽게 무슨 괘종시계냐?"

"언니. 이 시계 생각 안 나?"

그러고 보니 낯익은 시계였다.

"괘종시계는 역시 한옥 대청마루에 있어야 제격이잖아."

동생이 어깨를 으쓱하며 멋쩍게 웃었다. 분가하면서 중국할머니가 가져간 것으로 기억하는데 이 시계가 어떻게 동생 손에 들어갔을까?

"짱꼴라 할머니 문상 갔다가 작은아버지한테서 받아왔어. 짱꼴라 할머니가 언니한테 물려주라고 했다데?"

엄마가 늘 못마땅한 표정으로 짱꼴라 어쩌고저쩌고 하더니 동생도 짱꼴라가 입에 붙은 모양이었다. 괘종시계는 귀국한 할아버지에게 한학을 배운 학동들이 책거리로 선물한 것이다. 선물이 들어온 날부터 중국할머니는 내게 시계 밥 주는 당번을 시켰다. 나는 매일 저녁 잠자리에 들기 전 의자에 올라가 시계 앞문을 열고 밑에 있는 열쇠를 찾아 태엽을 감았다. 더 이상 돌아가지 않을 때까지 돌렸다. 태엽이 역으로 감기는 빽빽한 느낌과 함께 재그러운 비명이 새어나왔다. 목구멍까지 밥이 차도록 태엽을 감아야 직성이 풀리는 나의 못된 성격 때문이었다.

"오늘만 주고 내일은 밥 안 줄 거야?"

중국할머니가 괘종시계 유리를 마른걸레로 문지르며 물으면 나는 배시시 웃곤 했다. 매일 밤마다 그렇게 괘종시계 밥 주는 것으로 하루 일과가 끝났다.

예전엔 무생물인 시계도 하루 한 번 꼬박꼬박 밥을 주었다. 괘종시계뿐 아니라 손목시계도 마찬가지다. 굶으면 죽는 게 사람뿐일까? 시계 역시 밥을 안 주면 까무룩 숨을 놓았다. 시계불알이 좌우로 까불어야 살아 있는 것이니 멈추기 전에 밥을 주어야 비소로 시계도 바른 시간을 알려주었다. 이 시계를 받고 흐뭇해서 수염을 쓸어내리던 할아버지도 가고 이 시계를 보물처럼 간직하던 중국할머니도 가고 나 역시 갈 때가 머지않았다. 하지만 이 시계는 계속 밥을 먹고 살았으면 좋겠다. 우리 집을 환히 밝히는 언내, 저것에게 시계 밥 주는 걸 전수시키고 죽으면 좋으련만 늙은이의 욕심일까?

내 품에서 잠든 언내를 방에 데려다 눕히자 공연이 끝난 무대처럼 식구들이 뿔뿔이 흩어진다. 영감 스미스가 슬며시 다가와 그만 들어가 자자며 손을 잡아끄는 걸 매정하게 털어낸다. 도강 트라우마 때문이다. 스미스는 평생 아내 손을 잡고파 안달이지만 나로서는 극복할 길이 없다. 그게 누구든 손잡는 게 싫다. 꼴깍꼴깍 목숨을 시험하는 게 싫다. 손 한 번 안 잡고도 스미스와 결혼해 자식을 셋이나 낳아 키운 건 기적이나 다름없다. 동양 여자에 대한 스미스의 배려도 고맙다.

그게 무슨 영화였더라. 「마담 버터플라이」였던가? 중국 주재 프랑스 영사가 경극배우와 사랑에 빠지는데 연인이 여장남자인 걸 끝내 모르고 프랑스로 귀국한다. 동양 여자는 남자 앞에서 옷을 벗지 않고, 뒤만 대주는 게 풍습인 줄 착각했던 것이다. 어쩌면 남편 스미스도 그런 류의 배려로 나를 용인해 주었는지도 모르겠다. 그렇다면 스미스는 나를 생긴 대로 보듬고 에워싼 보자기와 다름없다, 정작 우리네의 보자기도 모르면서.

스미스를 물리치고 텅 빈 대청마루를 홀로 차지한다. 대청마루가 펼친 보자기 같다. 보자기 중심에 섰다가 앉았다가 누웠다가 하며 아이처럼 쇼를 한다. 뎅뎅 괘종시계가 운다. 가만히 서서 숫자를 세어본다. 열한 번. 그만 방으로 들어갈까 하다가 전등을 끄고 텔레비전을 켠다.

그런데 저건 무슨 영상이지?

좁거나 넓은 사각형 혹은 삼각형 무늬들이 황톳빛에서 연둣빛으로 명암과 농도를 달리한 면 구성이다. 가만히 보니 한땀한땀 손으로 이어 붙인 모양이 영락없는 조각보다. 조각보는 자투리의 부활로 민짜 보자기보다 아기자기하고 튼튼하다. 쓸모없는 조각들을 알뜰하게 이어 붙인 남루가 힘줄로 살아나고 연관성 없는 무늬와 색깔들이 스스로 조화를 이룬다. 아아 그런데 저건 또 무엇인가? 당겼던 줌을 놓으니 조각보가 민둥산으로 바뀐다. 조각보는 압록강 건너 풍경이었다.

리포터의 목에 힘줄이 꿈틀댄다.

뙈기밭을 일구는 북한 주민들의 비참한 실상을 들먹이며 몹시 흥분한 눈치다. 하지만 아무리 핏대를 세워봤자 허망한 노릇이다. 시시콜콜 알아봤자 같이 흥분하는 일 말고 또 뭐가 있겠는가. 가난 구제는 나라님도 못 한다고 했다. 더구나 이제는 남의 나라보다 더 먼 나라 아니던가. 차라리 소리를 죽이고 그림만 본다.

어디서 들었던가?

북한에 원조한 옥수수 알곡이 백성들 목구멍에 안 들어가고 총구멍으로 들어간다고. 알곡을 보내면 총알을 만드는데 사용하니 굶주린 사람들을 살리려면 필히 분쇄해서 가루로 보내야 한다고…….

속이 답답해 미닫이를 열고 툇마루로 나앉는다. 네모난 안마당 역시 보자기 모양이다. 저들에겐 생존을 위한 뙈기밭이 내겐 고작 추억의 조각보였다. 하지만 조각보는 자투리의 튼실한 부활, 누더기처럼 기워 살아도 제발 지치지 말고 독하고 멋지게 부활하라고 응원하는 수밖에 도리가 없다.

여기 증인이 있다.

나야말로 독종으로 살아 여기까지 왔다. 차 떼고 포 떼고 살아도 하나는 건졌다. 자손을 이었다는 엄정한 사실 말이다. 다시 생각해도 기특한 일이다. 게다가 뒤늦게나마 고국으로 돌아왔다. 싫다는 나를 억지로 끌어다 고국에 심으며 스미스가 한 말을 잊을 수 없다.

"당신은 독립투사의 자손이야. 그러니까 내가 포기하는 게 맞아."

그는 나를 위해 자신의 조국을 포기했다. 개도 안 물어갈 독립투사 자손을 대접하며 냉소적인 나를 끊임없이 설득했다.

햄버거 하나로 하루를 버티며 갖은 아르바이트로 대학을 졸업하고 워싱턴 D.C.에 있는 펜타곤에 들어갔다. 6·25전쟁으로 폐허가 된 조국을 등지고 와서 미국 연방정부 국방기관에 일자리를 얻은 것이다. 오각형 모양의 펜타곤은 건물 안 복도 길이만도 총 28km로 어마어마하게 긴데 내가 떨어뜨린 서류를 하필이면 스미스가 집어주면서 인연이 시작되었다. 스미스는 공군 장교였고 나는 민간인 직원이었다.

"당신은 처음부터 나의 대장이었어. 영원히 나의 대장이 되어줘."

스미스의 프러포즈에 할아버지가 떠올랐다. 그래. 나는 장군의 손녀야. 주눅들 것 없어. 이후로 난 한 번도 스미스에게 밀려본 적이 없다. 귀국하기 전까지 평생 일을 했고 살림도 알뜰하게 했다. 재테크를 해도 손해 보는 일 없이 자본금이 불었다. 어쭙잖은 감을 믿기보단 치밀한 조사를 통해 꼼꼼히 체크한 덕분이다.

이래저래 철이 들려나?

스미스가 참 고마운 사람이라는 쪽으로 생각이 미끄러진다. 그만 방에 들어가 잠든 스미스의 손이나 잡아주어야겠다 생각하는데 대문 문고리를 조심스럽게 흔드는 소리가 들린다. 누구지?

오밤중에 방문한 동생, 처음 있는 일이 아니다. 게다가 동생은 보따리까지 이고 왔다. 머리에 이면 손이 자유롭잖아. 나는 양손을 흔들며 걷는 게 편해. 아직도 손에 들거나 어깨에 메는 것보다 이는 걸 편하게 여기는 동생이 신기하다. 어려서부터 임질에 서툰 나는 임에서 손을 떼지 못해 벌서는 자세를 못 벗어나는데 동생의 임질은 아주 자연스럽다. 받아 내린 임이 제법 묵직하다.

"텃밭에서 수확한 건데 갖이 얇고 맛나서 혼자 먹긴 아깝더라구. 약 한 번 안 친 진짜 무공해니까 김치 한 번 담가 먹어 언니."

낮에는 노구를 끌고 식당에 나가 일하는 동생이라 시간이 없어 늦어졌으니 뭐라 타박할 수도 없다. 갈 길이 바쁜 동생은 임을 떨구고 물 한 모금 안 먹은 채 돌아선다. 자고 가라고 붙들지 않는 걸 처음엔 서운해하더니 이젠 나보다 더 쿨해졌다.

내 생전 동생을 재울 날이 있긴 있으려나? 쭈그리고 앉아 보자기 매듭을 익숙하게 풀다 멈칫, 손을 멈춘다. 익숙함에 대한 경이다. 언젯적 보자기인데 손이 자동적으로 움직이는가 말이다. 요즘 아이들은 보자기 매듭을 풀지 못해 쩔쩔맨다. 애들뿐 아니라 어설픈 어른도 매듭 푸는데 서툴다.

반가운 보자기에 지난날이 당겨진다.

예전엔 보자기 하나면 만사가 해결되었다. 책보로, 도시락보로, 옷가방으로, 치마로, 가운으로, 스카프로, 망토로, 끈으로 무한 변신했다. 모양이나 규격을 따지지 않는 보자기 앞에

요즘 가방이 어디 명함이나 내놓을 수 있겠는가 말이다. 세상 천지에 보자기처럼 자유로운 가방이 또 어디 있을쏜가. 그런데 언제부턴가 보자기가 사라졌다. 뭐든 쌀 수 있는 보자기가 규격화된 가방으로 대체되었다. 이건 진화가 아니라 퇴보다. 보자기가 사라지니 소유해야 할 가방의 숫자 역시 많아졌다. 게다가 돈지랄하느라 애고 어른이고 명품에 매달려 야단법석인 해괴한 세상이다.

배추가 숨을 쉬게 보자기를 풀어놓고 병아리색 배춧잎 한 귀퉁이를 떼어 입에 넣는다. 고소하고 달착지근한 게 동생 말마따나 연하고 맛나다. 지기地氣와 양광陽光과 바람이 묵묵히 키워낸 대지의 선물이다.

선물?

그렇지. 언니 같은 동생이 가꾸고 배달한 이 선물로 나도 이벤트나 준비해야 할까 보다. 중국할머니처럼 식탁에서 풀어보는 재미있는 이벤트 말이다.

열십자 배추 보자기를 펼칠 때마다 환호할 식구들을 생각하니 가슴이 뛴다. 머릿속으로 냉장고 채소 칸을 뒤진다. 무와 쪽파가 있으니 깍두기와 파김치까지 담그면 세 가지는 되겠다. 딴 건 몰라도 대추와 잣이 있으니 다행이다. 석이버섯 대신 표고버섯을 넣어도 괜찮으려나? 냄새 나는 김치를 질색하는 아이들도 선물 펼치는 재미에 한 번쯤 맛을 볼지도 모르겠다. 못 먹는 김치를 배워가며 재미있게 놀던 중국할머니 이야기도 들려주리라. 그러고 보니 고칠 수 없는 과거를 나만 부끄러워했다. 부끄러운 건 과거가 아니라 바로 오늘인데. 스미스의 손을 뿌리친 것, 동생을 자고 가라고 붙들지 않은 것 등등.

중국할머니 얘기를 하면 아이들이 귀를 기울여줄라나? 어쩌면 흑백영화를 보듯 처음에는 흥미로워하다가 이내 지루한 하품을 깨물지도 모르겠다. 하지만 더 늦기 전에 꺼내고 싶다.

옛날에 한 중국 처자가 있었단다…… 그녀의 유골은 고인의 뜻에 따라 인천 앞바다에 뿌려졌단다. 그녀의 고향이 칭따오였거든. 죽어서야 고향으로 향한 지독한 사랑이었지.

할아버지 기제사에 참여하기 위해 끝내 고향에 돌아갈 수 없었다는 순정파 여인. 남이 뭐라든 자신의 역할에 아니, 마음의 소리에 귀를 기울였던 여인. 거짓 없이, 철없이, 통 크게 취하고 통 크게 양보했던 대륙의 여인. 내게 빈 젖을 물리다 기어이 상상임신까지 했던 애달픈 사랑의 피에로. 그녀가 혹 보쌈김치를 싸며 할아버지를 보쌈하고 싶었던 건 아닐까. 설령 그렇다 해도 이젠 눈조차 흘길 수 없는 세월을 건너왔다.

중요한 건 할아버지의 괘종시계가 그녀에게서 동생을 통해 내게로 왔다는 사실이다. 그때도 동생은 괘종시계를 이고 왔다. 오늘 역시 동생은 제 손으로 키운 배추를 보자기에 고이 싸서 머리에 이고 왔다. 이젠 내 차례다. 내일 아침까지 기다릴 까닭이 없다. 팔십을 바라보는 나이에 보장된 내일이 어디 있겠는가. 서둘러 부엌으로 향한다, 칼을 찾아서.

당연히 자신은 없다.

나는 보쌈김치를 담가본 적이 없다. 다만 먹기만 했다. 그중 가장 많이 먹었던 건 뭐니뭐니해도 중국할머니가 몰래 만든 연습용 보쌈김치였다. 그나저나 중국할머니가 짜장 김치 맛을 알았을까? 아직도 미스터리다. 내가 정말 맛있어요, 하면 그래? 미소를 지으며 김치를 입에 넣었지만 미간이 구겨진 인상만 잔상으로 남아 있다. 어쩌면 기억의 오류일지도 모르겠다. 점점 내 기억을 믿을 수 없다.

하지만 이거 하나만은 인정하지 않을 수 없다. 비록 잘못된 만남이지만 연인을 따르고 기리며 평생을 바친 그녀의 열정만큼은 누구도 훼손할 수 없다는 엄정한 사실 말이다. 그러고 보면 할아버지나 중국할머니나 같은 과지 싶다. 구국에 바쳤건 사랑에 바쳤던 올인한 건 똑같으니까.

배추를 뒤집어놓고 배를 가른다.

절반쯤 들어간 칼을 뽑아내고 갈라진 틈에 손가락을 밀어 넣어 힘껏 벌린다. 쩌억! 불규칙하지만 절반을 벗어나지 않고 배추가 갈라진다. 좁은 공간에서 오글쪼글 구겨진 채 자란 병아리색 배춧속이 눈부시다.

어디선가 언내 우는 소리가 들린다.

우리 언내인지 다른 집 언내인지 모르겠다. 오이지처럼 쪼그라져 말라붙은 가슴에 또 찌르르 기별이 온다. 장군의 여자였던 중국할머니에겐 가슴 설렜던 기별이 장군의 늙은 손녀에겐 참으로 남부끄럽고 민망한 일이다. 잡념을 털어내고 더듬더듬 장독대로 향한다. 소금을 찾아서.

『엄마상회』 이렇게 읽었다

- 엄마의 쓰라린 종교를 찾아서 / 김정훈
- 새엄마의 고정관념을 조롱하는 소설 / 구자인혜
- 빨간 뾰족구두가 걸어간다 / 이선우
- 물음표 하나가 따라붙는다 / 정이수
- 엄마의 별에 새겨진 한마디, 두셋다람 / 김내리
- 여수돌산갓김치처럼 매콤한 두 여자 / 최수정
- 이기주의 만연한 시대에서 홀로, 그러나 기죽지 않고 살아가기 / 양진채
- 울까, 말까 / 이목연
- 귀먹은 항아리와 가래 끓는 소리 / 김윤식
- 확실한 사랑, 확실한 존재감의 중국할머니 / 신미송

엄마의 쓰라린 종교를 찾아서

–「엄마가 간다」를 읽고

김정훈

엄마의 종교는 아들 정상만이었다.

상만의 나이 열 살 때 마지막으로 본 뒤 가슴속에 종교로 자라났다. 개가하기 전 유복자로 낳은 아들은 현실이 아닌 종교에서만 존재했다. 양자로 떠난 아들을 위해, 그리고 새로 꾸린 가족들을 위해 엄마는 아들을 종교로 삼았다. '자신의 피를 차갑게 식히는' 삶을 살 수밖에 없었다.

종교로써 삶의 목적이 된 아들 정상만을 위해 엄마는 최후의 헌금을 준비해 왔다. 왜 그리 악착같이 돈을 버느냐는 비아냥 속에서도 계주를 맡고 부동산을 사들이며 '낭중에 한몫에 헌금하는' 그 순간을 기다려 왔다. 낳고 키운 자식들이 제 자식 가르칠 돈을 내어달라 해도 손사래를 쳤다. 엄마는 생전에 전하지 못한 글에서 사정을 밝혔다.

'어쨌든 너희들은 내가 끼고 살면서 먹이고 입히고 가르치지 않았느냐. 사실 내가 악착같이 돈을 번 것도 다 버린 자식 때문

이었느니라. 그 애 때문에 우리 집이 살 만해졌으니 원망할 일은 아니라고 본다.'

그런 엄마에게 드디어 헌금할 수 있는 날이 다가왔다. 종교가 현실로 넘어올 날이기도 했다. 아버지가 돌아가시고 삼우제에 이어 사십구재까지 마친 뒤다. 평생 키운 자식들도 클 만큼 컸겠다, 또 다른 핏줄의 존재를 더 이상 숨길 이유도 없었다. 팔자 좋다는 소리를 뱉는 친구의 등을 떠밀며, '좋으면 벌 받는 팔자'라 했지만, 이제는 그러지 않아도 됐다.

마침 개나리가 다시 피는 계절이다. 상만을 끝내 떠나보내던 때 지천으로 피었던 개나리. 그 개나리가 만개하는 계절마다 수저를 놓고 멍하니가 되었지만, 이제는 사정이 다르다. 이별과 그리움의 꽃이 아니라 재회와 기쁨의 꽃으로 엄마의 마음을 설레게 했다. 다시 아들을 품으리라, 그간 못해 준 밥상을 차려주리라, 아껴 모은 돈으로 이제라도 잘 먹이고 잘 입히리라.

주소가 적힌 메모장 하나 달랑 들고 엄마는 한달음에 아들 정상만을 찾아갔다. 산기슭 폐가에서 만난 상만은 절절한 종교를 냉혹한 현실로 바꿔내기에 충분한 모습이었다. 열 살 나이로 영영 엄마를 떠난 상만은 수십 년 세월을 곡마단과 밤무대를 전전하며 홀로 살았다. 자라지 않는 팔다리로 불쇼를 하다 치아를 잃고 잇몸까지 망쳐버렸다. 그런 아들의 모습에 엄마는 제정신을 차리기 어려웠을 게다. 너무 놀란 나머지 허청걸음으로 차도를 가로지르다 결국 최후의 헌금 기회도 갖지 못한 채 목숨을 잃고 만다.

예상치 못한 엄마와의 재회에 마찬가지로 놀랐던 상만은, 뒤이어 전해진 비보에 할 말을 잃는다. "다 나 때문이야. 내가 원래 복이 없거든."

이야기는 이제 시작되어야 한다.

두 사람의 기구한 삶을 바라본 상만의 동복형제同腹兄弟 시점과 독자들의 시점은 크게 다르지 않다. 엄마에게 현인신現人神이었던 상만의 이야기를 들어봐야겠다. 어린 시절 만개한 개나리 속에 엄마에게 내침을 당한 그가 어떤 한을 품어왔는지, 수많은 밤 얼마나 애타게 엄마를 그려왔는지 우리는 그의 이야기를 들어줘야 한다. 엄마가 다 풀어주지 못한 그의 설움을 우리라도 풀어줘서, 당신이 복이 없기 때문이 아니라는 말이라도 해줘야 할 듯하다. 이제라도 그에게 마지막 헌금을 건네듯이.

대단히 특수한 가족사 같지만, 우리 주변 부모 자식 간의 관계도 크게 다르지 않다. 자식 때문에 아프고 돈 때문에 아프다. 나는 자식들로부터 무언가를 요구받고, 그런 나는 부모에게 무언가를 요구한다. 그 부모는 못 가져 내줄 수 없어 답답하고, 있어도 내주지 못해 안타깝다. 그런 우리의 얘기를 빗대 작가는 정상만을 무대에 올렸다. 그는 이 땅 어머니 아버지들의 한 서린 응어리이리라.

소설 「엄마가 간다」는 두세 번 음미해서 읽어봐야 할 글이다. 처음 접하고 서사를 따라간 뒤에, 다시 읽으면 인물들의 속내가 향기처럼 일렁인다. 그리고 또 한 번 읽으면 작가가 선택한 어휘의 적확함이 잘 짜인 퍼즐 조각을 끼워 맞춘 듯하고, 소설 속 디테일의 정교함에는 눈앞에서 영화를 보는 듯한 감흥이 일어난다. 작가의 다른 작품들로 손이 가는 이유다.

새엄마의 고정관념을 조롱하는 소설
-「막내엄마」를 읽고

구자인혜/소설가

막내엄마는 기적처럼 찾아온 태아까지 희생시키며 뒤늦게 정착한 가정에 뿌리를 내리려 안간힘을 쓴다. 안간힘이란 자신 안의 싸움일 뿐, 밖으로 드러난 그녀의 모습은 남편과 아이들을 사랑으로 품으려는 전형적인 엄마다. 이 모습과 노력이 너무나 완벽해 사랑하는 사람들에게 오해와 의심을 받게 되고 두 발로 굳게 디디려 노력했던 가정을 떠나게 하는 빌미가 된다. 비 오는 날 자신의 우산도 챙기지 못한 헐거운 모습으로. 사람은 떠난 뒤의 뒷모습을 보아야 한다고 했던가. 든 자리는 몰라도 난 자리는 표시가 나게 마련이다. 비로소 그녀의 진정한 진가를 깨달은 남편과 삼 남매는 그녀를 잊지 못한다. 남편은 자신의 삶을 포기한 채 그녀를 찾아다닌다. 가족과 멀리 떨어지지 못한 그녀 역시 때마다 우렁각시가 나타나듯 소리 없이 존재를 표시하고 사라진다. 지난한 인고의 삶을 살아내는 여인의 이야기이다.

삶이란 늘 그렇기 마련인가 보다. 기차가 떠난 후에야 진실을 알게 되는. 그래서 우리는 한 없는 회한과 반성을 하곤 한다. 소설을 읽으면 알게 모르게 놓치는 그런 운명적인 아쉬움에 대해 생각하게 된다. 이야기 속 주인공의 작은 독설에서 시작하여 행복의 완성형에 가까이 가려던 가족을 와해시켜 버리는 사건 또한 그렇다. 작은 의심으로 시작되어 가족의 붕괴로 이어지는 격랑은 우리를 김진초 작가의 소설에 빠지게 만드는 요소이다. 에피소드가 이어지는 소설을 따라가다 보면 행간에 숨겨진 커다란 삶의 물음표를 만나게 된다. 여인의 한과 여생을 담기에는 단편소설의 형식은 너무 짧은 형식이란 생각도 든다. 하지만 김진초 소설가의 깔끔한 문장과 사이다 같은 대화를 따라가다 보면 아쉬움이나 의문이 무색해진다.

형식과 규범에 얽매이지 않는 소설과 삶은 김진초 작가의 글쓰기 방식이며 생활 방식이다. 때론 독설로 때론 음주로 자신의 삶에 고명을 얹는 모습을 옆에서 오랫동안 지켜보았다. 고명이 다채롭고 현란하지는 않았다. 오직 지궁스럽게 한길을 파는 사람에게서 느낄 수 있는 인내와 자신을 스스로 학대하는 창작의 외로움과 괴로움이 느껴졌을 뿐이다. 그녀가 요즘은 부드럽고 온화해진다. 왜일까? 나이를 먹기 때문일까? 아니면 생활이 온화하게 만들기 때문일까?

우리는 소녀에서 여성이 되고 여성의 단계를 지나면 중성의 인간이 비로소 되어간다. 그 과정에서 아가씨라는 호칭을 듣고 엄마, 아내의 이름표를 달고 살게 된다. 그 역할을 해내며 아줌마라는, 정말 안 어울린다고 생각하는 말도 시나브로 몸에 맞아진다. 어색했던 단어들이 익숙해질 무렵이면 또 할머니란 호칭이 기다리고 있다. 가슴이 찡해지며 눈가에 물기까지 돌게 만드는 호칭이다. 모두는 아니어도 대부분의 여성이 그런 과정을 거친다. 이 지난한 과정 속에서 휘날리던 갈기가 잘려 나가고 으깨어지고 허리뼈 한 부분이 닳는다. 그리고 비로소 삶이 편안해지고 온화해진다. 버릴 것과 포기할 것에 대한 분명한 경계를 깨달았기 때문이다.

김진초 작가의 온화함은 어디에서 오는 것일까? 「막내엄마」 독후감을 쓰려고 마음먹으면서부터 생각해보기 시작했다. 그녀와 함께 소주잔을 기울이고, 함께 여행을 하며 시도 때도 없는 파도의 부침에도 바다를 묵묵히 지키는 돌섬에 나란히 앉았다. 예전보다 술잔을 기울이는 횟수도 눈에서 뿜어져 나온 날카로운 빛의 세기도 현저히 줄어든 그녀다. 절박함과 절실함에서 한 걸음은 물러난 듯한 여운이 느껴진다. 가까이 앉기에 편해지고 그녀와의 거리가 좁혀진 듯하여 안심도 되지만 왠지 아쉽다.

김진초 작가는 늘 소설을 쓰면서, 소설과 멀어지지 않으려 안간힘을 쓰고, 때로는 독해지려 위악으로 자신을 포장하기도 한다. 토해내고 흩트려놓고 패악을 부린 단어를 펼쳐놓은 후, 다시 정리하고 짜깁기하며 완성 시켜나가는 스타일이다. 그것은 소설이라는 도구를 가진 사람들만이 누리는 특혜이기도 하다.

이번엔 엄마라는 도구를 사용한 소설집이다. 다양한 모습의 엄마가 등장하는 『엄마상회』 속 「막내엄마」는 새엄마의 고정관념을 조롱한다는 측면에서 김진초다운 작품이라 하겠다.

빨간 뾰족구두가 걸어간다

–「빨간 뾰족구두」를 읽고

이선우/소설가

인간의 속성은 자기의식의 어느 지점에 감춰진 불편한 기억에서 도망가거나 지워버리고 싶어 한다. 그리고 몽땅 들어내 버리고 싶은 불편한 기억은 유통기한도 없다. 절대로 소멸되지도 않는다. 다만 조금 희석될 뿐이라고 김진초 작가는 소설 속 화자를 통해 말한다.

어린 화자는 내 편이 필요했다. 그러나 엄마는 손수 담근 진달래술을 팔아 돈이 생기면 자주 집을 비웠다. 실체는 없고 소문으로 존재하는 아버지에게 갔다는 심적 짐작만 무성하다. 화자는 버림받았다는 생각에 피해자의 형상이 되어 무차별적으로 엄마에게 함부로 대하고 마음 놓고 난폭해진다. 성인이 돼서도 엄마에게 한 것처럼 꼬맹이의 콤플렉스를 보듬어준다는 명분으로 발을 주무르며 급기야 구겨진 은박지로 만들어 내동댕이치기도 한다. 김진초 작가는 결핍이 빚어낸 매몰찬 화자의 폭력성을 여실히 보여준다. 보여주는 것에서 끝나지 않고 폭력성 뒤에 감춰진 화자의 후회하는 연한 마음까지 보여주는데 한 치 부족함이 없다. 작가가 가진 역량으로 무거운 소설임에도 분노하기보다 차라리 가엾고 아프게 만들었다. 엄마가 죽어도 눈물 한 방울 흘리지 않던 화자, 오히려 병신, 잘 뒈졌다고 읊조리며 싸리문을 나서던 화자였다.

절름발이 엄마는 생을 마칠 때까지 자신에게 유일하게 자유를 경험하게 해주고 생명을 구해준, 해소를 앓고 있는 남자를 위해 손만 대도 상처를 입어 변색한다는 참꽃으로 술을 담갔다. 화자는 세발자전거를 사주고 크리스마스 때마다 산타가 되어 준 수면 밑 존재에게 엄마를 빼앗겼다는 질투와 증오로 갖은 행패를 부리며 엄마의 순정을 외면하고 짓밟았다.

남자가 유부남인 줄 알지만 하늘 아래 존재한다는 자체만도 삶의 의미였던 엄마는 남자가 죽었다는 가족의 거짓말로 인해 자신의 삶을 마감한다. 작가는 화자와 독자에게 동시에 모호한 질문을 던진 것이다. 그토록 소중하다고 여긴 화자를 두고 죽음을 선택할 수 있을까, 엄마에게 우선순위는 화자가 아니고 남자였을까, 화자가 끝까지 분노하며 던진 질문인 것이다.

제기랄, 돈이 생기면 개도 소도 바빠지는구나. 발길로 방문을 걷어차고 밥상을 들어 마당으로 던져버린 게 여러 번이다. 엄마를 찾아다니진 않았다. 혼자 씩씩거리며 분을 삭이다가 제풀에 지쳐 잠이 들었다.

살아서나 죽어서나 엄마는 날 거부하는 법이 없었다. 차라리 죽은 엄마가 더 좋았는지도 모른다. 죽은 엄마는 대꾸가 없는 대신 절대로 집을 비우는 일이 없었으니까.

버림받거나 떠날 거라는 불안감은 유년의 결핍에서 끝나지 않고 성인이 된 지금껏 분열증적인 내면의 분리불안 형태로 단단히 굳어져 괴롭힌다. 그래서 술로 현실을 잊고 싶어 안주인 아이스크림과 소주를 냉장고 가득 채워놓는다.

작은 키의 엄마와 15센티미터 킬힐을 신는 자신의 애인을 동일시하여 생전의 엄마와 불통의 상처를 치유하듯 꼬맹이의 발을 주무르는 행위를 한다. 꼬맹이는 결국 화자에게 발을 물어뜯기는 이상행동을 겪은 뒤 화를 내고 연락을 끊고 잠적한다. 화자는 갑자기 엄마를 영영 잃어버린 것처럼 꼬맹이도 자신에게서 아주 등을 돌릴 것 같아 불안하다.

다행히 김진초 작가는 화자가 생전에 엄마의 소원이던 빨간 뾰족구두를 관속에 넣어주는 것으로, 아무도 모르게 내려와 봉분을 깁는 장면으로 지난날 엄마에게 한 망종 같은 행동에 대한 투박한 화해의 손길을 자연스럽게 표현했다. 또한 엄마를 연상케 하는 자신의 애인 발을 주무르는 행위 역시 비석도 상석도 없는 생전의 가엾은 엄마에게 향한 화해의 제스처로 작가의 따뜻한 시선이 만든 결과일 것이다.

어느 날 화자는 이모로부터 엄마가 누워있는 야산이 타지 사람에게 넘어가게 되니 엄마의 묘를 서둘러 이장해야 한다는 급한 전갈을 받는다. 비석도 상석도 못 갖추고 초라하게 누워있던 엄마가 지구를 아주 떠나게 된 거였다.

십 년 만에 밧줄에 묶인 관이 올라오던 날, 엄마의 유골은 수병水病으로 인해 땅의 생기를 제대로 받지 못하고 검게 변색한 채 젖어서 나타난다. 화자가 사서 넣어준 빨간 칠피 가죽구두와 함께. 절름발이 엄마와 십 년 만에 재회하면서 화자는 예리한 칼날이 자신의 가슴을 마구 난도질하는 듯 아프다.

화장을 마친 엄마는 죽기 전에 내게 해줬던 여러 가지의 주먹밥처럼 수십 개의 주먹밥이 되어 날짐승과 들짐승 먹이가 될 것이다. 엄마가 살아낸 이타적 삶처럼.

> 엄마는 네 번의 장례 절차를 밟는 셈이다, 매장, 화장, 조장, 풍장. 그렇게 죽고 또 죽고 또또 죽으면 가벼워질까, 자유로워질까? 엄마의 짝짝이 발에 단 한번의 키스도 못

한 나는 일없이 빨간 구두만 쓰다듬었다.

술에 취한 엄마가 '빨간 구두 아가씨' 노래를 부르며 빙글빙글 돌다 넘어지는 것을 꿈에서 보고 깼는데 꼬맹이가 빨간 구두를 신고 눈앞에 섰다. 내 소원인 까만 오디오박스 위에 엄마 소원인 빨간 구두가 올려져 있다. 됐다. 이제 됐다.

소설 전반에 걸쳐 화자는 강하고 날카로운 기조를 유지하지만 가끔은 감성의 늪도 깊다. 마치 나처럼 하면 후회만 남는다, 알겠어? 위장된 호통 속에 역설이 담겨있듯 말이다.

어머니라는 소재로 소설 선집이 나온다는 소식이 반갑다. 작가와 잘 어울리는 선집이란 생각이 든다. 작가는 화자의 양가감정을 안타까운 시선으로 자연스럽게 공감해 감정을 따라갔다. 역시 여린 속으로 어머니를 효성 깊고 세심하게 살피는 김진초 소설가이기 때문일 것이다.

나에게도 분명 엄마가 있었다. 이별한 지 이십 년이 훌쩍 넘었지만 읽는 내내 내 엄마가 아련하게 생각났다.

진심으로 축하하는 마음을 듬뿍 담아 선집을 기다린다.

물음표 하나가 따라붙는다
—「너머엄마」를 읽고

정이수/소설가

"대단해!"

엄마를 소재로 한 소설을 묶어 선집을 출간하겠다는 소식을 전해 들으며 축하한다는 말보다 먼저 튀어나온 말이 바로 '대단해'였다.

소설집 『엄마상회』는 표제부터 궁금증을 불러모은다.

누에고치에서 실을 뽑아내듯 쉼 없이 소설을 뽑아내는 작가. 장·단편 소설집 열 번째 출간 소식에 혀를 내두르다가도 소설을 향한 작가의 열정에 비하면 오히려 턱없이 모자란 것 같은 느낌이 드는 것도 그 때문이다. 소설가로서 몸에 밴 프로정신, 그 열정에 먼저 박수를 보낸다.

엄마! 생각만으로도 눈물샘을 자극한다. 소설이 현실인 것도 같고 현실이 곧 소설 같기도 하다. 엄마가 내어준 크고 작은 품을 통해 공감, 공분하며 눈물을 찍어내고, 고개를 끄덕이다가 끝내 한숨을 토해낸다. 테마소설이든 세태 소설이든 그건 중요하지 않다. 작가가 맛깔나게 버무린 언어를 행간마다 양념처럼 켜켜이 소를 넣어 숙성시킨 소설, 독자 사랑을 기대해도 좋겠다.

유일하게 싫증 내지 않는 게 있다면 바로 '소설 쓰기'라고 작가는 말했다. 오랜 세월 소설 쓰기에 전념한 자신에게 주는 찬사이자 작품에 대한 예의가 아닐는지……. 한길을 걷는 도반으로 작가의 당당함이 부럽기도 하고 또 고맙다.

제목에 꽂혀 선택한 단편소설 「너머 엄마」, 가볍게 책장을 넘길 수 있겠다던 예상은 보기 좋게 빗나갔다. 스토리 전개를 따라가다 보니 어느 순간, 가슴이 무지근하게 조여온다. 먹먹하다고 해야 하나?

문인 단체 학술 심포지엄에 참석차 떠난 노근리, 사진작가이기도 한 그는 그곳에서 자신의 관심 분야인 귀 사진을 찍으며 이야기를 풀어나간다. 왜 하필이면 귀 모양과 사진에 그토록 집중, 집착하는 것일까? 소설은 두 엄마의 이야기와 함께 귀 무덤 그리고 노근리 학살사건 이야기를 담담하게 풀어 놓는다.

노근리 학살사건이나 귀에 대한 관상 이야기는 대부분 이미 알고 있다. 자료를 바탕으로 하다 보니 다소 지루하고 딱딱하게 읽히기도 한다. 그럼에도 작가는 친절하게 독자들의 앎의 갈증을 엑기스처럼 뽑아 선물한다. 사전을 찾아보거나 인터넷에서 자료를 뒤적이는 독자들의 수고를 대신한 것이다.

도둑질하듯 남의 귀를 훔쳐보면서까지 신체 중 유독 귀를 모델로 사진 찍기를 고집하는 데는 그만한 이유가 있었다. 씨받이인 생모 너머엄마와 가슴으로 낳아 기른 석녀 엄마, 두 엄마의 기구한 인생 여정에 가슴이 먹먹하다.

> 너머엄마는 고치 속에 든 듯 어둔 방구석에 몸을 돌돌 말고 낮이나 밤이나 잠만 잤다. 신기하게도 내가 음식을 들고 가는 시간은 귀신같이 알아 문틈으로 내다보는 기척이었다.

야트막한 언덕 너머 외딴집에 혼자 살면서 까만 옷을 고집하며 빛을 차단한 채 어둠에 갇혀 사는 너머엄마! '미친 거지귀신 나와라! 미친 까막귀신 나와라!' 돌을 던지는 아이들을 말리기는커녕 합세해 돌을 던질 만큼 살아있는 귀신 취급을 하며 내 엄마이기를 거부했던 철부지 아들, 그것도 모르고 너머엄마는 살붙이 아들의 발소리에 귀를 열어 놓고 있었던 것이다.

호적에도 오르지 못하고 사진 한 장도 남기지 않은 너머엄마! 기억에도 존재하지 않는 엄마의 흔적을 눈 위에 발꽃 조화를 찍어내는 여자를 통해 온전히 불러올 수 있을까? 아무도 모르게 사찰에 가서 기일을 챙기는 것으로 묵은 죄를 대신할 수 있을까?

작가는 '이게 연기緣起 아니고 무엇이겠는가'라고 끝을 맺는다. 소설 읽기가 끝나갈 즈음 물음표 하나가 따라붙는다. 너머 엄마는 노근리 피해자일까?

엄마의 별에 새겨진 한마디, 두셋다람

–「두셋다람」을 읽고

김내리

그리 멀지 않은 과거에는 국민 중 상당수가 같은 요일, 같은 시간에, 같은 콘텐츠를 시청했다. 일요일 아침이면 군대 간 먼 친척도 없으면서 "엄마가 보고플 땐 엄마 사진 꺼내놓고……." 라는 노랫말과 멜로디를 따라 TV 화면을 보며 눈시울을 적실 준비를 했다. 장막 뒤로 동글동글 말린 머리와 육중하지도 가녀리지도 않은 실루엣이 드러나면 함성이 울려 퍼지고 건장한 청년들이 앞다투어 무대 위로 뛰어 올라갔다. "뒤에 계신 분은 우리 어머니가 확실합니다!"라고 외치는 소리를 듣고 있으면 나도 그 어머니에게 달려가야 할 것처럼 가슴이 요동쳤다. 아들이 있는 곳이라면 산골짜기라도 바리바리 짐보따리를 싸 들고 찾아오는 여인이 우리들의 어머니였다.

20년을 살았지만 나에게 미국은 여전히 낯선 땅이다.

그러나 중년을 채워가면서 이국이라는 지역적인 거리감보다 더욱 이질적인 일상을 경험하고 있다. 우리는 더 이상 가족이라는 이름으로 동 시간을 공유하지 않고 아이들은 각자의 노래를 듣고 동영상을 본다. 이것뿐이랴, 사춘기 아이들이 빠르게 자기만의 별로 떠난다는 당연한 사실을 받아들이기까지 적지 않은 통증을 느꼈다. 독립적으로 잘 크고 있다는 뿌듯함보다는 내가 그랬듯이 엄마를 좀 더 오래 의존해 주길 바라는 마음이 컸다. 내가 성인이 되기까지 제대로 내 별을 상상해 본 적이 없는 탓이다. 나의 엄마와 엄마의 엄마, 그들은 지금 어떤 별에 있을까? 그들은 평생 자기에게 고유한 별이 있다는 것을 알기나 했을까?

안타까움만으로 표현이 안 되는 일이 있다.

잘하려고 한 일이 가족에게 아픔이 될 때, 내 엄마를 요양병원으로 보낼 때, 고통 없는 곳으로 떠나는 것이 인간에게 주어진 순리임을 인정해야 할 때가 그러했다. 한창인 역병으로 하늘길이 막혀있을 당시 들려온 엄마의 투병 소식에, 이국에서 속만 끓이던 나는 엄마와의 관계는 죽음으로도 끝나지 않을 쌍방향 짝사랑임을 깨달았다.

엄마와 나의 리듬은 항상 엇박자였다.

연습이 부족하다는 말이 끼어들 틈도 없이 이어지는 실전 무대에서 귓가에 전하는 다정한 말은 사치라고 생각했다. 하지만, 우리는 누구보다 잘하고 싶었다. 이보다 더 좋은 파트너를 만나는 것은 불가능함을 체감하며 서로를 밝혀주는 춤을 추고 싶었다. 태초의 빛이었던 당신을 영원히 어린 아이처럼 바라보고 싶었다. 그러나, 나는 당신의 별을 헤아리지 못했다. 당신에게 내가 범접할 수 없는 영역이 있다는 것을 상상하지 않았다.

이국적인 음악을 따라 흐르는 땀방울로 끈끈하게 쌓아온 춤사위에 신비로운 주문이 살포시 얹힌다. 소설에는 현실적인 아픔이 가득하지만 「두셋다람」의 마법 덕분인지 알차게 고비를 넘기고 있다. 아무리 잘해보려 발버둥쳐도 내 의지와 상관없이 어긋나는 일이 생기고 살기보다는 버티기로 점철되는 것이 인생임을 실감하기에 더욱 의지하고 싶은 말이다. 창미 이모처럼 빛나는 노년을 펼치기도 전에 접어야 했던 나의 어머니를 비롯하여 세상의 모든 어머니를 생각한다. 이 소설은 42개의 언어뿐만 아니라 외계어를 뒤져서라도 각각의 어머니에게 어울리는 '사랑해'를 찾아주어야 한다고 말한다. 지독히 엮여있는 관계에 지쳤다는 핑계 대신 당신만의 영역이 있음을 존중하며 오랫동안 속삭여야 할 말은 결국 '사랑해'였다.

뒤늦지만 내가 고른 이 말을 엄마가 마음에 들어 해 주길 바라며 나지막이 되뇌어 본다. 사랑해요, 사랑해요, 사랑해요……. 지금, 이 순간에도 나와 함께 춤을 추고 있는 당신을 사랑합니다.

여수돌산갓김치처럼 매콤한 두 여자
-「멍」을 읽고

최수정

성인이 되어 맺는 인간관계에서 긴장감으로 으뜸은 고부 관계가 아닐까 싶다. 남성을 중심으로 그를 키워낸 엄마와 가장으로 그를 선택한 아내는 태생부터가 갈등의 씨앗을 품고 있다. 비단 한국 사회뿐 아니라 동서고금을 막론하고 가부장제가 자리 잡은 모든 문화권에서 그러할 것이다. 그러나 이 소설에서 보여지는 고부간의 긴장과 화해는 사뭇 결이 다르다. 아들과 남편의 역할을 두고 벌어지는 갈등이 아니다. 이 소설에서 갈등은 남자를 둘러싼 애정이 문제가 아니다. 따라서 양쪽 어디에서도 남성에 대한 애정은 크게 느껴지지 않는다. 남성은 갈등의 배경 정도일 뿐 여성들 간의 조건을 둘러싼 긴장과 화해가 중심이다.

주인공 여성은 신체적 불구로 인한 콤플렉스가 있다. 외로움이 많지만 표현하지는 못한다. 가장 가까운 가족인 엄마와 언니에게도 그 외로움을 표현하지 않는다. 그저 철저히 혼자 있는 꿈 속에서 목놓아 울 뿐이다. 이런 그녀의 아픔을 조건 없이 감싸는 남성이 나타나고 그의 강력한 구애에 주인공은 그와 결혼을 한다.

주인공은 결혼 생활이 만족스럽지만 남편의 계모가 불편하다. 시어머니는 민감한 출산 문제에 개입하고, 무례한 언사로 집요하게 주인공을 괴롭히며 주인공의 명품 가방 등의 재물에도 탐을 낸다. 이런 시어머니의 독성은 그녀가 즐겨 요리하는 홍어, 갓 등의 음식과 닮았다. 특유의 톡 쏘는 향이 강해 주인공은 도통 맛을 느끼지 못하고 즐길 수 없는 음식들이다.

시어머니의 많은 괴롭힘을 견뎌 왔던 그녀지만 시아버지의 병세가 깊어지는데도 방관으로 일관하는 시어머니를 보고는 마침내 남편에게 하소연하며 시어머니를 원망하기 시작한다. 원망하며 알아가는 것일까. 주인공은 시어머니의 나이와 그녀의 혼인 과정을 알게 되면서 점차 시어머니의 삶을 반추한다. 나아가 그녀를 이해하고 더 적극적으로 화해하고 위로하길 욕망하게 된다. 누구보다 외로움의 깊이를 잘 알고 있는 주인공은 평생이 외로웠을 시어머니를 위로하며 술상을 나누고 싶다는 생각에 시아버지 사후 사라진 그녀를 찾아 떠난다. 주인공이 갓김치에 대해 우연히 깨닫게 되듯 시어머니의 독은 악성이 아니라 몸을 보하고 풍미를 살리는 것이었다. 마치 주인공이 잘 먹는 콩나물이 그러하듯, 주인공은 시어머니의 독을 품어내고 풀어내 조화를 이루어 낼 수 있는 존재를 향해 나아간다.

소설 속 두 여자는 많은 면에서 대칭 혹은 대조되는 조건을 가지고 있다. 늙은 남자에게 속았다는 것을 알지만 아이 때문에 홀아비에게 묶인 어린 여성과 열렬한 구애를 받고 혼인해 행복하지만 아이를 가질 수 없는 여성. 한쪽이 다른 쪽에게 고통을 가하는 관계로 보이지만 실상 두 여성 모두 상처받은 존재이다. 나이 차이도 얼마 나지 않는 고부, 전혀 다른 삶을 살아온 두 여성은 할퀴고 혐오하면서 결국은 이해하고 포용하게 된다.

많은 경우 고부 관계를 다룬 소설은 시모를 가해자로, 며느리를 피해자로 정형화해 갈등 구조를 만들어 낸다. 이 소설 역시 표면적으론 이러한 갈등구조에서 이야기를 풀어낸다. 다만 그 갈등의 서사에서 남성을 배제한다. 그리고 그 자리를 주인공들의 삶의 조건과 그로 인한 상처들로 채운다. 그리고 갈등의 해결이 피해(?) 여성의 적극적인 이해와 포용으로 마련된다는 점에서 한층 성숙한 인간상을 보여주기에 새롭고 긍정적이다. 캐릭터의 특성과 관계를 음식을 통해 은유적으로 풀어낸 것도 재치가 있다. 결국 오랜 시간 동안 아무리 뼈가 삭도록 일

해도 부엌 외 노동 공간에서의 점유권은 인정되지 않았던 여성들을 그려내는데, 그 부엌에서 허리가 굽도록 만들어, 차려내고, 닦아냈던 음식만큼 적절한 은유도 없을 테니 말이다.

다만 독자들은 주인공이 갖게 되는 시어머니의 연민과 화해의 감정을 시어머니의 과거를 알게 되면서 납득하게 되는데 막상 주인공은 어떻게 감정의 전개를 갖게 되는지 조금 더 자세히 설명하면 좋았을 것 같다. 한 인생의 소멸을 목도하며 흔히 느끼게 되는 오욕칠정의 덧없음을 깨달으며 파급된 화해인지, 아님 그제서야 시아버지의 간병인이 아닌 홀로 남은 한 인간을 응시하며 느끼게 된 것인지, 아님 가끔 그냥 자연스럽게 한 인간을 모두 이해하는 순간이 온 것인지 궁금하다.

전반적으로 이 소설은 오래된 갈등 구조를 해결할 실마리를 성숙한 인간상을 제시하는 것으로 풀어냈다는 점에서 새롭고 의미가 있다.

이기주의 만연한 시댁에서 홀로, 그러나 기죽지 않고 살아가기

–「린스가 무섭다」를 읽고

양진채/소설가

김진초 소설가의 소설은 주저하는 법이 없다. 매사에 분명한 작가의 성격처럼 소설 속 인물은 각자 개성을 가지고 자기 세계를 향해 직진한다. 소설을 읽다 보면 인생 뭐 있나, '모' 아니면 '도'지, 하는 생각도 든다. 문장 역시 애매하거나 에두르지 않는다. 오히려 단정적이다. 이런 장점은 소설을 읽는 독자에게도 전염돼 주저 없이 소설을 읽어나가게 한다. 우울하고 비관적인, 고통스러운 소설조차도 어쩐 일인지 김진초 소설가의 손을 거치면 아연 활기를 띤다. 소설 속에 빠져 침울해지기보다는 힘을 얻는다고나 할까.

「린스가 무섭다」 속 주인공은 남편과 시어머니를 포함한 식구들의 무게를 다 짊어지고 산다. 나의 결정적 실수는 나이 어리고 잘생긴 남편을 얻었다는 것. 시어머니는 103세, 아직도 정정해 회춘하는 것 같고, 남편은 색소폰 연습에 열중이고, 아내가 암에 걸려 항암 투병하며 내는 신음소리가 듣기 싫어 거실에서 잔다. 시누이 역시 친정엄마를 일주일에 두 번만 봐달라는 부탁에 콧방귀도 안 뀐다.

살다 보니 그렇게 길들여졌다. 나는 하녀보다 못하다고 생각한다. 부아가 치민다. 이건 인간에 대한 무시다. 횡단 보도를 앞에 두고 저쪽은 말짱한데 내가 서 있는 이쪽만 비가 쏟아지는 것처럼 억울하다. 공평하지 못하다. 유일하게 나의 희생에 미안해하는 눈길을 보내던 시아버지는 일찍 돌아가셨고, 내 희생을 당연하게 생각하는 사람들은 오래 남아 질기다. 이미 백수를 지난 시어머니라도 없다면, 이라는 가정을 세운다.

소설 속 주인공은 대변은 화장실에서 보는 시어머니를 겨냥해 화장실 바닥에 린스를 뿌린다. 매끄러운 머릿결을 만드는 린스를 밟으면 그대로 미끄러져 욕조 어디든 부딪힐 거란 계산이다. 작가는 노련하게 화장실 바닥에 린스를 뿌리는 장면을 생략한다. 린스를 뿌리며 들 수 있는 온갖 상상과 겁이나 두근거릴 심장, 자칫 범죄자가 될 수 있다는 불안을 과감히 빼버렸다. 대신 제가 뿌린 린스에 미끄러져 정신을 잃고 쓰러졌다가 깨어나는 장면부터 시작한다. 여기가 어디인지, 나는 지금 어떤 상황인가 모른 채 깨어나는 첫 장면부터 독자를 긴장하게 한다.

이 소설을 읽는 독자는 주인공이 내내 희생만 하고 살아온,

그 희생을 당연하게 여기는 남편을 비롯한 시댁 식구들에게 한 방 먹였으면 하고 기대할지 모르겠다. 또 읽으면서 주변의 누군가가 오버랩 됐을 수도 있겠다. 상황이 조금 다를 뿐이지 나이 환갑이 훨씬 지난, 어쩌면 칠순도 지났을 주인공이고 보면 희생이 아니라 대접을 받아도 시원찮을 나이 아닌가. 결혼하고 내내 이렇게 살아온 삶을 돌이켜보면 매일매일이 얼마나 억울하겠는가.

'막내며느리가 시부모를 모시는 것도 당연하고, 내가 벌어 먹고사는 것도 당연하고, 파김치가 돼서 퇴근해 집안일에 허덕이는 것도 당연하고, 집안에 무슨 일만 생기면 도맡아 해결하는 것도 당연했다. 아마 내가 죽어도 당연할 것이다. 걱정이라곤 할 줄 모르는 사람들이다. 세상 모든 게 자기중심으로 자기 편하게 돌아간다고 믿는 사람들이다'라는 주인공의 독백은 한 인간으로서 안쓰럽다. 반격의 어퍼컷을 날렸으면 좋겠다. 그런데 주인공은 어퍼컷은커녕, 제풀에 미끄러져 머리가 깨져도 제 스스로 지혈하고 마는 인간이 아닌가. 자신이 또 화장실 바닥에 린스를 뿌리고 잊을까 무서워 린스를 숨기기까지 한다.

작가는 해피트리의 꽃과 백 년마다 한 번 핀다는 고구마꽃을 빗대고, 거기에 시아버지 말을 얹는다.

"동전의 양면처럼 재앙은 복이 의지하는 바요, 복은 재앙이 깃드는 곳으로, 화복은 본디 둘이 아니고 하나라는 말씀이다. 올바른 것이 다시 기이한 것이 되고, 길한 것이 다시 흉한 것이 되는 순환을 깨달아 분별지를 버려야 하느니라."

공자님 말씀 같은 노자의 말이다. 독자는 생각할지 모른다. 암만 그래도 그렇지. 남편의 입을 빌어, 항암치료 받고 제대로 먹지도 못하고 토하는 며느리에게 고구마 줄기를 삶게 한 시어머니 마음의 이면까지 설명하는 건 너무했다고. 그들이 언제 그렇게 주인공을 챙겼다고. 아내이자 며느리는 그렇게 살아도 되는 존재라 여기는 그 생각을 버리지 않는 한 그들은 내내 자기중심적인 시선으로 주인공을 볼 것이다.

작가는 냉정하게 현실을 직시한다. 지금의 젊은 세대는 그렇지 않지만 주인공과 비슷한 세대의 많은 며느리들은 천형처럼 그렇게 사는 것이 당연한 줄 알았다. 나 하나의 희생으로 모두가 편하면 된다고 생각했고, 힘들면서도 그렇게 자신의 존재를 확인했다. 무엇이든 살리는 손, 거두는 손, 희생하는 손이 잘못인가. 그렇게 산 그녀의 잘못인가. 그 희생을 아무렇지 않게 누리는 사람들이 문제 아닌가. 약자의 삶을 우습게 여기고 짓밟으려는 사회와 무엇이 다른가.

생은 또 이어지고, 주인공은 계속 그렇게 살 것이다. 주인공이 더 아프고, 더 피폐해져도 그들은 주인공이 제자리에 없음으로 인한 불편을 더 먼저 생각할지 모르겠다. 야박하고 부박한 이 여성의 삶이 작가가 그려낸 허상이 아니라 현실을 누구보다 직시한 작가의 매서운 눈이라 더 아프다.

울까, 말까
–「백단심 지다」를 읽고

이목연/소설가

글 속의 주인공은 울지 않는 여인이다.

방탕한 남편을 자식처럼 보듬고 갖은 성질 다부리는 자손들의 가려운 곳 긁어주며 좋은 아내, 좋은 엄마, 좋은 할머니로 살았다. 그렇게 속 깊고, 앞가림 잘하고, 보채지 않는 할머니는 주변인들에게는 그저 좋은 사람이다. 좋은 사람은 부담이 없어서 좋다. 마음에 남기는 것 없으니 돌아서면 금방 잊힌다.

이렇게 존재감 없던 할머니가 할아버지가 돌아가시자 존재를 드러내기 시작한다. 꼭꼭 누르던 이성의 힘이 헐거워진 틈새를 비집고 튀어나오는 욕설이 시원하다.

"내 인생 물어내 이 오살할 영감탱이야. 평생 이꽃 저꽃 옮겨 다니며 재미는 저 혼자 다 보고 온갖 몹쓸 병만 옮겨주었지. 시집온 첫날부터 엄마엄마하며 가슴을 파고들더니 아직도 내가 네 어미로 보이더냐?"

시집온 이래 행여 남의 손 탈까 싶어 남편은 새색시 머무는 집에 생울타리를 만들었다. 할머니는 무궁화로 울을 두른 집에서 평생을 살았다. 넓건 좁건 늙었건 젊었건 세상살이는 간단하지 않다. 입을 꼭 다문 채 당신의 다친 마음을 뱉지 않던 할머니에겐 그런 남편조차 넘지 못할 울타리였으리라. 그 울타리가 무너지면서 정신도 무장 해제된 할머니는 할아버지 사십구재를 맞아 울부짖는다.

멀쩡히 눈 있고, 귀 있고, 마음 있는 내가 왜 평생 눈감아주고 품어줘야 하냐는 할머니의 넋두리에 뭉클해졌다. 평생을 감추고 누르며 살아온 마음은 치매에 걸린 후론 자꾸 무언가를 감추는 증상으로 나타난다. 그러다 정신이 돌아오면 깨달은 자가 된다.

새댁 때 심은 무궁화 울타리는 여전히 꽃을 피우는데 그걸 심은 사람들은 사라지는 현실을 인식하고 증손주에게 무당벌레의 먹이와 안식처를 얘기해주는 할머니의 지혜는 지식 너머에 있다. 삶이 수행이었을 테니 저승길 가는 길도 짚어보았으리라. 날을 잡은 듯 가는 모습이 부럽기만 하다.

우는 새조차도 제 이름을 얻는 세상인데 울지 않은 할머니의 이름은 기억되지 않았다. 울지 않으면 돌아보지도 않는 세상. 이제라도 울어야 할까. 최소한 내 앞가림은 내가 하면서 나의 길 묵묵히 가는 것을 삶의 목표로 살아온 난데 할머니 앞이 너무 허전하다. 자꾸 감정이입이 되었다. 손녀인 화자는 그 할머니에게 백단심이라는 이름을 주며 통곡하는데 나는 책장을 덮지 못하고 나를 위로해야 했다.

울타리 꽃으로 심었던 백단심 무궁화처럼 할머니도 한때는 저렇게 활짝 피었던 적 있었겠지. 진딧물, 벌과 나비와 나누어도 마르지 않는 젊은 꽃샘이 있었을 거야. 그 꽃향기 사방에 퍼져 그 안으로 스미는 것들에게도 넉넉했겠지. 이제 마르고 지쳐 꽃 피우지 못하는 가지처럼 지난 세월 돌아보고 잠깐 한스러웠던 거야. 그 마음 도로 여미며 활짝 피웠던 꽃 겹겹이 갈무리해서 갈 길 준비하고 가신 게야.

그래도 한숨이 나온다.
나도 백단심 지듯 나를 잘 여몄으면 좋겠다, 중얼거려본다.

귀먹은 항아리와 가래 끓는 소리

-「귀먹은 항아리」를 읽고

김윤식/시인

귀먹은 항아리!

소설의 소재題材가 요즘 시대에는 흔치 않은 것이라는 점에서 내게는 향수와 함께 흥미가 가지만, 젊은 독자들은 어떨까 싶다. 우리 전통의 오지항아리가 놓이던 자리는 사라지고 용기는 거개가 플라스틱이나 스테인리스가 대신하고 있는 세상에서.

남자인 내가 항아리에 흥미를 가지는 것은 지난날의 우리 식생활이 항아리나 자배기 등 옹기그릇에 전적으로 의존했기 때문이다. 김칫독, 김장독은 물론이고, 집집마다 간장, 고추장, 된장 등의 장류醬類를 저장하고 보관하는 항아리, 독들의 집합 구역인 장독대가 별도로 마련되어 있었다. 또 소금 보관 그릇으로, 젓갈 숙성 용기로, 그리고 이 소설 속에서처럼 특히 살짝 '귀먹은' 항아리는 쌀을 비롯한 곡식 보관 용기로도 요긴히 쓰였다.

또 한 가지 이 소설에 흥미를 느낀 데에는 항아리와 관련해 '귀먹다'라는 반세기 이전에 쓰이던 어휘가(실제 '귀먹다'는 말의 뜻은 우리 국어사전에 '그릇에 금이 가서 소리가 털털거리다'라고 뜻풀이가 되어 있지만 오늘날은 사어死語나 다름없는 신세다) 제목으로 문득 살아나왔던 까닭도 있다. 무참하리만큼 변한 우리의 일상생활, 그리고 식생활 용기와 도구의 변화를, 그리고 사라진 우리말을, 이 소설을 통해 깨닫는 순간 왈칵 격세지감이 솟구쳤다고 할까.

반가운 김에 소설 감상과는 거리가 좀 떨어진 독과 항아리에 대한 '라테는(나 때는)' 식의 이야기를 늘어놓은 꼴이다. 이제 이 소설의 감상을 말하자.

금이 간 항아리, 곧 귀먹은 항아리는 주인공 정님의 집 쌀독이다. 돌아가신 할머니가 남긴 유일한 유품이기도 하다. 다용도실에 놓인 이 유품, 금간 쌀독은 소설 속에서 운명 직전까지 할머니의 목에서 괴롭게 그르릉거리던 가래 소리를 환청처럼 듣게 해준다.

물론 결말부에서 그르릉거리는 가래 소리의 진원이 밝혀지지만, 주인공 정님이 할머니의 사망 뒤에도 이 소리를 거듭 듣게 되는 것은 할머니에 대한 경원敬遠 때문이 아니었나 싶다.

항아리는 물론 소설의 발단과 결말을 짓는 중요한 상징적 도구로써 작용하지만, 실제로 이 소설 큰 얼개는 항아리의 턱 턱 턱 귀먹은 소리가 아니라, 그르릉거리는 가래 소리에 의해 과거로, 현재로 이동하며 전개된다.

가래 소리의 주인공인 할머니는 당신 위주의 삶의 태도로써 주인공 정님이 남편이나 시댁 식구들과의 불편한 관계의 원인이 된다. 더구나 손녀 정님에게 유산 하나 남긴 바 없이 몰인정하다. 정님의 손에 넘어온 것은 고작 항아리 세 개뿐이다.

"내가 할머니를 거추장스러워했듯 할머니 역시 나를 거추장스러워한 건 아닐까?" 할머니와 손녀 정님의 관계는 생전 내내 이렇게 냉랭하게 이어진다. 그러나 이것은 정님이 할머니의 속마음을 모른 오해의 결과였다.

할머니의 친구였던 한 할머니에 의해, 그리고 할머니 사후死後 정님이 처음 맞은 생일날 아들에 의해 반전에 이른다. "우리 정님이는 워낙 심성이 착해서 복 받고 잘살 거야. 살아서도 죽어서도 이 핼미가 널 지켜주마." 이것이 곧 그 반전의 암시였던 것이다.

주위에 폐를 끼치지 않으려고 병을 숨긴 채, 끝내 자살하듯 숨을 거둔 할머니의 모습이나, 정님이 할머니에게 수의를 입히는 생생한 장면 묘사는 이 작가의 특징이다.

무엇보다 이 소설이 깔고 앉은 중심 이야기는 우리 민족의 비극, 전쟁과 분단과 이산의 아픔을 평생 가슴에 담아 삭여온, 그리하여 끝내 생사불명 작은아들의 귀환을 염원하며, 그에게 삶의 터전을 마련해 주려는 심연같이 깊은 모정의 스토리이다.

비극의 당사자인 한국인들에게조차 이제 이런 주제, 이런 스토리는 무덤덤하고 흥미롭지가 않다. 그렇더라도 우리의 아픈 역사, 그로 인해 평생 떠안아야 했던 '어머니, 할머니'들의 씻기지 않는 한恨의 기록은 언제까지라도 계속되어야 한다는 생각이다.

결말 부분의 귀먹지 않은, 밝고 희망적인 메시지를 읽으며, 이 책에 실린 여러 작품 중에 이 소설 한 편을 저자가 내게 주는 선물로 받아들인다.

확실한 사랑, 확실한 존재감의 중국할머니
-「중국할머니」를 읽고

신미송/소설가

여자는 지아비로 정혼한 사람과 만나 어머니가 되고 할머니가 되는 것이 자연의 순리다. 모성을 기반으로 한 순리를 당연하다 여기지만 올이 튀어 껄끄러워지는 일도 있다. 때때로 세상의 순리가 다정하지만은 않아 급류를 만나고 폭포수로 떨어지고 댐에 갇혀서 물길이 끊기는 등 몽니를 부리기도 한다.

일부일처제의 질서가 모순을 낳으면 가늠할 만한 이유를 달고 질서를 흔든다. 아니 흐트러진다. 그런데도 소설 속의 당사자들은 분명 불협화음인데 나름 조화롭기까지 하다. 작중 화자인 나는 이 틈바구니에서 두 할머니와 나이 많은 며느리인 우리 엄마와 할아버지를 관찰하며 내 이기를 취한다. 작가의 인물 구성이 밋밋하지 않아 소설에 몰입하게 만드는 장치가 되었다. 작가의 능력이 발휘되는 설정이다.

나는 오랜 세월 중국할머니를 지켜보았다. 화자인 나는 내 필요를 채워주는 중국할머니를 완벽하게 활용했다. 활용이란 말이 불편하면 중국할머니의 존재감을 살려주었다 치자.

중국할머니는 사랑과 존경으로 모신 나이 많은 할아버지를 따라 지난한 길을 따라왔다. 상해 임시정부 요직에 계시던 할아버지의 귀환은 수직 낙하의 물줄기로 떨어져 유쾌한 가족 수다라고만 볼 수 없는 상황이 되었다.

내 할머니는 정실부인으로 중국할머니는 작은댁으로 할아버지를 중심에 두고 긴장 관계에 있다. 작가는 이 미묘한 기운을 예리하면서도 섬세하게 그렸다. 작중 화자인 나의 눈을 통해서 전달되는 두 할머니에 대한 작가의 배려와 애정이 느껴진다.

세월 저편, 불협화음이 분명한 가족 관계에서 잔잔한 수면을 유지하는 결이 내 할머니인지 중국 할머니인지 장군님으로 존경받는 할아버지인지 그도 아니면 나를 포함한 나머지 가족인지 단정하기가 쉽지 않다.

내 할머니와 중국할머니는 곱게 정성을 들인 보쌈김치라는 보자기를 만들고 풀면서 시앗질이라는 사사로운 질투, 시샘을 품격 있는 보쌈김치로 격상시켰다. 어느 한 시절, 혹은 전생이 찐득하게 고단해도 두 할머니는 나름 의연하다.

세월 지나 나는 나를 위한 탈출을 시작하고 나를 성장시키는 일에 집중해 결과를 얻는다. 남편과의 관계에서도 대등한 여인으로 살아가고 아들을 낳고 길러 며느리를 보고 손주를 얻는다. 손을 이어주는 어린 생명은 사랑을 먹여주는 가족의 구심점으로 존재감이 크다.

남편은 나를 장군의 손녀라고 추어준다. 자기 고국을 버리고 독립투사의 손녀인 내 나라로 온다. 남편 스미스는 할아버지 같은 카리스마가 없는 대신 속 깊은 남자다. 그런 남편이 새삼 고맙다. 두 할머니는 거목인 할아버지의 앞에서 속내를 드러내기 어려웠지만 나는 남편 앞에서 언제나 당당하다. 어쩌면 의도적으로 당당하게 굴었을 수도 있다. 숙명처럼 수긍했던 중국할머니를 떠올려본다.

나는 젖내 나는 손주를 품속에 품어 안고 싶다. 단내나는 어린 손주가 너무나 사랑스럽다. 내가 유난스러웠어도 세월과 함께 흘러온 순리는 거스를 수가 없다. 가족이라는 거창한 거푸집을 벗기면 그 세월 속에서 사뭇 핏줄이 이어져 흐르는 것이 순리임을 자각한다. 내색했든 하지 않았던 내 숨골을 타고 흐르는 순리를 인정하고 받아들인 것이다.

이제 나는 보쌈김치를 담으려고 한다. 곱게 정성들여 보쌈김치를 꽃처럼 곱게 만들어서 보자기 같은 배춧잎에 잘 싸서 국물을 붓고 익혀 상 위에 나부시 담아내고 싶다. 알맞게 익은 보쌈김치를 펼치면 눈도 미각도 황홀해질 것이다.

나붓나붓 마음 다스려 보쌈한 김치는 할아버지의 유품에서 내 손에 물려준 중국할머니의 괘종시계처럼 세월 한 겹의 시간을 품었다. 중국할머니는 보쌈김치 속에 가슴속 꽃밭을 가꾸었다. 보쌈김치를 위해 무서리도 견디고 갉아먹는 애벌레도 견딘 중국할머니의 가슴이 꽃으로 피어나 보쌈김치로 익었다.

소설은 중국할머니의 일생을 꽃 같은 보쌈김치로 치환했고 내 인생까지 보쌈했다. 소재를 아우르는 작가의 손맛이 각별해서 더욱 맛난 소설이다.

엄마상회

초판 1쇄 인쇄 2023년 7월 20일
초판 1쇄 발행 2023년 7월 31일

저 자 김진초
발행인 박지연
발행처 도서출판 도화
등 록 2013년 11월 19일 제2013-000124호

주 소 서울시 송파구 중대로34길 9-3
전 화 02) 3012-1030
팩 스 02) 3012-1031
전자우편 dohwa1030@daum.net
인 쇄 유진보라

ISBN | 979-11-92828-21-3*03810
정가 15,000원

도화道化, fool는

고정적인 질서에 대한 익살맞은 비판자,
고정화된 사고의 틀을 해체한다는 뜻입니다.